员外人家

梅芷◎著

员外人家好人多
是好人，谁都喜欢好好过日子

天津出版传媒集团
百花文艺出版社

图书在版编目（CIP）数据

员外人家 / 梅芷著 .—天津：百花文艺出版社，2023.1

ISBN 978-7-5306-8408-5

Ⅰ .①员… Ⅱ .①梅… Ⅲ .①长篇小说–中国–当代 Ⅳ .① I247.5

中国版本图书馆 CIP 数据核字（2022）第 204475 号

员外人家

YUANWAI RENJIA

梅芷　著

选题策划：王　欣

责任编辑：由高峰

装帧设计：有　森

出版发行：百花文艺出版社

地址：天津市和平区西康路 35 号　**邮编：**300051

电话传真：+86-22-23332651（发行部）

+86-22-23332656（总编室）

+86-22-23332478（邮购部）

主页：http://www.baihuawenyi.com

印刷：廊坊市海涛印刷有限公司

开本：710 毫米 ×1000 毫米　1/16

字数：260 千字

印张：17

版次：2023 年 1 月 第 1 版

印次：2023 年 1 月 第 1 次印刷

定价：58.00 元

如有印装质量问题，请与廊坊市海涛印刷有限公司联系调换

地址：廊坊市安次区码头镇金官屯村

电话：（0316）2507000

邮编：065003

目　录

CONTENTS

1. 终于有了家

不知道外国人怎么样，反正我们中国人从古到今都特别看重一个“家”字，甚至将其同“国”连在一起，“家国情怀”四个字就最能说明这一情况。

小时候，对家的概念十分模糊。在林中的记忆中，那时的家就是三张床，一个抽屉桌，再加一长两短的三条凳子，余下的就只有一个马桶了。

屋子，或者叫房间，是不会当作“家”的代名词的，因为从林中这一辈往上数，起码三代之内，林家就没有过自己的房子，几十年下来，全是租屋住。

林中出生后，父母始终在城郊周围打转转租屋，前后起码不下10处。如今似乎已经固定下来，最后一次租房至今已有12年，现在他爸他妈还住在那里，一个直通到底的屋子，30来平方米，中间用竹篾间隔一下，住五口人：爸妈，还有林中兄弟俩，再加上70多岁的老祖母。

或许有人会问，五个人，三条凳子，那不连坐着吃饭的地方也没了吗？

那倒也不是，平时大家坐床沿，没事时，干脆赖在床上。至于吃饭，也不用担心。奶奶与兄弟俩住在外间，他们的床呈L形摆设，抽屉桌就放在两张床边，爸妈坐凳子，祖孙三个全坐在各自的床沿。于是，凳子还可以有一条空余。

林中23岁那年，奶奶去世，不过，房间依然还是那么满腾腾，原因很简单，毕竟兄弟俩都已成年，该是各占一床。

邻居有人说话，意思是奶奶真够懂事，看看孙子大了，就知趣地自己先做神仙去了，腾出床来给孙子。听了这话，林中心里很不是滋味，甚至有些愧疚，担心奶奶真的这么想。

谁都可以想象，如此狭小的空间，五个人挤作一堆，会是怎样。

年龄噌噌地在长，转眼间，什么都到了必须正视的时候，不说上学、毕业、分配什么的，光恋爱结婚，本该幸福快乐的事儿，却整日搞得一家子焦头烂额、疲惫不堪。

说到底，也就两个字——房子。

路漫漫不是个胡搅蛮缠的女孩，相反，她非常乖巧温顺，性格随和，问题还是出在林中身上。

有些尴尬事，说出来挺不好意思的，过来人都有所体会。问题是这些没完没了的尴尬一旦成了心理负担，谁都受不了，不要说热情全消，林中还时不时怀疑，自己真的有必要恋爱结婚吗？

路漫漫是迷人的。你看她那双大眼睛，摄人魂魄，一般人喜欢说漂亮女孩大眼睛小嘴巴，漫漫的嘴巴却不大不小，适中得最合乎林中的审美，还有那对小酒窝，一闪一闪，不笑也动人。至于身高，1 米 68，比一般同龄女孩高一点，却绝不突兀，不胖不瘦，婀娜多姿。

最吸引林中的不光光是漫漫的外形，早让古人说滥了的一个词——蕙心兰质，说的就是她。

林中跟别人做介绍时，总喜欢说路漫漫是他同学，其实不然，她比他低两届，准确地说，只能算是校友。之所以称其为同学，事出有因。

林中学的是生物，受父母影响，却从小喜好文学，热爱写作。那个时候，要不是他坚决推辞，差点儿做了校报《嘉树》的副主编。他经常在《嘉树》上发表文章，而且颇受好评。那一年，都快学期结束了，新出的《嘉树》上刊出了两篇同题文章——《大观园端午节》，作者分别是：林中、路漫漫。

这两篇文章一时引起轰动，大家的着眼点似乎并不在文章本身，而是作者的名字。不少人到处打听，林中是谁，路漫漫又是谁。好多人认定，林中与路漫漫肯定都是笔名，否则也太离奇了。

其实，林中是真名，从小到大，他都叫林中。据说这名字是林父的一位同事白叔叔取的。开始时，白叔叔不过是开玩笑，他觉得，姓林的取名字省力气，带林的词组多，比方林前、林后、林上、林下，比方林深苔滑，比方林林总总，比方林中、林间，等等，他建议，以后要是有了孩子，最好来个别出心裁，就叫林深苔滑，或者林荫小道也不错。

林父反唇相讥，你姓白也行啊，白的词组更多，你看，白玉璧、白茫茫、白皑皑、白白嫩嫩、白色恐怖、白日见鬼……依我说,你生儿子就取名白日见鬼,生女儿就叫白骨精吧。

后来,爸爸还真的依了白叔叔,大儿子叫林中,二儿子叫林间。

白叔叔的独生女儿,大名白玉璧。

路漫漫的大名有何出处,林中一直想问,可又老是忘记。

有一天,陪路漫漫去学校操场上慢跑,林中突然想到问她,她却像刚发现一个怪物似的看了他半晌,最后撇撇嘴说道:"不会吧,你连《离骚》都没读过?"

"嗐,你想哪儿去了。"这不是小看人吗,林中立马说,"这谁不知道,路漫漫其修远兮,吾将上下而求索。我是说……"

"说什么?"她还是用奇异的眼神看着他,好像她真是个怪物。

林中顿觉语塞,他觉得自己一时说不明白了,吭哧了老半天,依然词不达意。

路漫漫总算听懂了:"我可没你那么复杂,我爸特喜欢屈原,加上正好姓路,就路漫漫了。"

林中"扑哧"一笑:"要是让白叔叔知道,他肯定会叫你路见不平,然后再加三个字,'一声吼',路见不平一声吼。"

路漫漫也乐了,笑骂道:"讨厌!你个'林中小道'!"

也就是从那时候起,除非正经场合,她老喜欢叫他"林中小道",有时干脆省略成"小道",或者又扩展为"小道消息",真拿她没办法。

有人说,这一对俊男靓女相识相爱,缘于两人的名字。这不,林中路漫漫,多么和谐,多么相配。有个算得上是学长的学生会宣传部部长,都快毕业了,还在校报上发出一首打油诗,标题就叫《林中路漫漫》,云:

树说
我是见证
月光穿过
我们隔壁
照见
林中小路

漫漫

　漫漫

　　漫漫

诗写得并不怎么样，打油嘛，没关系，可这一打油，又引起了轰动。一时间，在校园里，不管路漫漫和林中走到哪里，都有人嘻嘻哈哈地指指点点。有一回两人散步，对面过来三个女生，拦住他们，非要和他俩一起合影。那个时候还没手机，相机也不多，偏偏那个高个子女孩脖子上正挂着一只海鸥相机，两个女孩把林中路漫漫夹在中间，简直就是绑架。这张照片非常好，四个人都笑得灿烂，又毫不做作，后来那个海鸥主人把照片放大成12英寸送给他俩，就一张，还对林中撂下一句话："这可是寓意深刻啊，你要珍惜！"

林中不能确定，如果没有那一诗一照，光凭两个人的名字——林中路漫漫，他俩能不能终成眷属。他曾问过漫漫，她的回答非常狡猾："不知道，你问月下老人。"

有点浪漫吧。

可是，过日子最缺少的往往就是浪漫。

似乎什么都顺顺利利，水到渠成，然而，要成家了，林中却在"家"字面前作了难。

家是什么？

古人说过，家谓一门之内。

林中问路漫漫，那一门之内在哪儿？

无论路漫漫还是林中，自幼就跟父母住一起，她有一哥一妹，他有一个弟弟。两家全都租别人家的房子住，她家的屋子略大一点，可那种窘迫更甚，毕竟有两个妙龄少女嘛。好多年了，路漫漫的哥哥一直住集体宿舍，早已有了女友，就因房子问题，只好拖着不结婚。说是不结婚，却已是合法夫妻，他们等着厂里待建的职工住宅。她哥哥扬言，要是这回分房没有他，那谁都别想好过。

路漫漫和林中毕业后都按照儿时的理想，做了中学老师，林中先工作，路漫漫晚了两年，进的却是同於州一中，算是於州的最高学府。他俩都相信，好好工作，努力工作，终将修成正果。教师住宅是他俩一个小小的愿望，而且，两人都很乐观，对于他俩的业绩，领导不该不看在眼里，不会太吃亏。

理想很丰满，现实太骨感，这样的话，一开始，林中怎么也不肯相信，然而，慢慢地，他失望了，虽然并不服。

其实校长不错。可校长并不是神通广大。

一切都可以用一句成语来概括——僧多粥少。

别的不说，於州一中是百年老校，光退休老师就已逾百，大部分租着农家小屋，作为年轻人，林中路漫漫忍心跟他们争吗？

校长真是好校长。

校长身体像运动员，健壮、结实，而平时说话却令人难以置信地轻言细语。林中应召进了校长室，见校长正埋头看着什么，便提醒式地叫了一声“袁校长”。闻言，校长抬头起身，一个劲地招呼“请坐请坐”。

林中并不知道校长找他什么事，他曾向学校提出过要宿舍楼结婚的请求，可这只是出于某种侥幸心理，重点只为安慰一下自己。所以，当校长皱起眉头大叹苦经时，林中不仅没有反感，内心还十分愧疚。

正盘算如何向校长解释，万万没想到，校长话锋一转：“但是，这个但是很重要。”

林中一怔，随即乐了。

林中一向喜欢此话：“但是，这个但是很重要。”曾经在哪一部小说里读到过，平时说话，他也经常引用，以加强语感，没想到校长竟是同好。

莫非校长是欲扬先抑派，他的这个“但是”意味着房子的事有门儿？

林中却不敢点破，只盯着校长的脸，想从他已经转换的表情里读出令他满意的答案。

果真，校长又“但是”了一下：“但是，不知你对房子的要求会不会太高。”

哈，还真的有门儿，林中赶紧说：“不高，不高，只要有个窝，有个容得下我与路老师两个人的小窝就行。”

在学校，林中习惯把路漫漫称作路老师。

“那就好。我知道林老师好说话。”校长不忘表扬属下。

林中仍不敢搭腔，让校长这么一说，不禁有点犯了嘀咕，会不会……

校长似乎没有注意到林中的神色，慢条斯理地问：“听说过员外人家吧？”

林中想了想，摇摇头："没有。"他不知道什么叫员外人家，也想不明白这与房子有什么关系。

"哦，是这样。学校的宿舍楼，实在是不够分配，无论从哪个角度考虑，你们虽说都是好老师，可条件还是那什么，哦，也不能说轮不上，只不过真的不够条件，所以，这次只能这样了。"

什么意思？说了半天，到头来，只能这样了？林中心里咯噔一下，出于礼貌，才没有腾地跳起来。

校长当然看得出林中的心思，伸出大手往下压了压："别急别急，别急嘛。请听我说完。"

不知道自己表情怎么样，林中只觉得脸皮紧绷绷的。

"事情是这样的，我有位亲戚，哦，妻舅，在房管会工作。"

听到"房管会"三字，刹那间，林中明白了。

其实，说来也是极简单的一件事。校长的妻舅是房管会的一个什么长，因公调离，去了外地，原先的住房不需要了。袁校长知道这个消息，立马想到林中，便托妻舅活动了那么一下。

这下林中聪明："你是说，员外人家？"

"对，员外人家，号称是明清建筑，有好几百年的历史，所以，房子有点那什么，就怕你不满意。"

"怎么会？怎么会？"林中连声大叫，连斯文也顾不得了，"只要有个避风遮雨的所在就足够了。"

林中急忙去找路漫漫，想把好消息赶紧告诉她。尽管他知道，这个时段，她在上课，可他还是跑进教学楼。

从窗口向里探望。学生正在做作业，路漫漫踱步巡视。林中轻咳一声，她回头看看，皱了皱眉头，走了出来。

"干什么？不知道我在上课啊？"

林中顾不得解释，晃了晃校长给的钥匙，直截了当压低嗓音："房子，有了。"

"真的？"路漫漫立马眉开眼笑，"怎么回事？"

他正要详说，她却突然一把将其推开："别说了，等下再说。"

还来不及他做出反应，她一闪身进了教室。

他下意识地看看窗内，小的们已经开始躁动，有几个甚至凑到窗口。

赶紧狼狈逃窜。

虽然钥匙在握，可林中还不知道，等着自己的那个员外人家是怎么一副模样，只听袁校长说，员外人家在淘箩山边沿的山前路上，山前路64弄1号。

放学后，顾不得回家吃饭，两人各骑一辆自行车，飞奔山前路。

他俩对山前路都没什么概念，好在作为於州人，他们都熟悉淘箩山。小时候，学校经常组织去淘箩山搞活动，尤其清明节之前，那里有一座被他们无数次写进作文的“高耸入云”的烈士纪念碑。

山前路64弄1号就在面前。

“这真是明清建筑吗？”林中想。他相信，路漫漫肯定也如他一样，脑子里油然跳出的词儿离不开“沧桑”“古朴”之类。

斑斑驳驳的壁墙前，路漫漫冲着林中意义含混地笑了笑。林中不免有点忐忑，担心她会表示出不满意，可现在，至少从表面上看，她没有。

路漫漫正昂头看大门正上方的那“松萝堂”三个字，林中小心地问：“怎么样？”

“什么怎么样？”她的口气带有嗔怪的意味，“进去呀。”

说进去，路漫漫的眼睛还是在打量眼前这座屋子。

於州不大，那个时候，大规模的旧城改造还没开始，新的不见竖起，陈的大多散乱、破败。这个名唤“松萝堂”的“员外人家”，虽然不少地方已经墙皮脱落，却还是显得有些庄重。

松萝堂是四合院，於州人向来把四合院称作台门或台门屋。松萝堂的正门开在台门正中。门是所谓的双扇门，大门口有两级台阶，俗称踏步。踏步左右立有一对石狮子，其中右边那个石狮子“右手”握着的绣球不知怎么缺了小半。上了踏步，双扇门前面还有一块丈余宽的小空间。

“松萝堂”的匾额悬挂在大门门楣上方的屋檐底下，许是经常有人清理打扫，虽然匾额也带有岁月的晦涩，却并不蒙灰。

林中的着眼点在大门左边的那一排房子上，他踮起脚尖，想通过靠近大门的那个窗口向内张望，可惜够不着，只差一点点。

路漫漫把自行车在右侧的石鼓边停好，随即回头叫林中，他赶忙也把车推过去支好，锁上。

两人上了台阶，双扇大门一开一合，虽然木质门扇久经岁月磨蚀，但并没斑驳不堪。

跨进门槛，迎面挡有一墙，林中还没反应过来，路漫漫已略带惊喜地喊出："照壁！"

林中只听说过照壁，这还是头一回见到。

照壁有四五米宽，一人多高。林中跟着路漫漫凑近前去，见墙面明显雕有什么图案，细细察看，还是辨不出什么，又是路漫漫悄声说："你看，百鸟朝凤呐！"

林中相对比较迟钝，看了半天，才算有点明白过来，还真是，中间有一条斜伸的树枝，这就是梧桐吧，上面栖一长尾大鸟，周围不少雀儿，有的飞，有的立，全都正面向着中间的鸟儿——凤凰。

林中不由得惊叹起来："这么大的石板，打哪儿弄来的？"

"什么呀？这是砖雕，砖雕知不知道？"路漫漫说着，指了指照壁，"你看，这些缝隙就是砖缝。"

林中凑过去，还真是，这些砖真够大的。

他朝右让过一步，不小心碰到了什么，险些跌倒，扭头看时，见墙边有个一尺多高的蓝花水缸，哦，应该是荷花缸，看不到里面的水，全让几簇荷叶遮掩住了。

"荷花缸！"林中有点儿小兴奋，他对荷花更感兴趣。可惜没有，而且，有几片荷叶已然萎了，时令不对。

路漫漫看看，又撇了一下嘴巴："好了啦，还是进去看房子吧，以后有的是时间看这些。"

这倒也是。

两人手拉手正要转过照壁，一回头，粗心的林中这才发现，刚才一跨进门槛，左左右右全是走廊，难道这就是所谓的抄手游廊？

林中对游廊不感兴趣，看看路漫漫问："哪一间是我们的？"

"看我干吗？我怎么知道。"

"中间的大间。"这是校长给钥匙时说的，"可哪是中间的大间？"

路漫漫跟着他往正面的一排房子望去，这时发现，正面中间的屋子比较大，双扇门，她心里便想，那就是所谓的大间了吧。大间两边各有几个房间，却全不是双扇门。

他不想多说，干脆经由天井正中的石板小径直接朝前走去。

还没到门口，右边那屋出来一位40岁左右的女子，她看看两个人，有些疑惑。

“请问……”林中不知道应该如何称呼。

那女子看看他，又看看路漫漫，然后问：“你们找谁？”

“大间……”

还没等林中说出完整的话，路漫漫抢话道：“我们是新搬来的。请问中间的大间是哪里？”

女子笑了，用手朝旁边一挥：“哦，就这。你们是大间？”说着，她又用右手拇指向着自己身旁的屋子点了点，“我住这间，以后大家就是邻居了哈。”

路漫漫抢先几步，上了对面的走廊，笑嘻嘻地对那女的说：“谢谢大姐！打扰了，以后还请多多关照呢。”

“好啊好啊，”大姐上上下下地打量着路漫漫，“你还真漂亮，我喜欢！”

路漫漫倒也不客气：“谢谢大姐！我姓路，叫漫漫，叫我小路或者漫漫都行。”

“好好，路漫漫，好名字，好听！”

林中也跟了过来，冲着女子点了下头：“大姐好！”

“好好，帅哥！”女子看着面前的两个新邻居，很是开心，“一对儿？呵呵，一对小情人，金童玉女嘛。”

路漫漫“噗”地一笑：“大姐说笑了，我们两个可是合法夫妻呢。”

女邻居还是很开心的样子：“知道知道，看得出来，你们很有夫妻相。”

路漫漫没有再说什么，她推了一把林中：“你先进去吧，看看你的金銮宝殿。”

金銮宝殿是林中欣喜若狂时开的玩笑。像是为了掩饰，他拍拍脑袋，自我解嘲地说：“哦？差点儿忘了，走，看去。”

林中一推门，只听“咣”地一响，铁将军把门！

他又拍拍脑袋，尴尬地笑笑，朝路漫漫一伸手，又指指门锁。

路漫漫走到门口，从坤包里取出钥匙，这是他上缴与她的。

门开了，她却退后一步，意思是要林中先进。

第一感觉是咋这么黑暗？他小心地迈步进门，轻微的霉气飘了过来。

“唔，一股潮气，沁人心脾！”林中怕路漫漫嫌弃，先声夺人来一个玩笑式的贬损。

路漫漫不是那种矫情的女孩，不知是觉得林中过于夸张，还是早有心理准备，她毫不迟疑地跟进，而且抢在前头走进屋子，不由分说拉窗帘、开窗户，刹那间，眼前一亮。看看四周，除了屋角落有一只纸板箱外，连凳子都没一个。

来不及沮丧，林中忽而看到靠近门口的左右两面墙上竟然各有两扇小木门，他快步跑到东面的那扇，启开，是一个比中间略小的房间。他只在里头转了个身，又重新出来打开另一扇小门，果真，这也是一个小房间。

路漫漫跟着他进来，脸上笑成了一朵花。

“怎么样，满意吧？”他问妻子，大约是出于一种促狭心理，他又看看空无一物的屋子，“看来，真的得白手起家了。”

路漫漫白他一眼：“那有什么，谁不是这样？想想，你够幸福了。”

“对对对，”他连忙接口，“幸福幸福，有了房子，还有美丽可人的……”

她大声喊起来：“打住！想想接下来怎么充实吧。”

“听你的，一切你安排。”他不敢当甩手掌柜，是自知之明，自知没艺术头脑，所以，只好能者多劳，谁叫她聪明呢。

新居，也可以说是新房，就几道墙壁，没什么可看的。几分钟之后，他俩退了出来，来到天井边上。

关注点不能不放在外环境上。

这台门屋四边全有走廊围着，走廊不露天，每个转弯处与南北东西四个台阶两边都有一根很粗壮的柱子支撑廊檐。从廊柱下方几个对称的方形孔穴可知，以前走廊边沿有过栏杆。

算了一下，加上内大门对面那两户，台门一共有十多户人家。

台门坐北朝南，他们的屋子就在北面中央。从外面看，他家就一个门，双扇门，进门后，东西两个房门与外边不相通。

他家左右各有一户邻居，每家都有一个门，清一色的单扇门，而且，门全开在靠近林家一侧。这两户人家肯定也是所谓的“独门关进”，跟林家左右两个房间一样，无非林家有三间屋。

至于窗子，林家大门的双扇门两侧都开有木窗，后墙正中也有个玻璃窗，两边的房间也都一样。林中想，邻居家应该也差不离吧。

校长对林中说过，大间也叫堂中屋，据说很久很久以前，是迎客供茶的地方。

另外，东西两边各有厢房两套，大小一式，从外貌看，其式范跟林家左右邻居应该毫无二致。

台门南面与北面不相对称。后来林中听说，他家笔对是大门，抄手游廊从大门“左右开弓”，至东西两头后，拐弯一致向北，到他家两个邻居屋前，又相向拐弯，这就是说，整个天井全由游廊包围，此外，游廊每一边中间部位都有一个两档一米多宽的台阶，方便上下天井。

大门两侧各有三间屋子，全是一门二窗，门一律单扇，窗则前后各一个。

对于天井，於州人称之为道地。员外人家的天井是长方形，较大，林中估计，总有 500 平方米吧。天井南北东西各有一椭圆花坛。头一回进来的林中没留意花坛里种着什么花，他只关心那架藤萝，藤蔓从架子四角往上攀缘，林中希望它们是葡萄，可显然不是，路漫漫肯定看出了他的心思，悄悄说了一句：“是紫藤，你看叶片，还有那豆荚。”林中见过紫藤花，在儿童公园，可那是小时候的事，记得开花时节，确实美丽。

正仰着头，一个小男孩过来说：“这是我爸爸种的，你们是不是想要种小紫藤？”

“是吗？你爸爸真厉害！”路漫漫问小男孩，“小朋友，你叫什么？住哪一间？”

“我叫梁春雷，喏，我家住那两间。”说着，他用小手指了指，看来，刚才那大姐是小男孩的妈妈。

林中好奇地问：“你家几口人？”

“爸爸，妈妈，哥哥，还有我，有时爷爷也来住。”梁春雷嗓音脆脆的。

林中回头看看路漫漫，她正笑眯眯地看着小男孩：“我们做邻居好不好？”

“真的吗？”梁春雷眼睛一亮，有点惊喜。

“真的，我们是来看房子的。”

“你，”梁春雷说了一个字后，又朝林中看了一眼，“你们，住哪里？”

小男孩显然见他们进过大间，只是想确认一下。

路漫漫用头点点大间："喏，这间，做邻居，好不好？"

春雷显然有点兴奋，顾不上回应路漫漫，一回身，边跑边喊："哥哥，大间有人住了。"

后来得知，大间已半年没人进出，以前的住户有两个孩子，一男一女，搬走后，春雷与他哥哥不开心了好一阵子。

大约梁春雷觉得，路漫漫也差不多还是个孩子吧。

路漫漫温柔地问："要不，我们再进去看看？"没容林中开口，她已经跨上台阶，掏出钥匙开门。

梁春雷又出来了，还有一个男孩，比他高出半个头。梁春雷向林中他们介绍："我哥哥，他叫梁春光。"

这回林中争取主动："春光好！以后我们就是邻居了。来，握握手，好朋友！"

看来梁春雷是个自来熟，他依偎在路漫漫身边，扬起小脸，做出甜甜的表情，好可爱。

两个孩子跟着一起进屋，他们表现得比主人还新奇，东看看，西望望，像是头一回进这屋。梁春光看了一圈，然后说："怎么什么都没有啊？"

"你还真笨，小慧家的东西全搬走了，哥哥姐姐他们还没来得及搬来嘛。是不是？"春雷看着路漫漫。

"对，我们明天，哦，不对，后天搬来，后天是星期天。"

到了星期天，他们并没真的动手搬家。路父比女儿女婿考虑得周全，他的意思是那屋子关了那么长时间，又潮又霉的，必须先开窗开门通上几天风，等那股子湿气、霉气、晦气驱除掉了，重新粉刷一下，再动手搬家。按说，员外人家是公房，应该由房管会来搞这些事，可林中他们觉得还是自己动手的好，又不是什么重体力活。

所有一切好不容易收拾停停当当后，林中也没敢惊动太多的人。他记着校长的关照，不过于声张，以免节外生枝。这不，他们只托路漫漫的哥哥借来一辆板车，自己动手，来了次"战略大转移"。其实，并没多少东西要运，无非是从父母家捡了几件旧家具、桌椅小柜什么的，还有两个手提箱。

梁家两个小家伙显得特别兴奋，时不时往大间窜，要不是他们父母的呵斥，别人会以为他俩是童工。

安顿完了的那天，双方爸妈相约着都来到新居，大家非常满意，尤其岳母大人，更是赞不绝口。林中征求路漫漫的意见，要不要好好庆祝一下，结果还是依了林父，两家人上穗馨园吃了一餐。

接下来考虑的是新婚宴，路漫漫主张，还是不办为好，趁着暑假，两个人去西双版纳流窜一回比什么都强。

林中当然听她的，有人说过，听老婆是男人的第一美德。

不过，到头来，他们还是请来一位市内有名的厨师，林中的初中同学，更是好哥们儿，帮着办了三桌，清一色的新邻居，男男女女老老少少嘻嘻哈哈好不热闹。

此时恰逢中秋，感觉台门里的邻居一下子全成了亲眷——不是说远亲不如近邻嘛。

可惜搞了半天，面对那么多人，除了梁家两个小子，林中一概分辨不出谁是谁。不过，也没关系，来日方长，有的是机会。

席散，幸亏有两位妈妈联手清理一切，路漫漫想插手，全被两个慈母挡了回来，林中自然连装模作样都不需要了。

他们毕竟是文学爱好者，自以为有那么一点点情调，感觉老天特别眷顾，连夜空都那么清丽，星星密匝匝，月亮如银盘，这让林中突然怀疑起月朗星稀这个成语的真实性来。

邻居们跟他们不一样，对星月毫无兴趣，不知道是有意给他们留个空间，还是对中秋晚会情有独钟，反正偌大的天井里，最后只剩新人一双。

路漫漫坐在从娘家带来的那把旧藤椅上，仰着头，不知是看星星还是望月亮。

“喂，”林中推了推路漫漫，“你有没有发现，我们这些邻居彼此好像全是陌生人似的，总不会也像我们，都是刚搬来的吧？”

路漫漫动也不动：“你管这个做什么？”

“好奇嘛，你看姓金的那一位，叫什么刚的，夫妻俩像刚吵过架，那女的可怜兮兮的。”

路漫漫“哧”地一笑：“嗬，怜香惜玉啦？”

“什么呀，我是说，邻居关系处得不好，多尴尬。”

见妻子不作声，他又把脸转向南面，轻轻说：“还有那个叫什么阿光的，贼形狗势的，一看就不是好人。”

“好了啦，你还是管好自己吧。”

“也是，闲事勿管，饭吃三碗。”

就在这时，忽听背后“吱呀”一响，接着是梁春雷的声音：“漫漫姐姐，你们怎么不看中秋晚会呀？”

2. 冒牌房产主

按节气顺序，此时已近大寒。

都快 8 点钟了，山前路依旧寂寂无声。

林中与路漫漫住进员外人家已经好几个月，一向不太愿意跑来窜去的林中终于还是对住家附近有了点了解。

山前路也算是闹中取静，南北走向，员外人家在山前路的一条支弄口，名唤山前路 8 弄，台门就在弄口，是山前路 64 弄 1 号。

64 弄很短，明确地说，就是传说中的死胡同。弄堂里住家不多，坐北朝南的只有员外人家一个台门，而对面却住有好几户人家，一式平房。

也有不那么短的弄堂，比方员外人家背后的那条。它两头开放，西边出口在淘箩山脚，东边则是与山前路平行的於江北路。

山前路不长，连头带尾，满打满算，不会超过 500 米。

山前路的住户大多是已不能算作农民的农民，也有为数不多的所谓的居民，其中多为下岗者。总之，不少为闲散人员。

只有员外人家是个例外，有几户人家还颇有身份。这是后来林中慢慢了解到的。

关于员外人家的称谓，历来都有不同说法。

不少人都愿意相信，这是不知哪朝哪代哪位做过员外郎的大官宅邸。也有人对此持疑惑态度，比方范国柱范爷爷就说过，台门主人原先是个不小的地主，虽然比刘文彩之类差得多了，却也算是钱多地多的主儿，土豪劣绅而已。

为了弄清“员外”这个“称号”，林中还专门查过词典。那上面说，员外原指正员以外的官员，后世因这类官职可以捐买，故富豪皆称员外。明朝以后，员外郎成为一种闲职，不再与科举相关，且渐渐与财富联系在一起，只要肯花银子，财主和商人都可捐一个员外官职做做。

林中觉得，范爷爷的话是有道理的。

可是，既然如此，台门的主人或者主人的后代现在何处？莫非败落了？

有一回闲聊，林中就向范爷爷提出了这个疑问。

范爷爷似乎迟疑了一下，最后还真说开了：“台门的主人也姓范，祖上，也不知是哪一代的祖上，确实是个员外，非常散淡的那种，家有万顷田地，富得直冒油。这个老范一天到晚只知游山玩水，呼朋唤友，吟诗作对，说他不务正业吧，可他的钱财全都会自己找上门去，你有什么办法。可就是这个老范的后人，几代下来，倒也没有倒过多大的霉运，偏偏就在清朝快完的那些年，出了几个败家子，这个败可不是一般的败，几乎可以说是完全彻底的，最后，连这座祖宅也典给了人家。”

“那倒还真是，”林中听了，感叹道，“当初，要是这个范家子孙跟共产党干多好。”

范爷爷点点头：“谁说不是。你看他，祖业败落了，没田没地了，成了无产阶级，这多好，可偏偏地主当不了，去当了反动派。”

“哈哈，他这叫神勿清，脑勿灵。”

“还有更脑勿灵的事呢。”老人脸上闪出一丝顽皮的笑，“都48年了，哦，1948年初，师长大人大摇大摆回了於州，大约是想显耀显耀吧，在城里最大的饭店大摆筵席，不但请了亲友，还邀来不少地方豪绅与当官的。这倒也没什么，神勿清的是，他花了重金，把这个祖宅给赎了回去。”

“原来是这样啊？”

“你说搞笑不搞笑？”

“哈，太搞笑了。”

“国民党反动派逃往台湾时，带去了大陆无数金银财宝，还有文物古董，可就是没有办法把田地啊，屋宇啊全带走。”

“也笨，他可以卖掉呀。”

“还卖个屁，打仗逃命都来不及。那一走，这家伙就没再回来过。”

“那这台门，后来……”

“那还用说，当然是政府接了下来，要不然，你我也不可能住进来，现在，这都是房管会管着的。”

“哦，这下我明白了。”

林中还真的是明白了，回到家里，又将这些事绘声绘色地跟路漫漫说了一遍，路漫漫倒一点不惊讶，说她家有个远房亲戚，到了 1948 年秋天，还从一个即将逃往台湾的大地主手里买了 50 多亩地呢。结果划成分时，险些成了地主分子。

林中还想兴致勃勃地述说台门历史，路漫漫却不耐烦了：“好了啦，你还是去看看水缸，都见底了，拎几桶水来。”

没办法，老婆的话总是要听的。他走到屋角落头的水缸边，拎起那只已经被磕碰出好几个坑的铝桶，去外面的水井打水。

“老弟，你也打水啊？”

与他打招呼的是阿光，看几位邻居的神色口气，大家都不太愿意与阿光说话，林中显然是受了影响，基本上不主动搭理阿光。这次出于礼貌，林中做出一个笑脸：“你也打水？”

阿光正好从井里提上来一木桶水，二话没说就把木桶里的水倒进了林中刚放在地上的铝桶里。

“这怎么行，这怎么行？”林中颇觉意外，更多的是不好意思。

阿光已经把木桶再次放到井里：“应该的，隔壁邻舍家嘛。”说话间，又一桶水提了上来，他再次将其倒进林中的铝桶。

这回，林中说不出话来了，除了“谢谢！谢谢！”

阿光却不当一回事，挥了一下手，意思显然是让林中拎水回家。林中看着阿光，心里嘀咕，看来，人家的话还真听不得。他拎起水桶，转身之后，又回头看了一眼阿光。

阿光是范爷爷的堂侄孙，细细排起来，已出五服，可因为同住一宅，远亲成了近邻，便也多了交往。不过，这种交往多体现在管教与被管教上。偏偏阿光从小调皮捣蛋，爹娘都对他束手无策，哪肯服从老人管束，看在堂爷爷这一辈分的面子上，少捣几次蛋就已经够阿弥陀佛了。

阿光一向意志坚定地信服自己是员外后代，他不管哪朝哪代，只认定一条，包括他家在内的这幢屋子，要不是当年有一祖宗大人做过员外郎，能叫员外人家？

有人说，县志里从来就没有记下一个范姓员外的事，由此可见，范员外纯属子虚乌有。可他阿光才不管什么县志不县志，他很不屑地宣称，保不住修志的那个什么人好巧不巧在写字时打了个瞌睡。

阿光甚至宣称，这员外人家，这整个台门原本全是他们范家的。

阿光当然也姓范，连名带姓叫范其光。无论什么地方，都有用谐音给人取绰号的习惯，山前路人也不例外，于是，他就有了个“饭吃光”的“雅号”。有聪明人说，这个绰号晦气，正是这个晦气的绰号，才导致他穷困潦倒。你想，饭吃光，吃光饭，哪有不穷的道理。

光，或者吃光，肯定不好。

然而，大家还是习惯叫他阿光，阿光自己无所谓，光就光吧，光棍一条，没什么不好。

阿光有个人人皆知的喜好，那就是吹牛，他吹得最大的牛当然是吹嘘自己为员外郎的子孙，吹他家从前那辰光如何如何富裕，不要说员外人家是他家的，整条山前路也全姓范。

范爷爷承认台门曾经属于范家，他自己也是范家子孙，这点荣誉感还是有的。只是，他不止一次言之凿凿地指出，范家是个大家族，阿光及其向上几代仅为范氏一脉。

范爷爷还表示，他家与员外人家的主人几竹竿都够不着。比较起来，同阿光反倒要近得多了。

问题是，这都是历史问题，即使说破了天，也毫无现实意义。

阿光却不这样认为。他断定，总有一天，政府会把原本属于他家的房子全部归还给他。许多地主呀，资本家什么的，以前被没收过的资产不全都物归原主了吗？

这样的想法，这样的说法，从阿光还是毛头小子时，他就始终如一地坚持着。

亏得支书汪顺发，村里的人，大多骂他“顺发蚂蝗”，但他对阿光倒是挺照顾的。

那天，村里的那群促狭鬼正揿着阿光的脑袋，只听顺发大喝一声：“干什么，干什么？迫害贫下中农，迫害无产阶级啊你们？”

领头的那小子一梗脖子：“他反动，企图复辟！”

“复你娘的大头辟！”顺发一步上前，伸手扯下阿光头上那顶歪歪斜斜的高帽子并扔在地上，然后又一脚踢开。

几个小子目瞪口呆，村里老老少少哪个不知道顺发蚂蝗的厉害，领头的小子还不肯罢休，口气却瘪了许多：“他想反攻倒算，人人得，得，得而诛之！”

“人人得而诛之”这新鲜词儿是小子刚从广播里学来的，必须活学活用。

“诛你娘的头！”顺发瞪起不大的眼珠子，“去，把你爹叫来，你爹他娘的投机倒把罪，我他娘的还没找他算过账。”

小子听到这碴儿，不由得一怔，张了张嘴，没再出声。旁边两个十六七岁的小家伙轻轻捅他一下，他似乎这才明白过来，一歪头，用谁也听不清的声音说：“走！”

一帮小子还没走远，顺发就转身朝阿光头上捋了一下：“滚，少给我出洋相，安分点。”没说完，他就背起手，一摇一摇自顾自走了。

围观的人窃窃私语。

“顺发蚂蝗怎么着，好像对阿光大头鬼有点特别，是不是跟……”

“你是不知道，他们是两个生死之交呢。”

“就是，你别看阿光这大头鬼落拓，倒也讲义气，听说还救过顺发的命呢。”

“真的假的？”

“当然真的，廿多年了，两个人全讨饭出身，年纪差得大，可天天一起讨吃。有一回，顺发病了，赖在破庙的墙角动不了，阿光这小鬼又讨吃喂他又拔草药饲他，才救回一条命。”

…… ……

这样的议论阿光听得多了，根本不当一回事，他只看了众人几眼，摇摇晃晃，自顾自走了。

房屋的事多年没人提起，压抑已久的肚里话，起先没敢再说。可眼下，周围许多人都在传说什么退赔，有人真的突然之间发了大财，这让阿光动了心思。起先还不敢多想，时间长了，听得多了，哪还忍得住。他又开始宣扬自己的员外子孙身份，到处吹嘘员外人家原本是他家的祖业。

没人把阿光的话当真话听，却有不少人愿意跟阿光搞恶作剧开玩笑。

阿光有阿光的道理。

他说他知道员外人家换了主人不假，但原有主人还是他阿光的一位堂爷爷，虽然他直到今天还没有想起来那位堂爷爷叫什么名字，但他听说，堂爷爷在三大战役中的一次忘了叫什么战役中被当场击毙。他还知道，这位堂爷爷是个“执跨”子弟，年轻时吃喝嫖赌样样都来，得了花柳病，结果，虽然三妻四妾，却没有留下半个子嗣。这意思就是，他阿光不仅是员外子孙，还是这台门的理所当然继承人。

那人想了想，不能不服气：“说的也是，你那堂爷爷死掉后，这个台门让新政府接收，成了房管会的了。”

无奈阿光是个嗨来头，嗨来头是於州土话，意思是光说不练，译成更文雅一些的话说就是银样镴枪头，说起来气壮如牛，一旦要动真格的，逃都来不及。

可屄包也有雄起的一天。

这不，阿光家来了个说不清是何方神圣的本家客。

本家客五六十岁样子，正当秋高气爽时节，却穿了件破棉袄，头上是一顶新的黑皮帽，讲的本地话，可口音似乎有点外地味道。没扯上几句，这人就直奔主题，目标非常明确，他是员外人家合理合法的继承人。

阿光毕竟没有见过什么世面，听着那人云里雾里地排着范氏家族的辈分关系，心虚得一塌糊涂。他明白，吹牛归吹牛，动真格的话，自己可没这个能耐。

这继承人貌似是直接冲着阿光来的。他从包包里翻出一大堆阿光见都没见过的文书。阿光看不懂，懵懂之中，见有一个什么证件上明目张胆地有一个十二角星，这个他懂，是“国民党反动派”的什么徽，不禁吓了一大跳。

阿光再也听不进继承人嗨来头嗒嗒说的是什么了，一门心思在想，这家伙什么来头。阿光毕竟见识少，观念背时，思想还停留在并不太遥远的过去时代，他最想知道的是这家伙是什么人，会不会是台湾来的美蒋特务？

那人似乎没有留意阿光疑惑的眼神，还在自顾自喋喋不休，中心思想只有一个，那就是眼前这个房产归他所有，住户们必须限期搬离。

说到“房产”二字，来人明显加了着重号。

这人还自称是讲道理的人，不搬离也行，他可以最低的价钱出让，不过，有一个期限，那就是10天之内。

阿光朝门外看看，当时是下午2点左右，台门静悄悄的。

“你干吗跟我说这些？我住的是房管会的房子，只缴房钱，不会买屋，也没钱买屋。”阿光盯着对面闪烁的目光问。

那人也朝门外看了一眼：“我知道，我知道，我还知道你也是员外的子孙，所以找你。再怎么说，你我都是同一个祖宗，对不对？”

阿光仰脸看看头顶的那个灯泡，不作回答。

“我不会亏待你，到时候分两成给你。”

这话有点语焉不详，但阿光懂，意思是让他帮着跟邻居们说，如果成功了，分两成红利给他。

阿光虽然一贫如洗，却也不贪，之所以一天到晚说自己是员外后代，无非是为了饱个“口福”，他比谁都清楚，这偌大的屋宇，即使过去真的属于范氏家族，也轮不到他的份儿。

到这时，阿光有点明白了，面前这家伙是个骗子，哦不，一转念，他又觉得不会那么简单，那个“十二角星”对他的刺激太大。

想到这里，阿光连忙让自己堆出一脸的笑，有点做作，但他自己认为是和蔼可亲极了的那种：“两成，太少了点吧？”阿光也懂得一定策略，相信这么说，人家才不会起疑心。

那人一怔，但即刻十分爽气地说：“这个好说，这个好说，事成之后，2.5成，怎么样，够多了吧？”

阿光有点激动，主动伸手跟那人击掌。

阿光牢靠主意：“那，先生你住哪里？我怎么跟你联系？”

“我？”那人前后左右上上下下打量着阿光狭窄的屋子，“你这里可不可以……”

阿光万万没想到对方会来这么一着，他打算待这人离开后，立马找顺发蚂蝗。可他竟然要赖在这里，天哪，这可如何是好？

阿光转了几下眼珠子，也装模作样地打量着自己杂乱的小窝，做出一种尴尬的表情说：“你要是愿意，我，我当然欢迎，可……”

“呵呵，没什么，没什么。”他指着屋角的一把竹躺椅说，“这个可以休息。”

阿光愣了愣，随后又立即答应说：“那你休息，我去买点菜来，你喜欢吃什么，我……”

阿光注意到，那人听到一个“吃”字，咽了一下口水，心想，这人得多少日子没吃东西了啊？看他像是不打算回答了，便丢下一句：“你等着。”

十多分钟之后，阿光回来了，没有买菜，却带来了顺发蚂蝗，还有两个壮汉子。

三言两语一盘查，那人浑身筛糠，连声讨饶，果真是个骗子。

阿光高看这家伙了，他根本不是从遥远的台湾过来，而是标准的本地人，离城不过 40 里地。

不过，有一点是真的。这人确实也姓范，也是范氏后代，叫范中汉，至于是不是跟员外有关，那就另当别论了。

范中汉在派出所的交代有点东拉西扯，前言不搭后语。不过，最后还是闹明白了，这个人神经有点问题。

原先范中汉确实是於州城里人，不过，并不住在员外人家。

30 多年前，范中汉被拉了壮丁，随着国民党军队东奔西突。也是机缘凑巧，他糊里糊涂地成了勤务兵，侍候一位姓范的师长。有一回，师长突然问他：“听你说话，像是南方人，老家在哪儿？”他回答了。师长有些惊喜，说了句“老乡见老乡，两眼泪汪汪”，随后还抓住他的手，使劲晃了几下。打那之后，师长对他明显格外亲热，有空时，就跟他谈於州，讲他家里的事，自然也说员外人家。有好几回，师长都说等仗打完了，一起回家，让他住在员外人家，还说他家的房子很大很大，只不过，典给了人家，可他下决心要赎回来。后来，他随师长回过於州，不久，又命手下副官带着银票，把祖宅赎了回去。

派出所的人问范中汉：“那些文书是从哪儿来的？”

范中汉眨眨眼睛，有点想哭的样子：“我是勤务兵，师长有些东西我替他保管。我对不起师长。”

“你怎么知道这些东西是做什么用的？”派出所所长翻着那几张泛黄的纸又问。

范中汉下意识地看看门口，低下头说：“我哪懂了，都是儿子……”

事情终于全搞明白了。

范中汉是在一场必败的战役中趁乱溜号的。当时的他还算狡猾，把师长的一只皮包埋在山脚边一个坟冢的破洞里。

他很快被解放军抓了。吓得要死的他在选择去留时，因为怕打仗，没像大多数俘虏那样加入解放军队伍，而是领了路费回家。当然，之后他没有忘记去坟冢取走那个皮包。

至于范师长的下落，他说他一个小丘八，哪能知道师长的去向。

最后这小丘八倒没被怎么处理，反正也没让他骗走什么，教育一通，就叫一直候在员外人家大门口，随后又跟到派出所去的那个儿子接走了。

派出所出于负责，后来与范中汉所居村子联系过，村里大队支书在电话里先是哈哈一笑，然后丢下一句："你们理他们干吗，俩父子本就一对活宝，两个神经病。"

这事无惊无险地就这么过去了，却让阿光大大风光了一番。邻里们把这事看得很重，纷纷对他竖起了大拇指，上上下下的，几乎把他看成了英雄，这给了他不少的心理满足。

阿光却不无沮丧，本以为自己抓到了一个美蒋特务，结果只碰了个连毛贼都算不上的白痴。

这种连毛贼都算不上的白痴，居然想骗做房产主，真出大头鬼了！

3. 智擒偷鸡贼

那么多年来，阿光在旁人的心目中完全是一个小瘪三形象，虽没有什么滔天罪行，但是蝇营狗苟的勾当却是从来不曾断过。

就说前天晚上，哦不，是昨天早上，阿光还在赖床，梁家的两个孩子又打门又叫喊的，把他从梦中吓醒，他还以为着火了。他连衣服都来不及穿，光着身子打开门，只见两个小东西正怒目圆瞪，二话不说，一齐动手把他推开，直接冲进屋子，角角落落地翻看。

阿光半天才从懵懵懂懂中反应过来，吃惊而又迷惑地喝问："喂喂喂，你们做什么，抢劫啊！"

梁春光弯腰察看床底下，没发现有什么，直起身子，举手扬了扬拈在指头上的一根鸡毛问："你自己看，这是什么？"

阿光感到有些莫名其妙，看看梁春光的脸，又看看鸡毛："鸡毛呀，你上我床底下找鸡毛？"

"哥，不要跟他啰唆，"梁春雷摆出恶狠狠的样子，冲到阿光跟前，"你把我家的鸡弄哪儿去了？"

"什么乱七八糟的？我弄你的小鸡鸡了？"阿光一脸促狭地笑。

两孩子正火头上，这下更怒了，一人一边拧住阿光的胳膊使劲往后扭，扬言要把他送到派出所去。

吵嚷声惊动了范爷爷，老人刚练完八段锦，步履稳健地走了过来："吵什么吵什么，大清早的？"

"范爷爷，"两个孩子松开阿光胳膊，争先恐后向老人报告，"我家的五只母鸡，大头鬼偷我家的鸡。"

"喏，范爷爷你看，这是在大头鬼家门口拣到的鸡毛。"梁春光把鸡毛递给老人看。

老人拈住鸡毛，看了看："就这？"

"这还不够吗？"孩子的口气有些不满。

范爷爷呵呵一笑："你家被偷的是母鸡吧？"

梁春雷使劲点头："唔，全是母鸡，生蛋蛋的。"

"可这鸡毛是公鸡的尾巴毛呢。"老人笑眯眯地说。

梁春雷凑过去仔细看了看，带着不好意思的口吻说："还真是，像柳叶姐姐踢的毽子上的……"

梁春光也过来看了，他发现，鸡毛"柄"上有细小的针孔，这说明它真的是从毽子上掉下来的。

两个孩子一下子脸红了，匆匆地看了眼阿光，二话没说，撒腿就跑。

来不及暴怒的阿光，简直让两个毛孩子逗乐了，抓抓头皮，嘀咕道："不对，都把我当成什么了？连在这两个什么也不懂的小不点儿眼里，我都干坏事出了名，这不，一出事，我就成了被怀疑对象。"他狠狠一跺脚，几步奔进门，冲着孩子的背影大声吼道："梁家俩讨债鬼，回来，说说清楚……"

林中正站在紫藤架下，笑着劝道："阿光兄，算了，跟孩子计较，没必要。"

"可他们冤枉我，那就白让他们冤枉了？"阿光不依，"肯定是他家老子教的，看我不做了他们。"

"好了啦，嗨来头十足，还嫌自己名声不够响？有本事，往后别再做七对八对的龌龊事，好好做人。"范爷爷一边掸衣襟，一边走过来说。

"我做什么龌龊事了？"阿光涨红了脸，口气却明显带着心虚的成分。

范爷爷摇摇头，叹一口气："好了，没做最好，就当我没说。"说完，老人回身就走。

阿光木呼呼地怔在自家门口，半晌，才像是突然醒悟过来，又一跺脚，反身回屋，丢下五个含混的字："这算什么事？"

其实阿光心里明白得很，"偷鸡摸狗"的名头他是没有办法脱开的。当然，他有他的说法，这不是他的过错，要怪就怪旧社会，那时候，说书人说的什么上无片瓦下无立锥之地，什么身无寸缕腹无隔夜食，什么面黄肌瘦形销骨立，等等，全是他的写照。没办法，要活下去怎么办，不是有句话吗，叫饿死不如犯法，为了不被饿死，顺便拿点什么也是没有办法的办法。再说了，现在是新社会了，他自以为已经改过了呀，虽然，有时候还会做些顺手牵羊的勾当，可那也是说不清的，手痒痒呀，手痒痒怎么办，总不能把手给剁了吧。再说了，谁都知道，他“拿”的都不是哪家哪户的，就拿鸡鸭来说，他捉的无一例外都是队里养着的，还有就是别的生产队的养鱼塘，半夜三更的，他去捉过几回鱼，然后卖了换钱，当然，小毛毛鱼自己煮了吃，也挺鲜挺香的。这算什么，反正鱼塘里的鱼多了去了，反正偷鱼的又不止他一个，反正……可有一回不小心，让人逮着，太缺德了，他们竟然叫他提着个铜锣，一边敲，一边喊：“我是阿光大头鬼，我是偷鱼贼！”面子全让他们丢光了。

阿光心里对自己说，大丈夫敢作敢当，是我做的就是我做的，不是我做的谁都不可以往我头上泼污，别当阿光我老实好欺侮！

阿光实然感觉自己脑子里灵光一现，对，想办法，想办法抓着偷梁家五只鸡的那个贼，这是证明自己清白的好机会，叫什么？对，叫正名，叫昭雪。

可是，会是哪个恶鬼呢？

一个又一个的“丑恶嘴脸”从阿光的脑海闪过。

成杰无赖？这家伙不是好东西，一贯喜欢欺侮弱小，见谁有好东西，动手就抢的事不止一桩两件，八桩十件，可区区几只母鸡，恐怕他眼都勿开吧。

松木烂脚佬倒有可能，凿壁打洞的勾当干过不少，可听说最近他那条腿烂得一件死相，哪还有本事偷鸡摸狗？

想来想去，好像还有一个人极为可疑，那就是国灿癞子，听说他连姘头的金戒指都偷，两个月前，就因为撬百货公司被抓，总不至于这么几天就放出来了吧？

盘算了半天，到头来，摸不着一点头绪。

阿光低头走出家门，走出台门。低头不是沉思，他没这习惯，用他自己的说法，他像一只老鼠，一双眼睛滴溜溜地转，想从弄堂的角角落落找出蛛丝马迹。

转了一圈，毫无收获。双腿发酸，无奈返回。

在台门外的小巷口，他看到一个破败的垃圾桶，准确地说，是一个乱七八糟的垃圾堆，那个垃圾桶有一大半让杂七杂八的脏东西淹没了，老远就有一股难闻的气味，幸亏寒冬腊月，否则，这里肯定蚊蝇乱飞。阿光并不太嫌乱嫌臭，自家屋子也干净不到哪里去，可面对这堆垃圾，他还是习惯性地捂住了鼻子。

正待快步离去，他忽地站定，急速回头，然后小心翼翼地向垃圾堆走去。他感觉到这里头说不定会有他需要寻找的东西。

最希望能看到的是一地鸡毛，可惜啊，好像没有。

他不甘心，走近过去仔细察看。

忽而想到一件事，快过年了，这不正是杀鸡宰鹅的好时光吗，怎么会没有鸡毛？他很快明白了，鸡毛鸭毛之类是可以卖了换钱的，过年过节，换糖换尼线的义乌佬生意最忙，大多数业务就是哄家家户户的小孩把家里的鸡毛鸭毛拿出来换糖。鸡毛是孩子们的心肝宝贝，当然舍不得当垃圾扔掉。

阿光又打算走开，无意之间，眼角的余光偏偏刮到了，刮到了鸡毛，不多，像是两三根，最多四五根。

他立马冲过去，仔细一看，还真是，不多不少，零零星星的，一共五根鸡毛，有两根粘在一个破碗爿上。

他蹲下身子，捡了根废铁丝划了几下，在几个面干包装纸袋下，居然还有几根。阿光无法确定这些鸡毛是公是母，凭直觉，他相信，这几根鸡毛不会是公鸡或阉鸡的。

阿光直起腰来，下意识地敲了几下腰，前后左右看了一圈，人影都没一个。

他又回过头去看垃圾堆，鸡毛所在的位置明显有水渍，大冬天的，蒸发量小，这个地方又正好被两边屋宇阻隔，晒不着阳光，青石板上水渍两天不干不算稀奇。于是，阿光猜想，原本是有不少鸡毛倒在这里的，后来让谁，比方捡破烂的，比方讨饭佬，或者是哪家小家伙，把鸡毛捡了去，难免会有所遗漏，对，肯定是这样！

阿光有点得意。他坚信自己的推理或设想不会有错。

现在问题的关键是倒鸡毛的是谁？

一时想不清，他叹了口气，再次蹲下身，谨慎地捡起几根鸡毛，想带去给梁家小子辨一辨。

梁春光看到阿光手里的鸡毛，反应颇不以为然，大约他比较粗心，只瞄了一眼，就想扔掉。梁春雷却十分感兴趣，马上把鸡毛抢过去，看了有分把钟，先瞄一眼阿光，然后才对哥哥悄声说："哥，你看，这两根肯定是烧炭佬翼膀上的。"

梁家的母鸡大多是浅棕色，相貌比较大众化，就一只几乎全身墨黑，仅尾部有一簇白毛，所以他们叫它烧炭佬。

梁春光也仔细察看起来，没有肯定，也不作否定，只抬头斜睨阿光，口气带有明显的敌意："你这从哪儿来的？"

"你就先告诉我，是不是你家的鸡。"

"是怎么样，不是又怎么样？"

"别这副吃相好不好？"阿光面色带有少有的一本正经，"是的话，说不定可以抓到偷鸡贼。"

听他这么一说，兄弟俩来了精神，异口同声说："真的？"

阿光得意了，他很想卖关子，可当务之急是尽快证明自己，于是，他就扯了扯梁春光，自己先进了屋，兄弟俩相互看看，跟了进去。

阿光压低声音，他倒不是故弄玄虚，只恐隔墙有耳。

他把看到的、想到的全跟两个孩子说了。

别看阿光浑，这会儿的想法，对，应该说是推理，还非常有道理。

据他分析，偷鸡的就住在附近，好像不是台门里的人，理由只有一个，那就是兔子不吃窝边草。这或许也是他的经验。

与此同时，偷鸡的也不会太远，否则，鸡毛不会扔在台门旁边的那个垃圾堆。

如果真是这样，怀疑对象就不多了。最可疑的是台门边上的那三户人家。

这三家人中，有两家不可能。

"为什么不可能？"梁春雷问，梁春光不作声。

"一家是老太公老太婆，另一家男人疯瘫了，女的要当值，老公还要带两个小孩，都不可能。"

"哦。"这回应的是梁春光，"那还有一家呢？"

"就剩那家伙了。"

"他是谁？"兄弟俩好奇地问。

"光棍头佬活神仙，一把雨伞到西天。那家伙常年不在家，也不知道去了哪里，前些天，大约是回家过年，天天客人来往，天天闹到后半夜。"

“我知道了，是天雷公公的儿子。”梁春雷的口气有点兴奋，“天雷公公喜欢我。”

“喜欢你个头！”阿光往地上啐了一口。

做哥哥的扯了扯弟弟的衣袖，让阿光再说下去。

“前天晚上吧，我从外面回来，走过那里，听见他家一会儿吵，一会儿静的，就知道里头一伙人在打牌。”

阿光注意到两个孩子，见他们眼珠乌溜溜的，一副专注的神气，心里很满意，继续往下说：“据我分析，”他又一次用到“分析”这个词，“据我分析，他们打牌到后半夜，肯定肚皮饿了，肯定……”

“肯定偷鸡，偷我家的鸡！”梁春雷咬牙切齿地顺带喊。

阿光拍拍小男孩的肩膀，非常认真地问：“你有证据吗？”

梁春雷低下头，咕哝着：“那怎么办？”

“有我呢，”阿光拍拍胸脯声称，“我会想办法，放心！”

阿光的屋子有三个窗，前后各一之外，还有个西窗。西窗外就是那个死胡同。

天雷公公姓田名磊，小孩子误听成天雷。

田磊早年丧妻，就一个儿子。年轻时，田磊干的是阉猪的活儿。说是阉猪，其实主要营生却是阉鸡。阉鸡一向被人瞧不起，所以儿子田顺经常受人欺负，这就养成了他从小桀骜不驯的乖张性格。

由于阉猪佬流动性大，对儿子缺乏管束，由着田顺整日不居家业，小学读了8年，没有毕业，就扬言自己闯荡世界，不知道荡到哪里去了。不过，他倒也没有忘了家乡、忘了老父，每到年底，他都回家住上一阵，与孩时的伙伴聚聚，喝酒打牌，欢天喜地，闹得左邻右舍无不侧目。

阿光觉得田顺绝对值得怀疑。一向喜欢早睡晚起的他，这天晚上开始守夜。

田家那一排平房就在阿光的南窗对面。

到底是寒冬腊月，朔风阵阵，关着窗子，风还转弯抹角地直往屋子里钻，阿光顾不得这个，过一会儿开一下窗，过一会儿开一下窗，可总是捕捉不到有什么异乎寻常的动静。

田顺这小子不在？还是今儿个他呼朋唤友去了别处？

熬呀熬的，平时早早钻被窝的阿光终于熬不了了，迷迷糊糊睡死过去，也不知过了多长时间，突然被一阵喧哗闹醒，一时反应不过来，甚至想骂娘，但他很快明白了是怎么一回事，只见他一个鲤鱼打挺，快走两步，打开窗子。

冷风扑面，阿光忍不住打了个寒噤，随之而来的是一缕香味，不用细辨，吃食户阿光也感觉得到这是鸡肉香，哈，还真的在吃鸡。

到了此时，阿光才把脑袋探出窗口，田家就在斜对面，从那扇木板窗的缝隙里可以看出，里面亮着灯，而且，有笑声和说话声传出。

里面的人在吃鸡，应该错不了了。可谁能证明这鸡一定是梁家的？

按阿光的推理，五只母鸡一下子是吃不光的，所以，田家小子他们今天还会再吃。如果他们吃的鸡真的是梁家的，前天晚上吃过一回，昨天也可能还吃，这已是第三回，过了今晚，说不定就连骨头都找不到了。所以，现在是关键，怎么样抓住这个关键呢？

他又把脑袋探了出去，凛冽的寒风钻进鼻孔，迫使他打了个大大的喷嚏，也真是奇怪，这一“阿嚏”让他脑洞大开，一个主意瞬间生成。

田家的门也是朝南开的，这就是说，员外人家对面只是男家及邻居们家的乒坛。那三户人家属于62弄，田家为62弄3号。

阿光从床上抓起一件棉衣，边穿边出门，三转四转，来到田家门口，犹豫一下，心里对自己说，怕什么，又不是做坏事。

他以为开门的一定是田磊，都准备好了，等老人一露面，就亲亲热热先叫上一声田伯伯，可是想不到，开门的竟是一位女的，背着光，看不清多大年纪。

“你，你找谁？”

女人的嗓音非常清脆甜美，一口普通话。猝不及防的阿光一愣，说不出话来。

门内黑影一闪，又过来一人：“谁啊？”

阿光没把握是不是田家小子，可还是抱着试试看的心理开口道：“田顺吧，我是阿光。”

田顺反应够快：“阿光哥啊，你怎么……”

“呵呵，听说你回来了，好久没见，想你了呗。”

“快请进，快请进！”田顺往边上一让，做了个手势，“难得，难得。”

阿光进门，那股鸡肉香更为浓烈，他故作大惊小怪："哈，真香啊！"

"嗯嗯，"田顺似乎犹豫了一下，但还是实话实说，"几位朋友玩牌，肚皮饥了，夜点心。"

阿光故意咂咂嘴巴："福气介好！"

"要不，你也来碗？"

"这，这怎么敢当？"阿光自己也觉得奇怪，他这么个粗人，说话也文气了起来。

田顺对那个女人做了个手势，后者快步退去。

"阿光哥，进去坐坐？"

"你们玩什么？"

"麻将，"田顺笑着说，"要不，阿光哥也来几盘？"

"不会，不会，我只会关牌。"

说话间，两人已经走进边上的一个房间，一张八仙桌摊着或整或乱的麻将，三个人分坐着，每人面前都有一碗面条。显然，这就是他们在吃夜点心。

阿光指着麻将牌说："你们玩，你们玩，我就看看，学学。"说着，他在旁边的一把高脚凳上坐下。

田顺又客气了几句，重新坐下。

这时，那女的端来满满的一碗面，油汪汪的，十分馋人。

面条就放在旁边的一张小桌子上，这让阿光有些为难，幸亏田顺看出了他的尴尬，扭过头来说："吃嘛，又不是什么好东西。"

"呵呵，还不算好东西，鸡肉面呀，我可是一年到头都吃不上两回的。"

"马马虎虎啦，再说……"说到这里，田顺朝旁边看看，见那几人面带神秘地笑笑，就继续说了下去，"这鸡肉，白来铟财。"

"白来铟财？"

大约是觉得阿光干过与他们同样的营生，故而不用避讳，田顺就毫无保留地和盘托出。

果真是梁家的鸡。

前天半夜，应该是子夜过后，麻将玩得饥肠辘辘，有个绰号"呒空手"的人提议去哪儿搞点吃的。

白天，呒空手去过背后台门，也就是员外人家，他有个相好，叫翠花，在当保姆。呒空手以为白天主人家不在，想着去赶个幽会。没想到，听人说，翠花早已被辞，只好沮丧回身。当时，梁家那伙鸡们正在那里晒太阳，呒空手脚步风快，惊起一只母鸡，连锁反应，其他几只也跟着跳飞起来，一只黑鸡居然扑进呒空手怀里，吓了他一大跳。他当即就想抓住摔死它，无奈梁家女主人闻声跑了出来，而鸡又灵活，早已逃之夭夭，只在他胸前表袋处粘上一根鸡毛。呒空手那个恼啊，可当着梁母的面，又不好发作，只是狠狠地啐了一口。

不用多解释了，用呒空手的话说，这叫报仇雪耻。

估计已经夜阑人静，田顺跟呒空手二人拎了个蛇皮袋，蹑手蹑脚地直接找到梁家搭在廊下的鸡棚，把正瞌睡懵懂的五只鸡一只一只挖出，相继拧断脖子，以防它们叫唤出声，再一只一只放进蛇皮袋。没几分钟，一切搞定。

回到家里，一齐动手，烧水褪毛，开膛剖肚，等等，不必细说。

田顺是个细心的人，他让人把鸡毛全收进一个塑料袋里，次日出门时，把塑料袋扔到不远的於江水中。

可惜百密一疏，处理鸡毛及内脏的水是从厨房窗口直接倒出外面，这外面正好是那个垃圾堆。

阿光津津有味地听完田顺不无夸张的叙述，伸出大拇指，学着《地道战》中伪军高司令的腔调：“高，实在是高！”

天又亮了，准确地说，已经是中午 11 点多了，阿光好不容易醒来，侧耳一听，有人打门。

阿光不耐烦地狠声喝道：“谁？大清早的，也不让人睡！”

开门一看，是梁家兄弟。

阿光刚才还迷糊着，此时见到两个孩子，顿时清醒。

两个孩子一向懂礼貌，可对阿光却怎么也无法把他当长辈，连必要的称呼也不带，直接问道：“怎么样？”

“什么怎么样？”阿光并不介意孩子的无礼，他只想逗逗他们，明知故问，“什么怎么样？”

两个孩子不高兴了，统一行动，转身就走。

阿光眼疾手快，一把扯住梁春光：“来来来，进来说。”

阿光绘声绘色如此这般了一番，听得梁家兄弟不断一惊一乍地轻呼

“真的？”

阿光对这样的效果非常满意。

而孩子们却不。

也是啊，那五只母鸡是他们的最爱，几乎天天都生又大又红的大鸡蛋，无缘无故地竟让那些坏家伙给吃了。

弟弟当场哭了，哥哥也跟着抹起了眼泪。

阿光光棍一条，没有孩子，却喜欢孩子，无奈小家伙们受大人告诫，不愿理他。这会儿，梁家兄弟与他如此接近，或者也可以说是亲近，让他有一种受宠若惊的欢欣。

“别哭，别哭，”阿光不由得伸手想去替他们擦泪，可又觉不妥，立马缩回，“我们想办法治治他们。”

孩子们立马来了兴趣，瞪大眼睛盯着阿光，不吱声。

阿光的意思是叫两个孩子去派出所，那时还没有“报案”一说，但有事找警察却是共识。

兄弟俩相互看看，彼此点点头，又一起伸手拉阿光。

阿光像是吃了一惊，他对警察有一种习惯性的紧张，连连说：“我不去，我不用去，他们偷的又不是我的鸡，不去。”

孩子们哪里肯依，一个拉，一个推，执意要他去做证。

那时治安比较好，警察像是正没什么事可干，听完三人的你一言我一语，两位民警大手一挥：“走，看看去。”

阿光有点畏葸，却也不敢退却，内心也想去瞧个热闹，便跟着来到田家门口。

民警敲门，开门的还是那个女的，后来知道，这女的是田顺从外地带回来的名不正言不顺的老婆。

田顺也不笨，见到进来的一干人等，便心知肚明，对一切供认不讳。

偷鸡贼是抓住了，也勒令田家做了相应的赔偿，可梁家两个孩子一点儿也开心不起来，也难怪啊，那鸡们是他们的心肝宝贝，相伴少说也有两年多了。

田顺的被抓引出一个全国性的大案。

田顺见到民警的第一反应是打算夺窗逃命，等他看到民警背后的那三个人，脑筋一转，哈，偷几只鸡算什么，小事一桩，便镇静了下来。

谁承想，那时虽然够不上如今这般信息畅通，但对于重大刑事案件，在公安系统是发全国性的通缉令的，资料上附有照片。

据查实，田顺是几十起重大流窜盗窃杀人案的主犯。

这么一来，阿光更是风头出尽，不仅以聪明才干为自己正了名，还受到了公安部门的表彰。

4. 离合无悲喜

梁家兄弟迅速成了阿光的小跟班，这可把梁天成着急得有些上火。问题是小家伙们根本没把父亲的话当一回事，理由非常正当充分，那就是阿光是公安局表彰过的，不是坏人，是英雄。

梁春光还冲着梁天成耸耸鼻子，轻声却也清晰地丢过去一句没说完的话：“阿光总比你……”

听儿子说出这样的话，梁天成怒不可遏，扬手作势要打，奈何梁春光早有防备，一扭身，躲在了梁春雷背后，然后探出头来，冲着当父亲的伸舌头做个鬼脸。

梁天成正要发作，却听背后有人喊，口气十分不耐烦：“姓梁的，电话！”

梁天成回头一看，是毕东台的老婆，他条件反射地应了一声，还没来得及说出“谢谢”，毕妻已扭身走开，只丢下一句：“一天到晚电话，当我家公用电话。”

“一天到晚？”梁天成有点发愣，不用想也知道，还从来没人给他打过电话，哦，应该是从来没人把给他的电话打到毕家。

梁天成不再理会儿子，一边往毕家跑，一边琢磨，会是谁呢？

到了毕家门口，梁天成犹豫了，他领教过毕妻的凶神恶煞，心里难免发怵，无意间看到正执帚扫地的女人瞥他一眼，只好强作镇静，一昂头，收回目光进了毕家。

他还真不知道电话机放在哪里，想问，又不好意思，眼睛滴溜溜左右乱转，这才看见电话在右边一把躺椅旁的高脚茶几上。

他回头朝毕妻点点头，走过去抓起话筒：“喂，你，哪位？”

“怎么老半天的，急死人！”对方责怪道，但口气并不严厉。

梁天成一时反应不过来电话那头是谁，又问了一声："你是谁？是找我吗？"

"神经啊，我不找你找谁？"对方嗔怪道，语气有点撒娇意味。

梁天成脑袋嗡了一下，是她？苏青娥？前妻？

"青……青娥？"梁天成实在不敢肯定，口气结巴地问，"你……你有……有什么……有什么事？"

话筒里传来"嗤"的一声笑："没事不能找你啊？"

"能能，"这回梁天成的反应极快，"那，什么事？"

"你这人，就是没情调！"

"嘿嘿，我是说，你找我什么事？"

"不跟你废话了，真没意思。"梁天成仿佛看到苏青娥撇了一下嘴，"这样，你去桥头的望江楼，我一点半到。"

梁天成还想问"什么事"，可苏青娥已经利索地撂下电话。

梁天成痴痴地看着话筒，心里不停嘀咕。要不是毕妻过来喝醒他，不知道他会待上多久。

梁天成垂着脑袋迟疑地回到家里，想关照一下儿子，可屋里哪还有人。他叹了口气，又回身出门，在天井里转了几个弯，走出台门，一时还真想不起望江楼在哪个方向。

一边走，一边琢磨，苏青娥找他什么事，那么正式地叫他去茶楼。有生以来，他还从来不曾去过那种地方，她这是什么意思？

算来，与苏青娥离婚也有七八年了，这期间，他多次要求见上一面，可她就是不肯。他知道，一双儿女时不时会去找苏青娥，虽然，他没有也不会阻止孩子去看他们的母亲，甚至从不打听什么，孩子一般也不说见面的情况。他觉得，还是睁只眼闭只眼比较好。

梁天成怎么也想不明白，苏青娥这么一本正经地找他是为了什么。他隐隐觉得不会有好事，肯定不会有好事。

在梁天成眼里，用美若天仙形容苏青娥一点不为过。那时候，熟悉的人一致认为，他们夫妻绝对是郎才女貌，天作之合。偏偏来了那场运动，一开始还好，尽管梁天成有些被动，却也不能说游离于热潮之外，可到了第三年，在清理阶级队伍那一关，他终于没能经得起"考验"，有人揭发，说他在上高中时，曾经利用矿石收音机收听敌台，甚至有美蒋特务的嫌疑。

苏青娥就不同了。运动期间，她是全身投入的，於州城内，不能说家喻户晓，至少声名显赫。斗争激烈阶段，她所在的那一派颇受压制，然而，待到风向一转，她立马又成了当红人物，被三结合进了领导班子。

有人猜测，梁天成之所以那么倒霉，原因完全在于苏青娥身上。意思非常简单明白，是苏青娥的对手抓不住她本人的把柄，只能退而求其次，将梁天成当作炸药包。

也是冤孽，就在梁天成正式被人揪出来的前两天，梁家率先爆出了一个冷门。

苏青娥是领导，忙，用俗话说，属于日勿居家夜勿守一类。梁天成一个男人家带一双儿子，常常忙得是焦头烂额，反正小家伙们也不喜欢受他管束，最现成的办法就是送到爷爷奶奶那边去。

那天也是。

在食堂里吃过乏味的晚饭，梁天成顺路去父母那边，没待十分钟，独自回家。就在他低垂脑袋快拐进弄堂口之际，有人不轻不重地喝一声“嗨”，他连忙抬头，是单位里管资料的小姜，姜菱花。平日里，梁天成与姜菱花没有多少交往，可这会儿也不知怎么回事，他的心里却生出了一种难得的亲近感。

“你这是去哪里？”梁天成主动问。

“不去哪里。”姜菱花停住脚步，身子似乎晃了晃，咂了下嘴巴说，“你住这里？”

“哦，是。”梁天成想多说一句，结果还是收住了口。

姜菱花转头往身后看看，又问道：“你就住在这里？”

染天成“嗯”了一声，就要绕开前行，他似乎怕自己把握不住，可是，姜菱花却一把扯住他的衣袖，口气有点撒娇：“你就不请我去家里坐坐？”

梁天成有些尴尬，自觉脸都发起烫来，目光闪烁地瞟了一眼姜菱花，迟疑地说：“那，那就请吧。”

姜菱花有些步履踉跄，梁天成暗忖，这女人大概喝多了，想问，又觉不妥，不问，又怕闹什么笑话，见她那双眼睛似乎并无醉意，略略放心了点。

走到台门口，两人都没有说话，一跨进大门门槛，姜菱花突然活泼起来。

“这么大啊！”姜菱花不无惊讶地夸张喊道，“我还从没看到过这么大的房子呢。”

说着，她开始小跑、开始转圈，30多岁的女人，仿佛成了十七八岁的少女。梁天成被她的举动惊呆了，想大声喝断，又觉不妥，只轻轻地说了声：“你，轻一点！”

一个木窗框里探出一个花白脑袋，耷拉着眼镜皱了下眉，好在他什么也没说，缩头进去后，“砰”的一下关上窗。

姜菱花根本不理会，看上去完全是个不谙世事的孩童，眉开眼笑，嘻嘻哈哈。梁天成顾不得避嫌，一把扯住她的袖口，快步跑离。

到了自家门口，掏钥匙开门，偏偏越是性急越是慢，好不容易打开了，二话没说，自己先进了屋。这时，他真想把姜菱花关在门外。可凭他的性格，他根本做不到。他忍不住回头看了看，只见姜菱花扶着门框，正弯腰作干呕状。

梁天成大吃一惊，这女人果真喝多了，来不及多想，条件反射迫使他疾步上前搀扶。

门边有一把躺椅，梁天成想扶姜菱花过去，不料姜菱花熟门熟路地径自左转，进了卧室，三步两步直接冲到床前，“嗵”的一下仰天倒下，闭上眼睛，像是劳累过度，一副脱力相。

梁天成傻了，目瞪口呆，束手无策，嘴里念叨：“这可怎么办，这可怎么办？”忽然，床上人翻身朝外，偻背扭头高声大呕。这下梁天成更是吓蒙了，没作多想，连忙候身过去，往她背上轻轻捶敲。

吐完了，姜菱花又砰然倒下，闭着眼睛轻喊难受，与此同时，还不停地扯拉衣领，仿佛要将其撕开了事。

梁天成叹一口气，回身去拿扫帚畚斗。等他再次走近床前，把地上的秽物收拾了，直腰挺身，无意间朝床上看了一眼，却见那女人已扯开上衣。

这下可把梁天成惊了个魂飞魄散，扫帚畚斗险些脱手落地，脑子却还是清醒的，他告诫自己，必须迅速逃离，必须！两条腿偏偏不听使唤，钉在地板上动弹不得。

更加令梁天成魂飞魄散的是，就在此刻，就在他不知所措的当口，“嘭嘭嘭嘭嘭”地响起了一连串的敲门声。

敲门声对梁天成来说简直是致命的，惊得他一蹦老高，紧接着，他压低嗓音喊“谁”，没人回答他，“嘭嘭”依旧。

按理说，这当口，梁天成必须先处理一下床上那位，哪怕只替她盖点什么。可惜他没想到。也许他觉得，此刻最重要的是应付门外的那人。

梁天成紧走几步，赶到还在“嘭嘭”的门旁，拉开看时，只见外面有三个人。他正欲动问“你们找谁？”领头那人不管不顾地一把推开他，三人一齐冲进门，对梁天成的抗议“喂喂喂，干什么，干什么”置若罔闻，三步并作两步，直接冲进里屋。

梁天成知道坏了，但他还是仓皇跟进。头一眼看到的竟是姜菱花几乎完全裸露着上身，裤子也被褪到了下腹部……

这是怎么回事？

梁天成一个箭步扑将过去，大声喝道：“你，你！”

除了一个“你”，他什么都说不出来。

领头的那人伸手扭住梁天成，还来不及说什么，床上的那位像是被突然惊醒，“啊”的一声尖叫，迅速拉过一个被角盖在身上，用惊惶的眼神看着梁天成：“你，你怎么我了？”

“我？”梁天成不知道说什么，突然想到，应该对进来的那几位解释一下，回头一看，那三人早已不在旁边。他慌忙追赶，只看到大门口三个人影一闪，消失了。

梁天成发了一通呆，只得再次返回，到了房间门口，却又踌躇起来，怯怯地问：“你……”

里面那位显然明白他的意思，只听得窸窸窣窣了一通后，她走了出来。

“他们走了？”姜菱花没事人似的问。

梁天成疑惑地瞪着眼前的女人，衣服已然齐齐整整，除了脸色有些潮红，看不出任何羞涩。

见梁天成不说话，姜菱花笑了笑：“那，那我也走了。”说完，没等梁天成做出反应，姜菱花紧挨着他，擦身而过。走到大门口，她又扭头冲他一笑，然后，一摇一摆走了。

梁天成险些崩溃，这是怎么一回事？

那三个人是谁？来做什么？按照一般逻辑，他们是专程“捉奸”的。然而，为何什么都不做，无声无息消遁了？

至于姜菱花，又有什么目的？他并不以为她是有意勾引，或者，干脆与那三个人是一伙的，可这一切作何解释？

梁天成无奈地摇摇头，感觉非常疲乏，顾不得关门，一步一步挨到床前，倒下，闭上眼睛。他对自己说，让我想想，好好想想。

当然，他终于没能理出一个头绪来。

最终还是苏青娥给出了谜底。

梁天成没有想对苏青娥隐瞒，把这件事的前因后果来了个竹筒倒豆子。

听他叙说时，苏青娥的双眼满是惊讶，末了，半晌不说话，直到丈夫催问几次，她才用忧心忡忡的口气说："我想……我想，是冲着我来的。"

"怎么可能？这与你什么关系？"

"你啊，不懂政治，"听得出，苏青娥还是像往常那样，对丈夫恨铁不成钢，"你哪能想得到，人家是什么手段都用得出的。"

梁天成发了一通怔，半晌才开口："那怎么办？"

苏青娥站起身，开始背着手踱步，这让梁天成想到了自己的爷爷。小时候，他经常看到爷爷在自家天井来回踱步，他一向觉得这架势是一种身份的象征，只有很有知识、很有威望的人才配。

梁天成一双眼睛跟着女人转悠，等她说话。

不知过了多长时间，苏青娥总算止步，显然已经想出了办法。

"我看这样，你我，我们还是分开吧。"

"分开？"梁天成好像不明白，"什么分开？"

苏青娥不说话，只顾目不转睛地盯着他。

"你是说……"梁天成恍然大悟，可他又不肯相信，作为妻子的她竟然会有如此想法。

苏青娥知道梁天成已经明白她的意思，点点头。

"不行，这怎么可以！"始终坐在床沿上的梁天成腾地站起身，"我……"

苏青娥走到他跟前，攀住他的肩膀，把他重新按在床沿坐下。

"你听我说，"苏青娥清清嗓子，又挨到丈夫边上坐下，还做出一个依偎的姿态，"你要明白，人家的目的不在你。你想想，等到你这事闹得满城风雨了，接下去，他们会做什么？"

还没等苏青娥说完，梁天成就再一次弹跳起来："我这事，我这什么事？"

苏青娥的眉头皱紧，像是要说狠话，最终还是控制住了自己，只叹息般地“唉”了一下，仍然拉他坐下，继续说：“你是不知道，他们肯定已经拍下照片，他们那边有我的人，我早就有所察觉。我的人明白地对我说，项颈舞剑，意在什么公……”

“项庄舞剑。”梁天成瓮声瓮气地打断她，心里暗自嘀咕，连这个都不懂。

“对对对，项庄舞剑，项庄舞剑。”苏青娥非常谦虚，接着又说，“他们这次行动完全是针对我。”

梁天成不是没有听说过类似的事，运动期间，什么意想不到的事都可能发生，可他实在难以接受妻离子散的结局。

苏青娥了解面前这个男人，又把脑袋靠在了他的肩膀上。

“我也舍不得你，这些年来，你我恩恩爱爱，从没红过一次脸，吵过一回架……”说到这里，她抽抽鼻子，一把抱住梁天成，“可你知道，如今我是骑虎难下。我曾想卸了肩上的担子不干了，但我要是真的不干了，那些人会怎么做，他们能饶得过我？一旦我倒了，你，还有两个孩子，会怎么样？你是聪明人，对不对？”

梁天成还是不开口，定定地盯着自己的左手掌看。一个多月前，单位里几个同事不知是谁起的头，让一个据说懂行的人看手。他不信这一套，禁不住别人起哄，半推半就地也加入了闹腾。那人说，他的生命线很长，没有断裂与开叉，肯定长寿，健康线也没问题，就婚姻线有点那个。有人好奇地追问：“那什么个？”“嘿嘿。”看手相的神秘一笑，看着梁天成，不开口。这时，梁天成好奇心起：“什么那个，说。”那人朝几位同事看看，又对着梁天成诡诘地挤挤眼说：“照你手相看，你得结两次婚。”听了这话，梁天成笑了，他一向对自己的婚姻很有信心，夫妻俩这么恩爱，即使结一百回婚，他梁天成也只可能跟苏青娥在一起。

莫非自己真的要跟深爱着的妻子离婚？

无法接受。

然而，无法接受又能怎的？

事实也是这样，没费多少心思，两个人非常迅速地办了手续。

一双儿子由梁家父母抚养。苏青娥曾提出，一人一个，大儿子归她，才刚9个月的儿子归他，然而，他的父母，她的公婆，坚决不同意，说下狠话，就是讨饭也不能放弃亲亲的亲孙子，一个也不能。

苏青娥似乎很无奈，最后表示，她会按月付抚养费。

这些年，除了收付抚养费，两个人基本上不联系，渐渐地，梁天成好像已经适应了没有妻子的日子，他的心思，除了工作，只有看书，或者写一些无用的文字。

再也没有想到，苏青娥还会联系他，甚至约他去望江楼。

梁天成猜不透，苏青娥这是怎么啦。

猜不透就猜不透吧，一会儿就知道了，梁天成对自己说。

梁天成在天井里发了一通愣，抬头看看天，太阳差不多移到正南，该吃饭了，可他哪有心思。

“小光，小雷，走，去奶奶家！”

两个孩子一齐冲出来，梁春光疑惑地说：“你不是说今天自己做饭吗？我们把菜都收拾好了……”

平时难得在自己家做饭吃饭，两个孩子几乎全上奶奶家，小孩子喜欢赶新鲜，前一天听说星期天可以在自己家里吃饭，很是兴奋。

梁天成不多解释，只挥了挥手，指着门说：“把门锁好，走。”说完，也不管孩子什么表情，径自开步。

梁天成提前十几分钟到场，一是为了早点解开疑惑，二是出于礼貌。让他没想到的是，苏春娥已经笃定地坐在边角窗口。听到脚步声，她抬头转脸，笑靥绽开，动了动嘴唇，梁天成听不见她说的是什么，从口型上判断，是“来了”。

梁天成点点头，他也想笑上一笑，却不知为什么，感觉自己的面皮紧绷绷的，只好咧了咧嘴，走近过去，弯腰下意识地抹了一下椅面，坐下。

“你早到了？”梁天成觉得这么说最合适。

苏春娥翘着兰花指端起茶壶，手势优雅地给梁天成斟上一盏，轻轻地放到他面前，做一个请的手势。

“这里的茶不错，品品。”

梁天成对茶没什么兴趣，可他还是举杯呷了一口，礼貌地说：“嗯，不错，是不错。”

苏春娥“扑哧”一笑：“你也懂茶了？”

梁天成有点尴尬，想辩解，又想不好怎么说妥当，幸亏苏春娥没介意，有意转开话题。

“今天是想跟你说件事，好事。”苏春娥将“好事”二字明显加了着重号。

梁天成脑子又转悠开了，好事，会是什么好事，我跟你之间还有什么好事？

他抬眼看看对面的女人，偏偏她的目光正对着手里的茶盏，像是有意不想看到他疑惑的神色。

无奈，梁天成只好问了：“你说什么，什么好事。”

苏春娥的表情转换得很快，刚才还春风扑面，这会儿却已满脸凝霜。梁天成更加惊异了，想问又不敢，只目不转睛盯着她低垂的眼帘，突然，他发现她的眼角居然沁出两颗泪珠，无声地滚落在茶盏边的桌面上。

“怎么了，你……春……春娥？”

苏春娥答非所问：“这些年，你恨我吧？”

梁天成怎么也没有想到，苏春娥把他约到茶楼来，为的是说这么一句话。

他又回想起那一年的事。

就在两人离婚后的第三天，有两伙人同时闯进了梁天成和梁天成父母的家寻找罪证。结果，除了一台半导体收音机，什么也没有。

没有也没关系，罪名是逃不脱的。

闹了半天，什么结果都没有。梁天成几乎晕倒，可那人却干脆同他开起了玩笑，简直把他当猴耍。

滑稽的是，这样的闹剧，几天后，就没人再过问。原以为单位里会开除他，起码会扣发他的工资，事实上，却像什么事儿都没有了，剩下的只有他梁天成整天的提心吊胆。

梁天成冷静下来之后，想起苏春娥说过的话，他不得不叹服，有一段时间，他甚至担心自己与姜菱花的事会让他们有意发酵，结果也是风平浪静。

一开始，梁天成还担心苏春娥，一日夫妻百日恩嘛，事实却正好相反，她居然升官了，再后来，又听说她与一个大她 27 岁的老头儿结了婚，有人言之凿凿地说，那老头儿是省里的一个什么大官，至于到底有多大，不知道。

面对由无言落泪演变成轻声啜泣的前任妻子，梁天成束手无策，他了解自己，既不可能无动于衷，也做不到心如死灰，可他能怎么办？什么样的安慰话他都说不出，更别说让他再念旧情。问题是总不可以由着她这样悲切下去吧，他回头四下看看，还好人不多，这些人只顾自己慢慢悠悠地饮茶聊天，没人愿意多管闲事。

“你也不安慰人家几句。”到底还是苏春娥打破了沉闷。

“我……”

苏春娥掏出手绢擤了下鼻子，带着鼻音说：“唉，你呀，总是不开窍。”

梁天成仍想为自己分辩一下，结果只动了动嘴皮。

“这么跟你说吧，”见前夫看着自己，苏春娥皱皱眉头，“你要不要听？”

“你说吧，我在听。”

“他死了，快两个月了。”

梁天成一时没有反应过来：“什么，谁死了？”

苏春娥相信梁天成肯定掌握着有关她的一切，毫不掩饰地说：“还有谁，那个老头儿。”

其实梁天成说出“谁死了”三字时已经明白她说的是哪一个了，于是，不带感情色彩地应了一个“哦”。

苏春娥并不指望梁天成能关切地安慰她几句，也不想多说，只简单地说：“癌症，肝癌，酒鬼，大多肝癌。”

梁天成又应了一个“哦”。

然后是沉默。

良久，还是苏春娥打破了僵局。

“要不，我们复婚吧。”

石破天惊，简直是石破天惊。

梁天成张开大嘴，目瞪口呆。

“怎么？不可以啊？不愿意啊？不要我啊？”

“不不不，”大约是太出乎意料，梁天成失态地站起身，伸出双手使劲摇晃，“不不不，不是这个意思，我……”

“不是这个意思是哪个意思？”苏春娥笑了起来，这笑带着冷笑意味，不过，慢慢地，却让梁天成觉得这笑里藏着他曾经那么熟悉的调皮味儿。

梁天成几乎被这熟悉的调皮的笑所感动。

不过，他还真的不能相信，这女人会突然说出这样的话来。

这些年，无数次地在梦里与她相聚相会、相亲相爱，无数次地从美梦中醒来失落抽泣，无数次在心底念叨，娥啊，你在哪里，你快回来吧。

现在，她就在眼前，她明明白白地替他说出了自己无数次对空说过的话……

“坐下啊，站着做什么？”

听苏春娥这么一说，他好像恍然大悟，尴尬地一咧嘴，低头看看椅子，轻轻坐下。

见梁天成还是不表态，苏春娥恼了，不过，她还是收敛情绪，用尽量柔和的声调问：“现在可以说了吧，愿意不愿意？”

梁天成没作声，点点头，在他的认知中，语言应该比点头或摇头更正式些，潜意识中，他还想给自己留一丁点儿面子。

梁天成心里还有许多疙瘩无法解开，不是他不想，是不敢，他怕，怕一旦解开，更可怖。

心里最大的疙瘩是与姜菱花的那个纠葛。曾经有人提醒过他，那完全是苏春娥的阴谋，她是为了那个大她 27 岁的老头儿。可那个提醒完全只是猜测，充其量只是合理想象，没有真凭实据。

还有，苏春娥能量巨大，在一定范围内，要风得风，要雨得雨，为什么突然又想到与自己复婚，难道仅仅因为那个老头儿死了，心无依傍？凭她的身份，凭她的容貌，凭她的如日中天，什么样的男人找不到，干吗要吃回头草，莫非她真有“曾经沧海难为水，除去巫山不是云”的情怀？生性并不多疑的梁天成总觉得有什么地方不对劲。

不对劲归不对劲，复婚的事还是非常顺利地办成了，跟当年离婚一模一样简单利索。

曾经梁天成想先跟父母及两个孩子说一声，但苏春娥说没这个必要，复合是他们两个人的事，更何况，她问他，难道你不希望给两老两小来一个意外的惊喜？

手续办妥之后，当天下午，苏春娥先独自去了曾经加现在的公婆家，手里提着大包小包。

“妈！爸！”未见其人，先闻其声。

老两口一个靠在沙发上看报，一个手剥百合正念叨着什么，听到亲亲热热的喊声，不约而同抬眼，目光从老花镜的上方透过，朝门口望去。

梁父不动声色，只把眼镜摘下，用衣角擦拭，梁母大惊失色，不知是意外还是激动，双手一抖，几瓣百合滚落在地。

苏春娥走近，弯腰屈身，对正欲捡拾百合的老人说："妈，我来！"

苏春娥轻轻把百合放进小笸篮，顺手拈起一个："妈，您歇着，我来。"说着，她挨着老人坐下。

梁母疑惑地看看苏春娥，又偏头去看老头儿的眼睛，老头儿却连忙避开，不接招。

苏春娥自然明白老人的心思，她始终微笑着，看看差不多了，才温柔地说："爸，妈，你们好吧？"

见两位老人不吭气，她也不怪，这是意料之中的事，只改用一种略微低沉的嗓音："你们知道，我总忙，所以……"

老两口还是没说话，他们实在不明白这个前儿媳突然的亲热意欲何为。

苏春娥把剥好的百合瓣丢进笸篮，又从中取出一个，然后扬脸看着梁母说："妈，天成他已经跟我复婚了。"

"什么？"两位老人惊异同声，显然都以为自己听错了。

这些年里，梁父对儿子的事没多说什么，有时老婆子念叨几句，他还要呵斥阻止。在他的意识里，那是一件极不光彩的事。一个男人连老婆都管不牢、守不住，还有什么脸面。所以，无论谁，在他面前一说到苏春娥，即使他正谈笑风生，也立马沉下脸来。

梁母为儿子儿媳的事念念叨叨不说，还偷偷流过无数次的泪。她想不明白，那么优秀的儿子，怎么能把老婆弄丢了。更想不通的是，她的这个儿媳，模样儿不说，脾性也好，从来不曾与做婆婆的有个口上口下，突然不声不响地走了，没有道理啊。

老人甚至怀疑过儿子，怀疑儿子做了对不起老婆的事情，可梁天成赌咒发誓，就是不承认，问了不止一百遍，好话恶话全说了，儿子就是什么都不说。

梁母心存侥幸，她找过苏春娥几次，可就是找不到。上单位找，人家见是她，都说不在，不是出差，就是开会。老人也不是没打听过苏春娥的住址，结果也一无所获，这让她想到当年样板戏《红灯记》中的一句台词：一个地下党藏的东西，是一万个人也找不到的。

有一回，梁母去商场，有人在背后撞了她一下，回头一看，竟是苏春娥，老人喜出望外，大叫一声，谁知还没等她反身追赶，苏春娥把推车往前一搡，逃之夭夭了。老人家不笨，从这件事里她分析，离婚不是儿子的错，要不然，这个儿媳干吗逃得比偷食的老鼠还快，分明是做贼心虚嘛。

也就是从这件事起，老人不再怪儿子，开始对苏春娥又恨又怨，不过，话又说回来，她还是挺想苏春娥的，尽管老人知道，这样不好，太重感情，只会害苦自己。

见到前儿媳，梁母觉得自己应该高兴，可不知为什么，她一点也开心不起来。

老人默默地站立起来，右手操起筐篮，左手拍了一下老头儿的肩膀，示意他跟她一起去厨房。

苏春娥不笨，立马跟着起身，从梁母手里接过筐篮：“妈，我去洗吧，您歇着。”

梁母又坐了下来，等苏春娥消失在厨房门口，才悄声对老公说：“你说，这怎么回事？”

“我……”

梁父一个“我”字刚出口，只听见外面响起一阵急促的脚步声，知道是孙子来了。

果真,两个孩子冲进门,一个喊“爷爷奶奶”,一个喊“我们回来了”,然后，一齐扑向两位老人。

老两口还没来得及招呼孙儿，苏春娥闻声从厨房里奔将出来：“心肝，宝贝！”

心肝、宝贝是苏春娥对一双儿子的昵称，大的心肝，小的宝贝。

夫妻俩离婚后，苏春娥对儿子还是念念不忘的。虽然，她没有再去过婆家，却隔三岔五地去学校门口见这对心肝宝贝，而且私下有约，三人的约见不向别人透露。

苏春娥与那老头儿自然不可能有子嗣，老头儿有一个女儿，年纪比她还大一岁，不干涉父亲的“大事”已属天大情分，用俗话说，两人的关系，那叫作“鸡皮鹅皮贴不到一块儿”。因此，她放不下的还是这一双心肝宝贝。

孩子从没跟爷爷奶奶说起过母子们的交流，这会儿见妈妈从厨房里出来，除了吃惊不小，就是喜出望外了。两人连书包都来不及放下，就一齐向妈妈扑将过去。他们绝非长远勿会，可爷爷奶奶家毕竟是特殊场合，妈妈突然在这里出现，有着特殊意义，那种激动无可言说。

老人们的理解比较简单，他们把眼前的场面当作一种感动，这种感动迅速地化解了刚刚的满腹疑惑。老太太悄悄抹开了眼泪。

兄弟俩跟着妈妈亲亲热热地进了厨房，两位老人则说开了悄悄话。

平时，梁天成在家随便做点什么，有时也会找个小吃店胡乱应付一下，很少上父母这边蹭吃。今天不一样了，从民政局出来，苏春娥提出，晚上去父母那里，一家子团团圆圆地聚上一聚。

等梁天成心情紧张地到场时，忙碌了两三个钟头的苏春娥已经把一切安排得妥妥当当，鸡鸭鱼肉不说，还开了两瓶五粮液，当然，两个孩子面前是他们最爱的可口可乐。

偷眼看父母，见他们脸上都堆着满意的笑，梁天成无声地轻舒一口气，带头举起酒杯。

说不清什么原因，梁天成感觉自己还融不进一派欢欣与喜庆之中，仿佛有一股不可名状暗流在心底涌动。

从一开始，从两人走在一起那天开始，梁天成感觉自己就摸不透苏春娥。

三个月后的一天，都快下班了，梁母急匆匆地赶到梁天成的单位，把他拉到僻静处，神色紧张地悄悄说："你爸，你爸让两个人叫走了。"

梁天成大吃一惊："怎么回事？什么人？"

"我也不知道。"老太太急得要哭。

梁天成愣了一会儿，关照母亲待着别动，他进去跟同事说了一下，就陪着母亲往回赶。

梁天成搀着老人进到屋子，却见老父正悠闲地坐在那里喝茶，脸上不但没有想象中的那种悲苦，相反，红润得像是刚饮过美酒。

"爸，您……"梁天成还是放不下心来，"怎么回事，您去哪里了？"

梁父嘿嘿一笑："没什么，没什么，不过是两个好消息。"

"好消息？"这回发疑问的是梁母，"什么好消息？"

确实是好消息。

叫梁父去的两位是落实政策办公室的，通知他说：1. 当年被没收的存款将全部归还；2. 当年被没收的房产将全部归还。

梁天成像是突然想到，他的父亲曾经是城里最有名的资本家之一。从1956年后，领有所谓的定息。两位老人把领到的定息悉数存入银行，那一年，运动初起，他家存款被没收冻结。至于房产，大大小小，共有9间。

那一年，房子被没收时，给梁家留了3间居住外，其他的全由房管会接管。

当时，苏春娥还没权势，老老小小的只能挤在3间屋子里。随着运动的深入，苏春娥找有关方面向房管会要求，住进了员外人家。

只是，离婚之后，苏春娥另外有了住处，再后来，与那老头儿结婚之后，就不用说了。

自家的房屋即将归还，接下来要考虑的是跟住户商量，请他们搬离。

父母的意思是儿孙最好还是搬回自己的屋子里住。

梁天成朝苏春娥看看，意思自然非常明确，但姿态必须委婉。

苏春娥早就料到会有这么一着，微笑着走近公婆旁边坐下："这样好不好，爸，妈，先不忙着赶人家走，咱们要避免人家说闲话。"

两位老人跟他们儿子一样，猜不透她葫芦里卖的什么药，彼此看看，不说话。

"咱们要防人家会说，看，才刚那什么，就张牙舞爪的，这不'复辟了，还乡团来了'？"

听刚刚复出的儿媳这么一说，梁母先一凛，眼睛里带有一丝恐慌。

梁天成无言地看向父亲，父亲低垂眼皮，还是不开腔，背起手，自顾自进了卧室。

梁母像是受了启发，随即也跟着老头儿走开，临到卧房门口，回头剜了儿子一眼。

梁天成摊摊手，无声一叹，心里却说，明明都是好事，可我怎么感觉不到一丁点儿喜气呢，真是的。

5. 左右难逢源

苏春娥重新回到梁家并没引起谁的注意，除了叶美美。

清晨，叶美美出门倒洗脸水，见苏春娥在天井的花坛边刷牙，故意将水泼到苏春娥双脚近旁，苏春娥被吓了一大跳，水呛着了，咳嗽连连，终于缓过气来，厉声喝问："谁呀？干什么？"只是背后哪里还有人影。

后来苏春娥对梁天成说，她用脚趾头想想也知道是谁在使坏，本不应该与这种不入调的女人较劲，可当时她实在忍无可忍，也顾不得自己大花脸似的，噌噌噌三大步冲到毕家门口，一脚踢开虚掩的木门，口不择言地骂道："你个臭不要脸的，发什么癫病、抽什么风？你还以为是前几年，告诉你，清查就要开始，臭不要脸的，你就等着吧！"骂完，又狠狠踢了一脚门框。

里面的人知道骂人的人走开了，悄悄探头朝左边张望一下，然后扬声回骂："谁不要脸啦，谁不要脸啦？姘头轧轧，老皮蛋……"话没有说完，听左边的门扇吱呀一响，赶紧噤口，缩身关门，仿佛什么事儿都不曾发生过。她领教过苏春娥的厉害。

门开处出来的是两个孩子，他们径直走到毕家门口，噼里啪啦一阵乱敲，然后，大的喊了一个"一二三"，接着齐声唱道：

神经病，有毛病，
带着老婆去看病，
医生说，病不轻，
全家个个……

最后的"神经病"三个字还没出口，门"哗"的一下被打开，叶美美一副凶神恶煞的样子，手扬一把扫帚，貌似毫无目标地一阵乱击，只听一声尖叫，梁春雷“砰”的一声仰倒在地，双手捂着双眼，满地乱滚，失声号啕。

这下，叶美美吓坏了，手上的扫帚砰然落地，不知所措地愣了有三秒钟，这才冲出来，右脚在门槛上绊了一下，险些摔倒，但她还是稳住了，上前一步，连忙俯身抱住梁春雷：“怎么啦，怎么啦？眼睛怎么啦？”

梁春光也吓坏了，当他明白是怎么回事时，不顾一切地向叶美美撞去，嘴里不停地骂：“神经病，神经病！我要杀了你！”说着，从台阶边的石凳上抓起一个不知谁放着的洗衣榔棰，使劲向叶美美身上砸。叶美美本能地一闪身，可榔棰还是打在了她的臀部，幸亏她皮肉比较厚实，否则，真有可能得伤筋动骨。

梁春雷的号叫更加惨烈了，毫无疑问会惊动梁天成夫妻两个，他们争相跑出，顾不得追究原因，推开叶美美，争先恐后地问儿子：“怎么了？怎么了？”

梁春雷双腿乱蹬，尖声号叫：“眼睛，眼睛瞎掉了，疼死啦！”

听说眼睛瞎掉了，苏春娥大吃一惊，连忙问梁天成：“怎么办？这怎么办？”

倒是梁天成比较镇静，迅速抱起胡乱挣扎着的小儿子：“送医院！”

苏青娥拉起大儿子，跟在二人背后，紧跑几步，突然站定回首，冲着傻了似的叶美美咆哮：“你，你等着！”

早已慌得浑身发抖的叶美美一个急退，正好又绊上门槛，“啊呀”一声，仰面倒下，亏得毕母正好倚框站着，伸手一拽，叶美美总算没跌成一个仰儿叉，却由于惯性作用，额角撞在了门框上。

苏春娥骂一声“活该”，回身追赶老公。

叶美美余悸甫定，正无处发作，就抓住婆婆出气：“你个短命老太婆，想害死我啊？”

毕母领教过儿媳的厉害，不想跟她计较，回身就走，只嘀咕似的丢下一句：“好人不识。”

叶美美更火了，左手还在揉抚额角，腾出右手向婆婆抓去，这时，毕东台拦住了她。

“都什么时候了，还窝里斗？”毕东台边说边朝梁家指了指，“你就不怕……”

叶美美一听这话，刚醒悟过来似的一怔，两眼发直：“那怎么办？”

“知道怕啦？”

“……”

见妻子满脸惶恐，毕东台叹了口气：“真拿你没办法。”说到这里，他拍拍脑袋，像是在思考，几秒钟后才又开腔，“我看这样吧，去你妈家躲几天，到时候再说。”

叶美美可怜巴巴地点点头。

前些天，毕东台老是为搬家的事同叶美美纠缠不清。

毕家这几年住的也是所谓的接管房，原户主是一家机械厂的厂长，还有个称呼叫资方代理人。运动初期，因“不法资本家”的罪名，房子被一个什么战斗队没收，随后又由房管会接管。这不，跟梁家一样，落实政策，房产归还，之前户主吃足毕家苦头，理所当然要催逼毕东台们滚蛋。好在毕东台有的是路道，也被安排进了这员外人家。

搬家之前，毕、叶二人是到员外人家“考察”过的，要是那天碰到梁家的人，他们很可能会拒绝入住。

这会儿又出了这档子事，自作自受嘛，向来趾高气扬的叶美美一下子蔫了，前后不到十分钟，狼狈不堪，逃之夭夭。

毕东台没走。他不停地在门口廊下急躁地走来走去，心里打着鼓，怎么办，怎么办，活像一只热锅上的蚂蚁。他不知道叶美美对梁春雷的伤害到底有多大，那只眼睛要是真的被扫帚丝戳瞎了，那……不敢设想。

毕东台突然收住脚步，仿佛想到了什么，转身就往屋里跑。

毕东台跑到电话跟前拨号，可是，老是拨错，终于听到了一声“喂”，他装出一副可怜腔调：“哥，出大事了。”

“什么，出什么事了？”电话那头的声音有气无力，对这位弟弟的“出大事”，这个当哥哥早已有了免疫力。

“是美美，她闯了大祸，把梁家小子的眼睛给戳瞎了。”

“啊？你说什么？”毕东亭简直不敢相信自己的耳朵，追问道，“谁的眼睛？”

问话的同时，毕东亭感觉自己的脑子嗡了一下。他默不作声地听弟弟把情况简略地说了一遍，低沉地说：“知道了。”随后，不管毕东台在电话里还在喋喋不休什么，一下就把电话挂了。

毕、梁两家的纠葛历史悠久，源远流长。

毕家曾是於州城内有名的大地主。据说毕东台爷爷的爷爷还是大清一个什么道台。也就是说，毕东台的爷爷是官三代，当然，说官二代也不错，因为这位爷爷的爹也是朝廷命官，无非是没道台那么风光。

问题就出在那位叫毕志甫的官三代或官二代爷爷身上。

毕东台的父亲毕连昇在告诫几位儿女时经常说,毕志甫是个“执挎”子弟，吃喝嫖赌样样精通，就是不喜欢读书上进，结果硬是把万贯家产败了个精光滑塌。毕连昇极其无奈地叹息说，到了他这一代，他们的日子过得只比讨饭的好一刨花。

毕东亭却大喊万幸，要不是他那位“执挎”爷爷，他们一家肯定成专政对象了。毕连昇看看儿子，频频点头：“有道理，有道理！万幸，万幸！”

毕连昇饥一顿饿一餐的，好不容易长成了半大小子，就进了一家百货公司当了伙计。

百货公司的老板正是梁天成的爷爷梁为海。

梁为海曾经也是伙计，东家则是毕连昇的父亲毕志甫，那个时候，毕家尚处于破船还有三千钉的境地。

可能是家景败落心情不好，毕志甫对手下极其冷酷残忍，一不如意就动手打人，一不如意就扣人工钿，那起打工的大多忍无可忍，走了散了，只有梁为海坚持到最后。

本来毕家应该感激不离不弃的梁为海才是，偏偏毕志甫生性多疑，竟然怀疑梁为海不走的目的是想霸占他毕家的财产，在他生前，不停地对子孙灌输莫须有的猜测，喋喋不休地编派梁家别有用心的种种罪状。其实，作为长子的毕连昇完全明白他们一家败落的缘由，无数次为梁家辩白，可惜毕东亭、毕东台却只肯全盘接受“执挎”爷爷的那一套说辞。

毕家破产后，梁为海也便失了业，为了生计，在家门口近旁摆了一个杂货摊，也就一块门板，上面放一些毛巾、肥皂、针头线脑之类的日常用品，赚点蝇头小利。也是事有凑巧，离他摊头不远处，有一爿杂货店，因为店主患病，急需医疗费用，一时无法筹措，只好忍痛将小店转让。梁为海做过多年伙计，耳濡目染地积累了不少经营之道，权衡一番，兜兜凑凑，将杂货店盘了下来。他心里明白，自己是捡了个大便宜。之后十数年，他的精明与辛劳得到了回报，一家不起眼的小铺子，终于发展成了名闻於州的百货公司。

梁为海脑溢血去世之后，梁天成的父亲梁学汇继承父业成了老板，随后，公私合营，梁学汇成了资方经理。

毕连昇反倒成了百货公司员工，他打内心感激梁为海，无论干什么都兢兢业业。到了退休年龄，向经理梁学汇提出，让其子毕东亭顶职。

虽然梁、毕两家一向是“上下级”关系，无非是三十年风水轮流转，但彼此之间的交往一直不曾断过。也就是说，年龄相仿的梁天成与毕东亭从小就玩在一起，旁人，包括父母，都以为他们情同手足。谁知道，早在进百货公司上班之前，毕东亭心里就藏下了一种报复心理。他决心要把梁家搞倒搞垮，有朝一日，他要把百货公司夺到手。可惜当时的社会条件不允许他为所欲为。

机会终于来了。

风声日紧，梁家人心惶惶，毕东亭却整天像打了鸡血一般，兴奋得无以复加。

毕东亭在想办法等机会找同伙。

毕东亭有野心，从小就有。男孩子喜欢玩打仗的游戏，他永远自封司令。别人喜欢当解放军，他却不，只热衷做日本佬，问他原因，他非常坦率，说解放军不能打人骂人，所以，他一天到晚别着个木头手枪，挥舞着木头指挥刀。有野心的人好争斗，毕东亭就这样。他最直接的争斗对象就是梁天成，偏偏梁天成生性懦弱，无论人家怎么挑衅，一般都不接招，这让毕东亭很觉无奈，可还是挡不住他时时处处都压梁天成一头的习惯。

梁天成没有资格进百货公司上班，直到23岁那年，才去了一家镇办企业，这对毕东亭来说，并不那么大快人心，他希望梁天成去农村，最好被送去边远地区。可惜，梁天成是独子，按照政策，无须下乡。

毕东亭的能耐当然不只体现在打压梁家上，他眼中的敌人不少，即使是与他同一派的所谓战友，也经常为各自利益而起冲突，好在这种利益冲突大多是局部的、暂时性的。最要命的是对立的那一派，从一开始，他们就在收集整理有关毕东亭及其毕东亭那一派的材料，企图有朝一日，给予他沉重打击。

常言道，只要功夫深，铁杵磨成针。常言又道，常在河边走，哪能不湿脚。

两派斗争，在一定条件下，其实跟敌我矛盾差不到哪里去。毕东亭曾经非常熟练地玩过“促使对方犯错误”那一套所谓的策略，对立的那一方苦头吃足之后，学乖了，就来了个以其人之道还治其人之身。

毕东亭有个姓田的同事，家住农村，这天有个女的来找，说田的老娘叫他回家一趟，有非常重要的事。这事也是冤孽，倘若毕东亭不知道，就什么都不可能发生了，偏偏当时他刚从外面回来，经过田的办公室门口，又偏偏那女的实在长得秀色可餐，他忍不住多看了一眼，双脚不由自主走了过去。

姓田的见他过去，连忙躬身说：“主任，我正要找你，你看……”

毕东亭非常有派头地一挥手说：“我知道了，去吧。”说着，眼睛却转向了女的，和蔼可亲地笑笑，“你是……”

女的没有作答，好像有点不好意思，姓田的见状，连忙说：“她住在我妈家，是支青，上海来的。”

“哦，怪不得。”毕东亭做出一副很欣喜的表情，“怪不得，有风度，有气质。”

那个时代，“漂亮”“可爱”之类的词儿一般不用，尤其毕东亭这样身份的人。

见女的还是不开口，只抬头来了个似笑非笑，毕东亭对她从上到下打量了一通，又问：“贵姓？”

又是田代为回答：“任，姓任，主任的任，叫任灵儿，灵敏的灵。”

“哈，好名字，好名字！看你的眼睛就知道灵，好好！”

这时，任灵儿开口了：“取笑了。这名字有什么好，太资产阶级。”

“哦？”毕东亭像是愣了一下，然后“哈”地一笑，“还挺有觉悟的！”

“本来嘛。”

话到这里，似乎说不下去了，毕东亭只得搭讪似的说：“在哪儿工作？”

除了毕东亭，两个人都憋不住笑了。毕东亭一时反应不过来，等姓田的说：“主任，她知青。”

毕东亭拍拍额头自我解嘲：“哦哦，脑子浑掉了！”

就这样，毕东亭跟任灵儿认识了。

这天凭着毕东亭的一句“有事找我”，任灵儿之后还真的去了他那里。

没有不透风的墙。

毕、任二人的交往很快让毕东亭的对立面注意到了。经过一段时间的观察与调查，对方认定，二人的关系不正常。

毕东亭是聪明人，不会把人带回家去。可人家也不是吃素的，早已有所安排。这天，等任灵儿一到，马上有人盯住。果真，没上几分钟，两人一前一后形同路人似的，穿过两条马路，五个弄堂，进到一座小楼，那里是毕东亭的父母家。

毕东亭的对手没有干所谓的捉贼捉赃、捉奸捉双的勾当，他们不想打草惊蛇，只希望通过必要的手段，把毕东亭搞倒。

材料已经准备齐全，并且已经上报到了上一级的主管领导手里。

跟古今所有官场中人一样，毕东亭到处有眼线，这不，他在上一级主管领导身边的眼线悄悄地把有关情况向他做了通报。

毕东亭那一身冷汗还没有消退，电话铃响，他被狠狠地吓了一跳，战战兢兢地拿起话筒，刚说出一个“喂”，就听到他弟弟的“哥，出大事了！”

毕东亭一下子瘫了。

屋漏偏逢连夜雨！

毕东亭明白，当务之急是他必须立马主动出击，调动所有关系，使出浑身解数，把危险扼杀在萌芽状态。

然而，来不及了，有些事只要一做下，就一切都晚了。

任灵儿是支青。那个时候，支青是高压线，碰不得。

不知道毕东亭是色令智昏，还是潜意识里认定自己永远长袖善舞，殊不知，即使是真正左右逢源的人，也难逃自作自受的下场。

毕东亭的结局可想而知，但这已经不重要了。

问题是毕东台，毕东台怎么办?

毕东台想过逃离，哥哥在台上，借点威刚过来，也够唬人的了，可现在靠山倒了，今天住在员外人家，跟梁家赤眼对烟柴头的，低头不见抬头见，那日子不好过。特别是梁小子的眼睛，一旦梁家乘机痛打落水狗，那他哪还有活路。看样子，摆在毕东台面前的只有一条路，那就是赶紧溜，躲躲再说，越快越好。

可是，能去哪里?

毕东台有几个狐朋狗友，不知道是不是听到了什么风声，见了他，全都表现冷淡，无奈之下，他只好去了岳母家。

万幸的是，梁春雷的眼睛没什么大事。那可恶的扫帚丝只划伤了他的眼睑与眼结膜，一时间，眼睛充血严重，看相非常可怖，却并无大碍。

最重要的是，梁家没事了，也安稳了。

或者说，员外人家安稳了。

台门里一安稳，毕东台不由得松了一口气。他悄悄地对自己说，不走了，不搬了，安稳顶好。

可惜安稳是暂时的、相对的，没过几天，风波又起。只不过，这一回跟梁家、毕家都没有关系。

6. 花无百日红

贾明白又暴怒了。

之所以说“又”，无非是因为他小怒天天有，大怒三六九，暴怒倒并不经常发生。他自己说过，怒伤肝，怒伤肝，要学林则徐，制怒。

说说容易，真正做起来难。

在贾明白眼里，能让他生气发怒的人或事实在太多太多。

打个比方，姐姐贾明莉的儿子，他的外甥，还不满5岁的小不点儿，一天到晚喜欢敲他的房门玩。骂也骂过，打也打过——他够不着小不点，就用拐杖打，可是，小东西就像一条泥鳅，哧溜一下就逃得无影无踪，远远地还要喊上一句“疯瘫佬”，气得他除了怒骂，连杀了那小东西的心都有。

贾明白最反感人家说他是什么疯瘫佬，他不承认自己瘫了，至于疯，更是毫无道理。从小到大，大家都说他绝顶聪明，要不是得了这病，肯定会如何如何。

另一个名称也是贾明白极其反感的，那就是小儿麻痹。什么叫麻痹？他怎么可能麻痹？有人说到他的病，如果母亲回答说“小儿麻痹后遗症”，他坚决要恶狠狠地更正：“脊髓灰质炎！”他一向认为，脊髓灰质炎比较正规不说，还带有一种科学性，一种学术气，他不需要理由地觉得，这样的命名显得高贵。

贾明白是一个清高的人，因为他是知识分子。七八年前，有一天，他在天井里看书，魏木林走过来，对着贾明白站了足足有两分钟，最后点着头跷起拇指一本正经地说：“了不起，了不起，知识分子了不起！”

平日贾明白是绝对看不起或者说看不惯魏木林的，至于原因，他不承认是由于魏的职业，他贾明白是懂道理的，在屠宰场工作，绝对不能说低人一等，他看不起看不惯魏木林的理由十分充足，谁会像魏木林那么笨那么傻，怪不得大家都将其称作阿木林。阿木林是什么？他特意查过词典，阿木林的意思是傻瓜、呆子，让人生气的是，人家叫他阿木林时，这阿木林不但不生气，还和蔼可亲地笑笑。贾明白看着都替他害羞，你说，这样的傻瓜还会有人看得起？

从这一天之后，贾明白对魏木林的态度彻底改变，只是，他有点遗憾，心里暗想，要是这姓魏的也是个知识分子该多好。

不对，按魏木林的说法，他贾明白高中毕业是知识分子，那竺来弟呢，她也高中毕业，岂不也是知识分子了？真要命！也怪自己当初考虑不周，居然只看外表而不多考验考验，考虑考虑。当然，也难怪，一见钟情不正是知识分子的通病吗？

许多事，回想起来，令人伤心。就拿当初与竺来弟的相见相识还有相爱来说吧，一刹那间，所有的痛苦烦恼因为这个女人的出现而全都消失殆尽，满心有的全是幸福。

实在想不明白，人啊，怎么变得这么快。现在看这个竺来弟，要多难看有多难看，贾明白真的怀疑自己当初是怎么看上这个女人的，居然还爱得死去活来。简直是奇耻大辱，简直是人生污点。

竺来弟是山坞角落头人，那地方，直到现在，还是走的山弯路，吃的六谷糊。竺来弟上面还有三个姐姐，父母、祖父母一心想要一个男孩，所以，从第二个女儿起，取的名字都带一个“弟”字，二姐叫招弟，三姐叫引弟。她出生后，母亲没再生养，为此，母亲感觉自己是竺家罪人，郁郁寡欢，最终自尽了。竺来弟是在饥饿、白眼和打骂中长大的，自懂事开始，就渴望早日离开那个没有亲情的家。16岁那年，听说家人要把她卖给一个长她32岁的鳏夫，她终于下了决心，连夜出逃。

出逃之前，竺来弟做过预谋和准备，偷偷积攒下一点钱，这才使得刚来到城里的一段时间不至于流落街头。从街上的小广告上，她找到了第一份工作，服侍病中的老人。这工作持续了整整4年，老人去世后才离开。凭着那些年赚下的钱，她租了个十来平方米的小屋子，随后，她一边做小时工，一边上夜校。她从小就爱读书，可惜家境不允许，22岁那年，她获得了夜校颁发的高中毕业文凭。

竺来弟租住的房子就在员外人家南面。房东老太太非常喜欢竺来弟，平日里，见人就夸，甚至说竺来弟是她的孙女儿。竺来弟远离亲人，情无所寄，也把房东老太太视作亲奶奶，如此良性循环，使得老人家对竺来弟的一切更为上心。看着竺来弟一天比一天长大，一天比一天漂亮，老人家自然而然地关心起她的终身大事来。

又是事有凑巧，这天，贾明莉找老太太的儿媳有事，临走前，与老人打招呼，当时，竺来弟正与老人一起在门口掇菜，一眼看见竺来弟，贾明莉心里一动，顺手拉过一枚小凳子坐下，帮着两人剥开了毛豆。

“这姑娘长得真好看，以前怎么没见过？”贾明莉望着竺来弟俊俏的脸问。

老太太呵呵一笑：“我孙女忙，今天难得休息，你呢，又不常来看我，还说呢。”

“您孙女儿啊？怪不得这么漂亮。听人说，奶奶年轻的时候是咱这儿有名的美人。”

一阵开怀大笑后，就扯起了闲篇，中心思想自然是竺来弟。当然，竺来弟并不多说，最多一问一答，大多是老人的半夸耀半痛惜，而贾明莉听着，赞叹不已。

就这样，贾明莉有了盘算，以前极少串门的她忽而脚头勤了起来。

贾明白是贾明莉的一块心病的。

贾父早已去世，贾母百事不管，70多岁的老太太，一天到晚，要么赖在躺椅上打瞌睡，要么手掐一串佛珠念她的阿弥陀佛，里里外外大事小情全得贾明莉一人打理。而最让她操心揪心的是这个比她小13岁的弟弟。

说句公正话，贾明白是让姐姐宠坏的。长姐若母，本无可非议，问题是贾明白的娇气与骄横，在姐姐的溺爱之下，简直到了毫无道理的程度。

比如有一回，贾明白从电视上听说榴莲如何如何好吃，就嚷着说他也要吃。那个时候，交通还不太发达，榴莲自然不像今天这么大众化，贾明莉束手无策，只能好言好语地劝他，还买来许多别的水果，他却坚决不要，哭号不算，还满地打滚儿，最后，贾明莉实在没有办法了，只好陪着弟弟哭，越哭越伤心，不由得悲从中生，忍不住号啕不已。其实，当时贾明白完全是闭着眼睛假哭，听到姐姐的哭声，偷偷睁开眼睛，见姐姐涕泗横流，悲苦满面，不由得大吃一惊。愣了一会儿，正赖在地上的他爬着扑向姐姐，一边喊着“姐姐”，一边用污黑的手为姐姐擦泪。

这件事过后，贾明莉更有理由宠爱弟弟了，逢人便讲，她弟弟心眼儿好，知道心疼人。

贾明莉终于托人从广东为弟弟买来了三个榴莲，可惜贾明白一点也没吃，原因很简单，那就是太臭。

反正一句话，贾明白是要风得风，要雨得雨，而贾明莉呢，只要弟弟喜欢，哪怕是天上的月亮，她也会替他去摘了来。

有人逗她：“那你干吗不去摘一个来？”

“我弟弟没说要，他要，我肯定去摘。”贾明莉的回答非常肯定。

那人立马问贾明白：“要不要月亮？”

“不要！”

贾明白坚定的回答令她姐姐开怀大笑，一把搂住弟弟，狠狠地在他脸上亲了一口。

看着弟弟一天一天长大，做姐姐的是既喜又忧。喜，自不待言；忧的却多得去了，首先是所谓的终身大事，谁会嫁给一个坐轮椅的人？

贾明莉还真张罗过几次，为防弟弟失落，一切都悄悄进行。

她有意把她以为可能的女孩子带回家来，希望在自然而然之中，能结出什么果来。

无奈，没戏。

非常明显，那些姑娘压根儿对她弟弟没有兴趣，除了好奇。

不过，贾明莉注意到，她弟弟看女孩子的眼神有点那个，至于是什么，她却确定不了，是好感，还是动心？她非常想问问，却又不敢造次，对弟弟的脾性，她是非常了解的，一不小心惹他不开心了，反而适得其反。

时间长了，贾明莉悟出了一个自以为是的道理，那就是城里人眼格高，要求也高，乡下人就不一样了。要不，托人打听一下，家境苦一点的也没关系，说不定苦孩子更贴心贴肝。

见到竺来弟，尤其听说小姑娘的身世后，贾明莉几乎想叫出声来：“天助我也！”

现在的问题是想一个什么办法把竺来弟带回家去，一是给弟弟看看，二是让竺来弟认认路。

还没等竺来弟想出好办法来，老娘出了事无缘无故地倒在了灶台前。

幸亏贾明白耳朵灵，听着“嘭”的一下，连问几声没有反应，边转动轮椅过去察看边喊姐姐。

当时，贾明莉正在门口洗衣服，听见喊声，赶紧跑进屋。

经诊断，老人是心肌梗塞，送医及时，才没发生不可挽回的后果。

想想还真有点后怕，如果不是星期天，姐弟俩都不在家，老人发病没人看到，那就危险了。

贾明莉马上想到竺来弟，请她去医院照看老人。十来天后，老人出院，没费多少口舌，竺来弟就进了贾家，白天除了服侍老人之外，家务事，包括做饭洗衣之类，都在她的工作范围内。

贾明莉无疑另有目的，一方面考察；另一方面希望弟弟与竺来弟多一些接触与了解。直觉告诉她，竺来弟是个好姑娘，只是不知贾明白能不能与其合拍。

自从竺来弟进到这个家的第一天起，贾明莉就注意到，一向脸色阴沉的弟弟突然容光焕发。平时,家里来个客人,贾明白最客气的表现就是爱理不理，倘若对方是他不愿见的，他干脆沉下脸来，甚至故意拍桌打凳，恨不得将人家赶出家门。

竺来弟第一眼看到贾明白时，很有些吃惊。

贾明白坐在轮椅上，目不转睛地盯着她看。

贾明白长得清秀，方盘脸，阔脑门儿，高鼻梁，眼睛不大却有神，嘴唇有点薄，竺来弟听人说过，嘴唇薄的人口才好。

竺来弟把目光移到轮椅上。心想，这么帅气的一个人坐轮椅，真是太可惜了！

怎么回事？竺来弟在心里悄悄问。

贾明白显然读懂了她的神色，口气散淡地说：“没什么的，脊髓灰质炎。”

“哦，”竺来弟怔了怔，她想起老家的一个闺蜜也是这病，“小儿麻痹啊。”

贾明白脸色有点变化，不过，表情很快又换了回来，有意转移话题：“你是从哪里的？”

竺来弟没有明确回答，嫣然一笑：“山坞角落头。”

竺来弟这一笑让贾明白心里一动，想说什么，一时又想不起来，好在这时贾明莉进屋，先看看弟弟，又转脸问："来弟，怎么样？"

"你叫来弟？"贾明白找到了话题，一连串地问她说，"弟弟的弟？你没有兄弟，只有姐妹吗？"

竺来弟红了红脸："嗯。"说着，她低下了头。

贾明白觉察到了什么，轻轻叹了口气，又问："你姓什么？"

"竺，"她抬眼瞟了他一眼，"竺可桢的竺。"

贾明白心下又一动，看来，这女孩不简单，不仅知道脊髓灰质炎就是小儿麻痹症，还知道竺可桢。这么一想，不由得好奇心起："你什么学历？"

竺来弟又浅浅一笑："初中毕业，后来又上了夜校，高中，条件允许的话，想参加自学考试。"

"啊呀，太好了！"贾明白忘情地拍了一下轮椅扶手，马上又省悟到自己有点失态，连忙解释道，"我是说，真是巧，我也正想自学考试呢。"

竺来弟不由得一脸喜色："真的假的？这么巧？"

"当然真的，我干吗哄你？"

竺来弟的脸更红了，张了张嘴，却没有说话。

还是贾明白帮她问了："你打算报什么专业？"

"汉语言文学，"竺来弟似乎不假思索，"你呢？"

"我也是，我喜欢看小说，从小就喜欢。"

"那你写不写？"

"当然，当然写，干吗不写，我从小……"

竺来弟打断他："从小就想当作家？"

"你怎么知道？"

竺来弟把手扪在胸口，仿佛担心心会从里面跳出来："因为我也……"

听她这么一说，贾明白哈哈大笑，忘乎所以地转动轮椅朝竺来弟那边靠去，竺来弟连忙站起，往边上一让，然后又绕到他的背后，微微弯下身子问："去外面转转？"

贾明白没有出声，以点头作答。

贾明莉始终在隔壁房间注意两个人的动静，等他俩出了门，下到天井里，她才悄无声息地走出屋子，望着竺来弟的背影，满意地笑了。

之后的日子是和谐的，也是幸福的。

贾明白左腿完全失去了行动能力，短距离的活动可以借助双拐，自从有了轮椅后，他的活动范围大了许多。

他终于“走”出了家门。

最初贾明白用的轮椅是手摇式的。头一次出门，贾明莉不放心，跟着他走，到了台门外，他执意不肯让姐姐陪伴，没办法，她只好远远地望着，等看不见了，才快步赶过去，悄悄地看着跟着。

那个时候，贾明白几乎天天出门，天天在小城的大街小巷间穿行。

终于有一天，贾明白去了居委会。正好从办公室出来的林主任见到他，惊讶地大叫：“小贾呀，你一个人？”说着，急急忙忙跑到他跟前，上上下下打量，像在检查他身上有没有伤。

贾明白没有开口，只笑笑，带着一种骄傲的神态。

“小贾，你，你是找我吗？”林主任关切地问，“有什么事？”

“我要工作。”贾明白倒也痛快，直截了当地说，“我要工作，你们应该负责给我找一份工作。”

毫无思想准备的林主任脱口而出：“你能做什么？”话一出口，她感觉到这话可能伤人自尊，连忙改口，“你想做什么工作？”

贾明白似乎没有注意到“能”与“想”之间的区别，非常坦率地回答：“我不知道。”

林主任挠挠头皮，有些不知所措。她看着贾明白驾驶轮椅在院子里忽前忽后地转，仿佛一下子反应了过来：“那，小贾，来，进屋进屋，慢慢聊。”

林主任经常碰上让她挠头的事，应付贾明白自有一套，一边问长问短，一边加紧思索，面前的这一位确实也应该有个安排，可是，他能做什么呢？

那时的居委会跟现在的不太一样，一般人事安排可以由主任说了算，包括街道小企业。问题是，如何安排他呢？

就在这时，有人进来了，一开口就说：“主任，平平几时来上班呀？我这款子……”

“哦，我问过了的，明天他就上班，明天。”

那人走了，林主任突然站了起来，围着轮椅转了一圈，然后回到贾明白面前站定：“小贾，你高中毕业？”

“是啊，怎么啦？”

“嗯，”林主任搔了搔自己的眉心中央，“这样好不好，你先来居委会帮几天，主要做一些文字工作，有时候，办公室的人都出去了，你留守一下，接接电话啦，接待一下啦，还有……嗯，这样，你说怎么样？”

贾明白从来没有工作过，而且，以前他还觉得居委会的人神气活现的，心里经常会生出一种抵触，没想到，今儿个就这么寥寥几句话，他便可以来这里上班了。

一种从未有过的自豪感油然而生。

他向主任保证，一定好好工作，一定不让主任失望。

万事总难磨得过时间，时间长了，种种的不如意，种种的不满足，不由得生发出来。曾经的心花怒放终于又消失得无影无踪。好多次，他都说要辞了居委会的工作。贾明莉劝过他，也问过他，想干什么，可他又不说，虽然不说，但心里的骚动却始终无法抑制。

贾明白向来认为，自己是虎落平阳、龙搁浅滩，他觉得自己是干大事的人。

有时候，贾明莉听得烦了，忍不住也会抢白几句，而他呢，根本不会把姐姐放在眼里。有一次，贾明莉好言好语地劝他不要好高骛远，没想到，正吃着饭的他竟一扬手把饭碗砸了过去，并且恶狠狠地吼道：“你懂什么叫好高骛远？省省吧，我是有文化的人，不跟你这种没有知识的人说话。滚！”

弟弟这种带严重侮辱性的腔调让贾明莉感到十分伤心。其实贾明白不是头一回对姐姐如此不礼貌，她心里也明白，这都是家里人，尤其自己对弟弟宠溺的恶果。有好几次，她都想狠下心来从根本上管束他，教育他。在家里大家都容忍他，可总有一天他要进入社会，与别人接触交流，到时候，谁能受得了他的这种臭脾气？

在贾明莉心目中，弟弟比儿子更让她操心。结识了竺来弟，特别是竺来弟进了她家之后，见贾明白像换了个人似的，连脸色都一天比一天红润，那种从未见过的由衷的笑靥真让做姐姐的贾明莉感动。

贾明莉发现，竺来弟陪着贾明白出去，那辆手摇轮椅有点不方便，便悄悄买了辆有轮胎手动圈的轮椅。这样，每天傍晚，两个人出去，在贾明莉看来，情调一下子出来了。

在贾明莉的劝说下，竺来弟干脆辞去钟点工，专职护理贾家老太太。每天下班后，老人有贾明莉在，而推着轮椅陪贾明白出去溜达成了竺来弟的必修课。他们去得最多的地方是江滨公园。那边有几个亭子，每当夜幕拉起，总有人聚集拢来，唱越剧，唱京戏，也有唱流行歌曲或者红歌的。起先，他俩也会挨近过去，看看听听，日子一长，首先贾明白嫌烦了，于是，两个人便远远避开，在一棵高大粗壮的不知从哪里迁来的大樟树下，男的坐在轮椅上，女的蹲在他的前面，或者坐在对面的石椅子上，说呀，笑呀。

秋夜，月色朦胧，说着说着，好像受了心电感应，两人突然冷了场。相识之后，从来没有过这样的事。竺来弟看着贾明白，江对面霓虹反射，使得他的脸有了一种奇异的光彩。

贾明白抬起双臂，使劲一用力，身子离开了座面。

“你做什么？”竺来弟连忙起身，“是不是……”

竺来弟以为他想自己走上几步，平时在家，他会拄着拐杖走来走去。

贾明白没有说话，站直后，伸展右臂，身子朝向左边一侧，抓住石椅背，然后一扭身，轻轻坐下，整个动作利索、轻松、自如，一气呵成。

竺来弟还来不及反应，他又一次伸展右臂，一把牵住她的手，使劲一拉，就把她拉到了他的腿上。竺来弟挣扎了几下，想脱开他，却使不出一丁点儿气力。

贾明白也不说话，捧住拥在他怀里的女孩的头，不认识似的盯着，却见她的双眸里除了清澈的光，没有一丝惊悚或惶恐。短短三五秒对视，仿佛过了半个世纪，一对嘴唇终于贴在了一起。

这一天，回到家里已经过了10点。贾明莉毕竟是过来人，从两个年轻人的脸色中什么都明白了。

翌日早餐时，贾明莉看看这个，又看看那个，喝了一口豆浆，然后像是在对手里的那个馒头说：“要不，什么时候去下民政局？”

竺来弟仿佛没有听见，专心致志地咬一口馒头、喝一口豆浆，贾明白看一眼姐姐，装出一脸无辜：“什么民政局？”

贾明莉一笑：“没什么，没什么。”说完，把小半个馒头塞进嘴里，站起身，依次看看两个人，先后朝他们神秘地使了个眼色，扬长而去。

贾明莉早就想直截了当地问问竺来弟，她是满怀希望的，可是，越是希望，就越担心失望，她不但怕伤了弟弟的自尊，也担心得罪竺来弟。无论如何，母亲还得有人照看，像竺来弟这样让人放心的女孩，恐怕不太容易找得到。

从竺来弟佯作“事不关己”的表情中可能看出，小姑娘是乐意接受的，再说，当时她的脸上还有一抹难以掩饰的红晕呢。

接下来的事情就好办了。

星期天上午，两个人有话有商量地坐在门口掇菜，贾明莉突然单刀直入地问：“要不要跟娘家说一声？”

贾明莉相信竺来弟明白她的意思。

果真，沉默了一会儿，竺来弟开腔了：“不用，他们不会管我。”

“不会吧？毕竟……”

贾明莉没有说下去，竺来弟也没说话，只低着脑袋，无声地流开了眼泪。

“这样不好。”贾明莉起身拿来笤帚，一边把地上的菜叶豆壳扫进畚斗，一边开导竺来弟，“虽然，他们做得不对，可不管怎么说，毕竟是娘家人，对不对？我想，他们也是为你好，要是……”

“才不会呢，要不，这么多年了，他们怎么没想着来找找我？”

“上哪儿找？他们怎么知道你在哪里？说不定他们找过你无数次，只是你不知道。再说，你呀，本来应该你回去看看的，毕竟这么些年了。”

“我去看他们？”竺来弟猛地昂起头，满脸的泪水，“我去，叫他们又把我卖了？”

贾明莉一怔，无以应对。

“谁会管我，谁会要我？他们只……”

竺来弟号啕大哭，仿佛要把这许多年压在心底的悲愤一下子用泪水释放殆尽。

贾明莉弯腰一手揽过竺来弟贴在胸前，另一只手轻轻抚摸她的肩膀，轻声柔语地像哄一个还未足月的婴儿：“哦，哦，别哭，别哭，乖！”

竺来弟总算止住哭泣，她从贾明莉的怀抱里脱出来，含泪羞涩地勉强做一个苦笑，张了张口，却没有出声。

贾明莉及时地问：“来弟，跟姐说真话，想他们不想？”

竺来弟看着贾明莉的眼睛，半晌，点点头。

又一个星期天，一大早，贾明莉陪着竺来弟去了山坞角落头那个叫竺家墩的小山村。

下了汽车，还得走 18 里的山路，到得村口，远远近近的低矮小屋已是炊烟袅袅。

山村闭塞，很少有外人进出，几个小孩见有人过去，一蹦一跳跑上前来，好奇地打量来人。

竺来弟没有说话，看得出，这些孩童肯定不认识自己。而贾明莉却是满脸堆笑，从包包里掏出几把早就准备好的大白兔奶糖分给孩子，然后，拉住一个梳羊角辫的小姑娘问："告诉阿姨，竺大友在不在家？"

"不知道，"小女孩把剥开的大白兔奶糖塞进嘴里，扭扭身子，挣脱开贾明莉的扯拉，"可能在领弟娘娘那里。"

贾明莉转脸看看竺来弟："那先去你姐那里？"

"不用，我想先回家看看。"

这么多年过去，小山村丝毫没有改变，路还是那么几条路，崎岖狭窄；屋还是那么几个屋，低矮破旧。自己的家，竺来弟闭着眼睛都可以找到，可她还是东张西望着。贾明莉亦步亦趋，紧紧跟在未来弟媳后面，步履艰难。

她们站定了。

贾明莉前后左右望望，也许面前的屋子算不上最糟糕的，却也称得上是摇摇欲坠了。她真的难以相信，这里面还能住人。

偏偏正在贾明莉犹豫要不要进去时，对面的一扇门突然开了，一个老头儿腰背佝偻，走出两步，停住了。

贾明莉回头看竺来弟，但见她泪流满面，双唇抖动，颤声喊道："爸！"

还没等贾明莉反应过来，竺来弟已经飞奔过去，紧紧抱住老人，号啕如雷，震得贾明莉的泪水也夺眶而出。

进到屋子里头，贾明莉满心紧张，黑黢黢的屋顶带给她一种随时压将下来的恐惧。她悄悄地对竺来弟说："你们慢慢聊，我在外边等着。"说完，她往竺来弟的肩膀按了一下，逃也似的退到门外，狠狠舒了一口气。

在门外的小院子里来来回回地踱了片刻，看着差不多了，贾明莉才又慢慢走进屋内。

父女俩同坐在一条长凳子上，竺来弟还正轻轻地说着什么。见门口一暗，她下意识地转脸一看，然后站起："姐。"

老人随即也缓缓立起，脸上堆着笑："你坐，坐。"

"不用客气，"贾明莉上前两步，做一个手势，"阿叔，您坐。"说罢，她也在桌边的另一条长凳上落座。

贾明莉把脸转向竺来弟："跟你爸说了吧？"

竺来弟点点头，又看了父亲一眼。

竺父显然明白女儿的意思，赶紧接口道："高攀了，我们……"说着，他走到屋角落，像是要找什么东西。

竺来弟一把扯住了他："爸，你不用忙，我们带了水。"一边说，一边从背包里取出两瓶农夫山泉，一瓶给父亲，一瓶给贾明莉。

贾明莉用手挡了挡，拍了一下自己的背包，意思是她有。她从包里取出农夫山泉的同时，手里还拿着一个红包。

"阿叔，我听说农村作兴'二百定，二百接'，或者'三百定，三百接'，我年轻，不懂这些规矩，喏，这儿有两千块钱，就当是我们……"

"使不得，使不得！"竺父伸出双手一个劲地摇摆，眼睛却直勾勾地盯着红包。

贾明莉哪里肯依，二话没说就抓过老人粗糙的手，把红包放在他的掌心，然后将其手指扳拢压住。

竺父意思含糊地看向女儿，却见她微微笑着，不置可否。

"阿叔，这只不过是讨个彩头，村里人……"

贾明莉没有说下去，她实在不知道如何说得明白。

竺父点点头，脸上绽放出谦卑的笑。

贾明莉没有想到，这事办得这么顺利，一点疙瘩也没有，即使随后一一拜见几位姐姐，也看得出，她们除了惊喜，还是惊喜。

告辞出村，送行的人除了三位姐姐，少说也有二三十人，倒是竺父没有出现。

一路上，竺来弟闷声不响，起初，贾明莉以为是离别伤感，也不甚介意，突然发现有点不对头，竺来弟的肩膀一耸一耸的。走不惯山路的贾明莉落在后头，连忙急走几步，这才看到竺来弟在哭。

"怎么了，来弟？"

竺来弟还是不作声。

"告诉姐，怎么了？"

贾明莉忽而想到，会不会是那些娘家人不同意那事？想到这里，她谨慎地问："是不是他们……"

竺来弟突然停住脚步，泪眼婆娑地望着贾明莉，半晌才开口："姐，我爸他……"

贾明莉心里咯噔一下，莫非老人反对？转而一想，又觉得不会，红包都收了，按规矩，收了红包，就表示同意了呀。

"你爸怎么了？"

"我爸……"竺来弟掏出手绢擦脸，"我爸他太苦了。"

贾明莉松了口气，但她没有接口，等着竺来弟说下去。

"姐，你也看到了，我爸就一个人住在那里，三个姐姐谁都不管，吃饭饿一顿饱一顿的，我担心万一有个病痛，怎么办？"

"哦。你爸多大年纪了？"贾明莉原先的想象中，竺父最多五六十岁，虽说不太年轻，但应该不会有多老，今天发现，他起码七十多岁了，难道未老先衰？

"71，"竺来弟抽了一下鼻子，"按说他也不太老，劳累过度，身体不好，又不肯花钱去医院，我真担心……"她说不下去了。

贾明莉明白竺来弟的意思，看来，父女俩已冰释前嫌，做女儿的想回到父亲身边尽孝。她理解这种感情，可如此一来，一切努力不全付诸东流了？

"你打算怎么办？"

"姐，那两个屋子不是空出来了吗？你帮我找人说说，我想租下来，把我爸接来。"

一个月前，有一户搬离员外人家，也就是说，房子空了出来。当时，竺来弟就想要这个30来平方米，可贾明莉却表示，如果竺来弟愿意，那间做新房最合适。这会儿竺来弟动这个脑筋，莫非她想反悔？

"那婚事……"贾明莉用吃惊的口气问。

"姐！"

"唉，我不强迫你，来弟。只是，你知道，明白那么喜欢你，你也同意的，怎么可以说变就变啊？"

"不是的，姐。"竺来弟急忙辩解，"我不变，没有变的意思，只不过，我实在放不下我爸呀。"

贾明莉真想说，当初他怎么放得下你，可这话到底太那个，她知道不该说。

“要不，让你爸住到你原先住的地方去，反正也不远。”

竺来弟摇摇头，垂下眼皮说：“我不放心。”

贾明莉叹了口气，说不出话来。

竺来弟心里也极纠结，她挽住贾明莉胳膊，朝前走出几步，把头靠在贾明莉肩上，亲昵地说：“姐，要不这样行不行，再等我几天，让我好好想想，我发誓，不反悔，决不！”

贾明莉没有回答，她伸展右臂，搂住竺来弟的腰，以这样的方式表达她含混不清的态度。

回到家里，趁竺来弟去厨房的空档，贾明白迫不及待地问：“姐，怎么样？”

贾明莉早有思想准备，用手指戳了一下弟弟的额头，故作轻松地说：“看把你急得。你以为结婚那么简单，特别是山里人，规矩多了去了。别着急。”

她故意把“山里人”三个字加了着重号，这会儿，她觉得有一种说不清道不明的情绪在心底翻腾，甚至隐隐希望，弟弟能对“山里人”产生排斥心理。可是，偏偏没有。

十来天后，那空屋子租了下来。

竺来弟兴冲冲地又回了一趟竺家墩。原以为老父会非常乐意做城里人，可万万没有想到，他死活不依，理由非常简单，也极端充分，那就是他不愿意离开自己的家，他怕火化。他说，他连棺木、寿衣都全准备好了。

就这样，竺来弟只好哭哭啼啼地返回城里。

就这样，新房按当时流行的格局适当地装饰了一下。

就这样，贾明白如愿以偿地娶了竺来弟，开始他向往已久的幸福生活。

可偏偏应了一句老话：人无千日好，花无百日红。

贾明白很快对他的妻子产生了厌倦。

起因非常渺小。

早晨洗脸时，贾明白无意识地看了一眼替他倒水的竺来弟，接着发出一声惊讶无比的惊叫。

“你脸上怎么了？”他伸手碰了一下妻子的脸，又像是触到火炭似的，迅速缩回，看看手指，“一块一块的，怎么回事？”

竺来弟被他的惊讶吓了一跳，放下脸盆，先摸了摸面颊，然后回身去找镜子。

“这有什么，我问过医生，说是……”竺来弟没有说下去，脸色泛起了红晕。

“医生说什么？多难看啊。”

“没关系的，医生说是黄褐斑，到时候自己会褪掉的。”

两个人正说着，贾明莉进来了。她白了一眼弟弟说：“你什么都不关心，什么都不懂。”

他疑惑地看着姐姐：“我不懂？我不关心？这跟我什么关系？”

“怎么跟你没关系？”贾明莉轻轻拍拍弟媳的小腹，“你呀，要做爸爸了。”

“啊？”

“啊什么啊？”姐姐口带喜气地责怪弟弟，“医生说了，这叫妊娠斑，是怀孕后的正常反应。知不知道？”

贾明白怔怔地看着妻子的肚子，心里嘀咕：“要做爸爸了，应该高兴，可我怎么一点都高兴不起来？”

“发什么呆，不开心？”贾明莉推了一把弟弟。

“没有，没有，只是没想到。”说着，他有意做了个表示不好意思的表情。

贾明莉显然不太满意，可她知道弟弟的脾气，多说无益，就拍了一下弟弟的肩膀，然后，又朝弟媳笑了笑，走了。

贾明白也想对妻子笑一笑，可他笑不出来。他问自己，是不是还没做好父亲的思想准备，或者是由于突然发现面前这个人一下子难看了？贾明白摇摇头，到墙角边抓过拐杖，随后从轮椅上站起，推开轮椅，一步一步拖着病腿，挪步出门。

竺来弟目送他慢慢跨下台阶，才冲着他的背影：“你去哪里？”可他理都不理，“笃笃笃”只顾朝外走去。

竺来弟还是头一回碰到贾明白这个样子，她想不明白，他这是怎么了。人家要当爸爸了，开心都来不及，可他一点没有高兴的样子不说，那脸色像是谁得罪了他似的。她并不是没见过他生气发怒的样子，往常他不开心了，她就当他是耍小孩子脾气，不理他惹他，装作没看见，这是贾明莉教她的，而且，这一招非常灵光，一会儿，他气消了，又常人一样。

所以，竺来弟压根儿没把这事放在心上。

洗完衣服，竺来弟去天井晾晒，衣服一件一件搭上长竹竿，正欲回转，却听背后有人说话："啊哦，新娘子真勤快！"

"啊哦"几乎是阿光专用的打招呼用词。竺来弟平时与他没有什么来往，遇上了，充其量不过笑笑点点头。

贾明白经常用带有鄙夷的口气抨击阿光，为求安稳，竺来弟一向避免与他多说话，她弯腰从地上拎洗衣盆，一走了之。

阿光有些伤心，叹口气道："我就这么讨厌？"

一脸沮丧的阿光正欲回身，却听贾明白在背后厉声喝问："大头鬼，你干什么？"

阿光见是贾明白，不免有些窝火，碍于竺来弟在旁，他强压住了自己，换上一副嬉皮笑脸："没干什么，跟美女说句话，不可以啊？"

贾明白火了，趔趔趄趄直往前冲，一不小心，险些跌倒。竺来弟见状，惊叫一声，慌忙丢下洗衣盆，快步过去搀扶，没想到，贾明白把气撒到了她的身上。

"滚开！"说着，贾明白扬起右手的拐杖，朝妻子狠狠地砸将过去，竺来弟毫无防备，"啊"地一仰，砰然倒地。

阿光下意识地一伸腿，可最后还是收住脚步，看一眼贾明白，嘀咕道："啊哦，鲜花插在牛粪上！"然后，拔腿就走。

贾明白见妻子倒在地上，捂着下腹，一脸痛苦，不免有点紧张，可一闪念之后，这紧张立马换为鄙夷之色："不就轻轻碰了下，至于吗？"

竺来弟也不多说，挣扎着要自己起来，撑了几下，竟觉得除了痛，一点气力也没有，没奈何，只好向贾明莉求助："姐！"

"叫什么叫？"贾明白用拐杖重重地在石板地面上杵了几下，"娇滴滴的，把自己当娇小姐了？"

贾明白话音未落，他姐姐就赶了出来："怎么了，来弟？"

"有什么大不了的，不就……"

贾明白的话还没说话，她姐姐就一声轻呼："啊呀，不好，来弟，会不会……"

竺来弟还是不作声，在贾明莉的拉扯下，站了起来。

"怎么回事？"这回贾明莉是问弟弟。

贾明白嗫嚅道："不就轻轻碰了一下，这么娇气……"

贾明莉明白了，不再理会弟弟，只着急地自言自语：“这可怎么办，这可怎么办？可别伤到孩子。”

“姐，没事，一会儿会好的。”竺来弟反过来安慰贾明莉。

“不行，”贾明莉在弟媳前面屈身弯腰，“快，姐背你去医院！”

这时，阿光冲了过来：“还是我来，我力气大。”

竺来弟哪里肯依，本来并不想让贾明莉背她，让阿光这么一激，反倒顺从地扒在了大姑子身上。

刚走到门前，有人拦住了她们：“明莉姐，来弟怎么了？”

“去医院。”贾明莉不便与一个大男人细说，可还是口气急促地央求，“阿源，帮帮姐，你的车在吧，送来弟去医院，快！”

阿源姓佟名源，是搬运工人，有辆手拉车，下班后，间或揽点私活，挣点老酒钱。

“这还用说？”说着，佟源相帮着把来弟抬到台门外，他的手拉车就放在那里。

大家忙碌着，唯有贾明白远远看着，皱眉、板脸，口气冷冷的：“唉，真叫花无百日红！”

7. 谁配不上谁

幸亏送救及时，竺来弟总算没有大碍。

佟源从医院回来，走到自家门口，不由得一愣，门怎么开着？

佟源清楚地记得，刚才走得匆忙，他没有锁门，但门绝对是合上的。

以前，他确实没有关门锁门的习惯，跟阿光一样，除了一床一桌一凳，别无长物，犯不着防贼防强盗。可如今他早已改了习惯，每次离家，无论如何不会忘了把门关上锁好。莫非，有人进去过？

屋里暗绰绰的，却一览无余，什么人也没有。

奇怪。佟源原地转了个圈，搔搔后脑勺，怎么回事？

忽而一惊，难道……

他连忙跑到床前察看，什么都没有，随后，又弯腰低头探看木板床底下，自言自语道："怎么回事？"

他想到了两年前。

那一天，下班回家，除了睡觉从不刻意合上的门居然关着，这让他颇为惊讶。

推门进屋，见床上枕头边有一个纸条。他伸手抓在手里，仔细一看，竟是电影票。

怎么回事？

佟源走到窗前，就着光亮，查看票上的日期时间，当日的，晚 6 点 45 分。

佟源不知道当时几点几分，仰头想了想，该 5 点钟了吧。

问题是这电影票是怎么回事，是谁留在这里的？想了半天，就是猜不透。不管它，到时候就明白了。

佟源相信，留电影票的人肯定是哪一位女孩，说不定还有求于他。一想到这个，他不禁有点犹豫，告诫自己，必须有所警惕，以防被敲。

想到这里，佟源立马出门。

时间还早，先去小乐园吃点什么吧。

小乐园就在电影院斜对面。佟源坐在窗口，一边慢吞吞品尝小笼包子，一边留意电影院门口。

这会儿，那边人不多，当然也见不到一个他所熟悉的人。

一屉小笼包子光了，感觉胃还不够充实，他又要了一大碗的牛肉面。

佟源刚搛起一筷子面条，还没到嘴边，听得有人叫“小源”，他下意识一回头，看到一个人正夸张地笑着朝他走来，又叫了他一声“小源”。

佟源最不喜欢别人叫他小源，人高马大的一个人，还小什么小？这是他父母的发明，在家里听父母叫叫倒也无妨，让他反感的是认识他的人都这么叫，没面子透了。

佟源不愿理这个叫他小源的人，自顾自埋头吃面。

“干吗这么不理人，醉兮兮的？”

“什么事？”佟源头都不抬，瓮声瓮气地说，“有话说，有屁放！”

“干吗呀？我谭中禄好歹也是你……”

佟源手里的筷子往桌上一拍，喝道：“打住！”

“好好好，打住，打住。”谭中禄轻声嘀咕，“这么凶巴巴的干吗。”

佟源不理他，只管自己吃面。

谭中禄却沉不住气了：“喂，这么不客气，我还没吃呢。”

“要吃自己点。”

“没钱。你请客。”

“我也没钱。”

“不会吧，前天刚发的工资，难道真是十六光？”

“十六光”是佟源的绰号，意思是十五号发工资，第二天全花光。这种说法有些夸张，不过，实情也差不到哪里去。

佟源的碗里只剩了一点面汤，他站起身，跨过凳子，扬长而去。

谭中禄立马起身，想扯住佟源，可佟源早有准备，上身一扭，三步两步出了店门，谭中禄只有干瞪眼的份儿。

这谭中禄也太遭人嫌了。

佟源的姐姐佟汾差点儿死在姓谭的手里。

倒不是说谭中禄要杀佟汾，相反，他信誓旦旦地对佟汾说过，不求同年同月同日生，但愿同年同月同日死。

佟汾与谭中禄都是知青，当初支农时，两人被分到一个大队，虽然不在同一生产队，交往却不少。一来二去的，佟汾被他的殷勤奉承迷倒了。无奈佟家父母不同意，原因很多，最主要的是担心两人合不来，其次，佟父还打听到，谭中禄的爷爷是个反动军官，带着小老婆逃到台湾去了，要是搭上这么一个亲眷，以后苦头有得吃。

一开头，佟汾很听话，表示坚决与谭中禄一刀两断。可是，不知道谭中禄用了什么迷魂药，没几天工夫，佟汾又倾倒在了谭中禄的怀里。

这还了得？佟父怒不可遏，不仅找了所在大队、公社，后来还去了县委、县知青办，扬言要法办谭中禄。

确实，女知青是高压线，碰不得。然而，谭中禄跟佟汾一样，也是知青，知青与知青搞对象，是正常的正当的恋爱，任谁都无法干涉。

佟父哪里肯依。

佟父找到儿子，命令他把佟汾揪回家来。

佟源从小逆反，对父亲说的话、下的命令，不管对错，一律对着干，只有这回例外。

到得佟汾住的那个小茅屋，敲了半天门，就是无人应答。正欲回身离开，门却开了，不过，只一条缝，佟汾挡在门缝间。佟源不管不顾地推开姐姐，一个箭步闯进去，果真，姓谭的还钻在被窝里，只露出眼睛之上的半个脑袋。

佟源二话没说，一手掀开棉被，另一只手揪住谭中禄的头发，一把将其拖起摔在床前地面上，然后又飞起一脚，险些把可怜的一个劲大喊“饶命”的谭中禄踢进床底。

佟源不再理他，扯住佟汾的胳膊就往外奔。

佟汾被关了禁闭，天天躲在楼上哭，开头是号啕，继而饮泣，慢慢就只剩默默流泪了。

一个月黑风不高的夜晚，过了子夜，失眠好几天的佟汾忽地从迷糊中惊醒，她听见木板窗似有轻微的敲击声，悄悄起身拔开窗边插销，窗子开了。暗中，光凭气息，佟汾就能辨出此人是谁。

接下来，颠凤倒鸾，缠缠绵绵，自不必说。

最后，佟汾听从了谭中禄的蛊惑，私奔。

天明后，见闺中无人，佟父简直气疯了。

佟母叫儿子想办法打听一下,看佟汾去了哪里。佟源找了三天,一无收获，却突然有人来报，说佟汾在山上自杀了，幸亏被好心人发现，现在正在医院抢救。

听到这个消息，佟母当即晕倒，父子两个手足无措，亏得邻居帮忙，急送医院。这下方便了，母女俩在急救室会合。

佟母并无大碍，无非是急火攻心，很快醒了过来。佟汾却一直昏迷，听医生说，要不是发现及时，后果不堪设想。

在大家的急切等盼中，佟汾终于醒了过来。眼睛睁开了，意识似乎还没恢复，她看着身边的几位亲人，流泪，却不说话。足足过了有半个钟头，她突然惊叫起来。大家吓了一跳，又惊又喜地围着她问："怎么了，怎么了？"她仿佛想支撑着坐起来，一双迷茫的眼睛骨碌碌地乱转，只听她口齿清晰地喊道："阿禄呢……谭中禄呢？"

众人面面相觑。

佟汾"呼"的一下坐起，光脚向外冲，佟源动作迅猛，一把将姐姐抱住，手脚利索地将其放倒在病床上。

"怎么回事？"佟源厉声喝问,"到底怎么回事？姓谭的那浑蛋怎么你了？"

佟汾似乎被弟弟的口气镇住了，怔怔地望着他，老半天，才"哇"地失声大哭。

总算搞明白了。

佟汾跟着谭中禄离家出走之后，两人在空寂的大街逛了一圈，又在谭中禄的舅舅家躲了两天，结果受了舅妈的白眼恶语，在佟汾的坚持下，惘然地，起码是佟汾惘然地到了杂树环抱的应天塔下。

谭中禄显然早有准备，从背包里取出一块布毯，铺在塔前的石板地上。借着迷蒙的月色，示意佟汾坐下，又从背包里掏出一瓶酒，拧开瓶口，先自己倒了一口，然后递给佟汾，佟汾推拒，禁不住他的执意，双手握着，却不肯再动。谭中禄哪里肯依，俯身过去，捉住她握瓶的手，又喝了一口，然后将瓶口强行塞进她的嘴巴。算是半推半就吧，居然一口气被他灌了两口，随后是一阵狂咳，好歹止住了咳，她顺势倒在布毯上大口喘息。

“阿禄，我怎么办？”佟汾梦呓似的嘟哝，“阿禄，我们怎么办？”

“没什么，有我呢。”

“这样的日子还不一死了之。”

佟汾已经无数次地说过这个“死”，“一死了之”却还是头一遭。

刚刚还豪气万丈的谭中禄一下子换了语气：“一死了之，唉，要死还不容易。”

“活着没意思，真的。我奶奶说，早死早投胎，早死早投胎。”

“你信吗，早死早投胎？”

“有什么信不信的，反正那么一回事。”

“那，你不怕？”谭中禄好似犹豫了一下，“下辈子，我们……”

“有什么好怕的。”

谭中禄倏地坐直：“你说，怎么死？”

“你不是买安眠药了吗？”

“怕你后悔。”

佟汾突然大哭，边哭边说：“我真的不想活了，不想活了！”

“那……”

“你不用假惺惺的了，”说着，佟汾一把拉过挂在谭中禄胸前的背包，伸手往里面掏摸，接着取出一个玻璃小瓶。

谭中禄好像没有料到佟汾真的会这样做，转而一想，也许她只是装个样子，发泄一下，撒撒娇而已，于是，只瞪圆双眼看她，看她怎么做。

佟汾不知道谭中禄的心思，只顾做自己的，她非常熟练地拧开瓶盖，一抬手，一仰脖，唰唰唰，把瓶中之物痛快淋漓地直往嘴里倒。也不知是否悉数倒尽，只见她把瓶子随手一抛，又操起地上的那瓶酒，直往口中灌。这一系列动作一气呵成。

谭中禄惊呆了，吓住了。他战战兢兢地缓慢迟疑，手足并用地往边上爬行几下，随即迅速站起，退后两步，惊惶不安地注视着两米之外的女人。

佟汾并不理会谭中禄的失态，又一次仰倒在地。

谭中禄开始思想斗争。怎么办？用常理思考，他得赶紧送佟汾去医院，至少，至少打电话叫急救车，可那样的话，自己有一百张嘴也说不清了呀。

想想这女人，一整瓶的安定，哪还能活。我，还是溜之大吉的好。反正她是从自己家里出走的，反正又没人看到她是同我在一起，反正等她一死，死无对证，跟我不搭界。

正欲转身，突然听到佟汾说话了，有气无力地："你走吧，没你什么事，是我自己要死，是我自己该……"这话没说完，就没声音了，她好像，好像睡着了。

此时不走，更待何时？谭中禄对自己说。走出三步，他突然站定，略微踌躇了一下，蹑手蹑脚地走近地上的女人，弯腰摸索着，一手捏住地上布毯一角，一手使劲把女人推开，扯起布毯，躬着腰背，溜之大吉。

满脑子混沌的谭中禄有点慌不择路，没有看到前面路边有人正站着撒尿，没头没脑地撞了过去，倒把那人吓了一跳。

这一撞，却把混沌之中的谭中禄撞清醒了，连说几声"对不起"，逃也似的匆忙跑了。

撒尿的那一位是应天塔旁边一个材料仓库的守夜人。日夜守在这里，睡到半夜，听到有人哭叫，糊里糊涂的，以为是在梦中，还想翻身再睡，却感觉尿急难忍，便起来开门，在路边放水。当时守夜人也是瞌睡懵懂的，被人那么一撞，清醒过来。静心一想，不对，这家伙干什么的，半夜三更，慌慌张张，贼形狗势，不是好蛋。如此一想，脑子里忽地蹦出两个字：仓库！念头一起，他连忙冲进屋子，从床头操起三节电筒，跑到仓库门口，乖乖，锁好好的，可他还是不放心，开锁进去，细细察看一番，这才放心地出来。

深秋天气，凌晨的风有点凉意，他不禁打了个寒噤。许是习惯吧，他下意识举起电筒随意左左右右地照了照，最后，光炬定住了。应天塔前，那一陀是什么？他好奇地慢慢走近过去，仔细一看，不得了。

这一不得了救回了佟汾的命。

公安介入，分析结果，是自杀，而且，醒过来的当事人也亲口承认，她不想活了。

佟源得知消息后，十万火急地赶到医院，他坚决不信佟汾会自杀，即使是自杀，也必与那姓谭的有关。

佟源在病床前转了几个圈，最后，咬牙切齿地发狠道："我，我要将这畜生碎尸万段！"

偏偏佟汾不领情，对亲弟弟的激愤颇不以为然，甚至扬言：“要是你敢动阿禄一个手指头，她就死给你看！”

听听，都把“谭中禄”简化成“阿禄”了，佟源除了深叹一口气，还能说什么。

佟汾出事之后，佟源还没见过姓谭的，今天这头一回见，他真有想狠狠揍他一顿的冲动，要不是电影即将开场，他急着揭开谜底，至少得好好与他理论一番。

电影还没开场，人却已经不少，依着票子上的座位号走近过去，佟源一下子站住了。他退后一步，犹豫着要不要狼狈逃窜，然而，坐在他那位子旁边的那个人仿佛有什么心电感应，扭头过来，目标明确地看向了他。

佟源还在踌躇，嘴里却不由自主地说道：“任楚楚，你……”其实，他想说的是“任楚楚，你怎么来了？”

佟源非常希望眼前这人可以永远消失，免得老因她担惊受怕。

任楚楚的位子就在过道边，她笑吟吟地立起，向左移出一步，做了个请的手势。

佟源没有再说什么，使劲挤出一点自认为是笑的表情，挨着任楚楚擦身进入。

两人先后落座，佟源感觉自己应该说点什么，便无话找话地问：“什么时候回来的？”

“好些天了。”任楚楚把头靠过去，搭在佟源的肩膀上，“你也不来看我。”

佟源想躲闪一下，来不及，只好干咳一声说：“我又不知道。”就在这时，电影开始，佟源如释重负，赶紧加上一句：“开始了，先看电影。”

说是看电影，可佟源哪有心思。

任楚楚却看得相当投入，不知道看到了什么，看着看着，竟抽泣起来。

佟源惊讶地看看身边这个女人，心中暗想，出了那种大事，她竟然还有心情边看边哭？

直到电影散场，佟源都不知道自己看了些什么，更可笑的是，他连电影的名字都没注意，只感觉一群不知道是哪个朝代的男男女女在眼前晃动。

电影院门口的街面上是几个夜排档，这个时候，佟源最担心的是任楚楚会提出吃点什么，他想早点离开，早点避开身边这个曾经让他那么痴迷的女人。他留意了一下她的表情，霓虹闪烁下的这张脸确实迷人，可是，迷人的物事往往可怖，还是躲开的好。

佟源见任楚楚似乎对夜排档不感兴趣，心头暗喜："那走吧，我送你。"

"要不……"不知道任楚楚这"要不"二字接下去的是什么，人迹渐稀的街道对面，忽而横冲着奔将过来一个女人，边跑边用惊喜的口气喊"楚楚，楚楚"，这边的两个人不约而同地站住了。

那人跑到跟前，更欢实地尖叫。

"宝贝，真的是你啊！"说着，一把搂住了任楚楚，又蹦又跳的，"想死我了！"随即，"叭"地亲了一下。

佟源大大松了口气，暗念一声"谢天谢地"，立马又扯了下任楚楚的袖口，悄声说："那我先走了。"

佟源没走出三步，却听任楚楚命令似的说："明天去我那里，下午。"

佟源心里又咯噔一下，回过头，想问问什么事，见那两个女的已经在嘻嘻哈哈了，只好叹一口气，低垂脑袋走自己的。

回到台门里，几乎家家户户黑灯瞎火。佟源尽量放轻脚步进到小屋。不知道为什么，他觉得今天的电灯特别亮，明晃晃的，简直令他眩晕。站在床前，一时不知道该做什么，愣了片刻，才一屁股坐在床沿，对自己说："还是睡吧，明天的事明天再说。"随后，脚也不洗，就去拉被。双手大幅度地一展一缩，腰侧像被什么东西撞了一下，下意识地一摸外衣口袋，唔，这是什么？

衣兜里是一个小本子，64 开的那种，黑色塑料封面。

这是什么？怎么进我口袋里的？

当然，他很快就明白了，是任楚楚。这女人身手还真不是一般的利索，竟然一点知觉都没有。

佟源并不是胆怯的人，此刻，对手里的这个本子，他却有一种莫名其妙的恐惧。他非常想翻开来看看，这里面究竟是些什么，又担心万一是见不得人甚至涉嫌重大犯罪的东西，那自己不就成了知情人？

想了半天，他把本子小心翼翼地放到床头柜上，想不再理会它，现在要考虑的是明天要不要去见她，见到她，会发生些什么。

佟源终于下决心仰倒在床，举起双臂，把手掌放在脑后，十指交叉着垫在用荞麦皮灌成的枕头上，他要想心事。

认识任楚楚有半年多了。

怎么认识的？

人家是英雄救美，而他们是美救英雄。

那天是盼望已久的15号，佟源领了工资后去叫一哥们儿喝酒，无奈人家老妈病了，没工夫。独酌无相亲，没滋没味地灌了一通，天刚擦黑，就离开小酒店回家。

也怪自己发了少年狂，放着弄堂中间不走，偏要挨着墙脚蹭，还时不时地往墙根的绿苔上踢一脚，一不留神，“嘎”的一下，一块破墙砖被蹬落下来，右脚居然蹿进破窟窿，先是吓了一跳，随即，疼得他“哎哟”直叫。

这个地方离小巷口不到50米，他下意识地朝前望望，还好没人，可不能让人看了笑话。

忍着剧痛，他轻轻用力，想把脚从窟窿里抽出来，可不知怎么回事，脚就是被卡得死死的。

没奈何，他只好双手扶墙，想让那条尚立在地上的左脚朝边上挪动一下，不料，窟窿里的右脚受了牵动，又是一阵钻心的痛。

正急得无计可施之际，听到背后有人问他：“你怎么了？”

佟源扭头一看，在路灯的映照下，是一张漂亮的脸。还没等他做出回答，漂亮脸又说了：“卡住了，脚？”

佟源有些恼火，在漂亮女孩面前出这种洋相，太丢人。可他又没有办法，唯一能做的是再做一回努力。然而，除了剧痛，他的脚就是抽不出来。

“别着急。”女孩蹲下，先看看他的脸，又做一个笑，然后，干脆伸出右手，顺着他的脚踝摸索到窟窿里。

佟源感动了，心痒痒的，不过，这会儿，他知道自己不可动什么心思，只看着她的脸，还有她的左耳朵，暗自赞叹：“真漂亮！”

一会儿，女孩把手抽了出来：“你把脚背挺直了，”她边说边用自己的脚做示范，“就这样，然后，慢慢往上，对，你看，不是出来了吗？”

佟源这才发现，自己刚才太笨，这么简单的事儿，居然没想到。

从来不会脸红的佟源，顿时感觉浑身燥热，除了一个劲儿地说“谢谢”，不知道说什么好。

“哎哎哎，你不觉得臭吗？”女孩见佟源只顾盯着她看，扬着右手嗔怪道，

“瞧瞧我的手，你说怎么办？”

佟源作恍然大悟状，拍了下脑袋，连声说“对不起”。这时，他突然感觉到自己的脚还在剧烈地痛，看看女孩并无污秽的手，笑着说：“不好意思，我就住在那边，你，那你就跟我过去，洗洗，洗洗。”

两人就这样认识了。

佟源没说自己的工作单位，也不问任楚楚在哪儿公干。他的意识中，两人无非是萍水相逢，说不定就此一别，永不相见。

偏偏命运这家伙没那么简单。

三天之后，他们又在超市相遇。佟源买香烟，任楚楚也买香烟。

初次见面的那一天，佟源是克制着自己没有拔烟，他觉得在漂亮女孩面前，还是不抽烟的好。

见佟源只要了两包软中华，任楚楚不解地问：“怎么不多买几包？反正要吸。”

佟源有些尴尬，无奈地摊摊双手。

任楚楚不再作声。她要了两条，付款后，把其中一条递给佟源。

按照佟源惯常的脾气，他是断断不肯接受的，可不知怎么，他竟乖乖地接了过去，然后，连句“谢谢”都没说。他知道，没必要，她也不需要。

出了超市，各奔东西，任楚楚头也没回，倒是佟源忍耐不住，扭头几次，看着她扭动腰肢消失在人流之中。

之后，两人自然而然热络起来。

仲秋时节，他俩还去了一个山村庄园过夜，用佟源的话说，那真是神仙过的日子。

当然，全是任楚楚的花销。

佟源心里是有嘀咕的，可又不好问。直到那个仲秋夜，坐在山野深处的别墅楼台，望着星月镶嵌的苍穹，佟源终于憋不住问了。

“做生意呀。”任楚楚若无其事地回答。

“哦。”佟源端起茶杯咂了一口，故作随意地问，“什么买卖？”

任楚楚嘻嘻一笑：“无本钱生意。”

“无本钱生意？”佟源重复了这五个字，不知是询问还是自问。

“是啊，无本钱生意。”任楚楚的笑带着一种调皮的味道，“你有兴趣，一起干？”

“哦不，我没那智商，只会卖体力干蛮活。”

佟源猜想过，什么叫无本钱生意，最现成的答案好像是什么买空卖空，曾经听人说起过，只是不懂，他的理解，买空卖空，空手套白狼，这不是无本钱生意吗？当然，他没有往细里打听，一是不礼貌，二是他又不想参与。问题是，人总有好奇心，加上自己一个大男人，无功受禄，心里多多少少有点伤自尊。

佟源还是想搞明白，最直接最简单的方法就是去她家看看。

有一回逛街，来到一条叫涌泉路的小街，任楚楚远远地指点过她家位置。那是一幢二层小楼，底下店铺，楼上住家。楼上阳台上花花绿绿挂着衣物。任楚楚告诉他，挂有两只酱鸭的就是她家。

他以为她会带他上楼，可结果却被领向楼下一家店铺，抬头看时，见上面有四个褪了色的大字——任之书店。

佟源虽是粗人，却喜欢看书，看的当然只是闲书，最着迷的是武侠小说，前些日子想读金庸的《天龙八部》，只是没能找到，不知这里会不会有。

进了书店，环顾左右，还未动问，却听任楚楚叫了一声“爸爸”，佟源惊异地一回头，看到一位50多岁的男子正注视着自己，忙做出一个勉强的笑，点点头。

佟源不知道怎么面对父女两个，轻轻跟任楚楚说了声“我过去看看”，转身走开。

看上去，他是在查找什么，可实际上他的注意力全在任家父女这边，无非是他根本听不清他们说的什么。

渐渐地，他还是被书籍吸引住了。正翻着一本《福尔摩斯侦探案》，任楚楚过来了。

“喜欢这个？”任楚楚用肩膀碰了他一下，“喜欢就带走。”

佟源听她这么一说，反倒合上书，放到书架上，回头对她笑笑：“书还真不少呢。”

他很想问问有没有金庸的书，可他忍住了。

出门时，佟源朝任父点点头，而任父是满脸堆笑：“有空来家坐坐。”

走出很远，佟源才对任楚楚说：“你爸很有文化吧？”

“书毒头一个。”任楚楚评价道。

佟源尴尬地笑笑，抬起头看看书店上方，心里暗想，她会不会邀我去她家？然而，任楚楚像是明白他的心思，歪歪嘴角说：“那就下次吧。有的是机会，对不对？”

在电影院门口分手时，任楚楚说叫佟源下午过去，当时，他猜不出是什么事。看她当时的表情，应该不会是什么坏事，至少不会太可怕。自从两人相识之后，不知道为什么，佟源心里始终有一种惴惴不安的感觉，说不清，道不明，却始终如影相随。

佟源相信自己并非胆怯，而是疑惑。他下决心要搞明白，看她究竟是什么人。

说好是下午，可他决定还是上午过去，给她来一个措手不及。

他想，可能的话，与任父聊聊，说不定会有些什么发现。

进到店里，没见到任父，柜台里面是一个女人，看上去应该不到30岁，他猜不出这人是什么身份。

年轻女子正与另外一个年龄相仿的女子说话。

佟源走到离柜台不远的书架前，佯装看书，耳朵却能清晰地听到两个女人的说话。

不听不知道，一听吓唠唠。他可以确定，她们说的正是任楚楚。

“怎么会这样，”柜台外的那一位带着惊诧的口气说，“平时看她文文气气的，介漂亮大姑娘做三只手？”

“谁说不是呢。我姑夫被气得当场翻倒，要不，我会来管店啊？”

“那怎么办？”

“有什么办法？又不是头一回。”

外面的那个“啧啧啧”了一通，然后说：“那，会判几年？”

“不清楚。”

“哦。”

听到这里，佟源实在忍不住了。他取了本《啄木鸟》杂志走到柜台前，把书交给柜台里的女子，先用随便的口气说：“打几折？多少钱？”还没等到对方说话，又加上一句：“你们说谁呢？”

两个女的全都把目光投向了他，又相互看看，结果还是外面的那人开腔说了。

“你问这个做什么？”

佟源讪讪一笑：“好奇嘛。有什么不能说的。”

“又不是什么好事情，难听的。”

“哦。”佟源不再多说，拔腿就走。

柜台里那位急了：“哎哎哎，你的书不要了？”

佟源这才又折回取书。

“其实，说说也没什么，做都做了，还怕说呀，我这个表妹呀，就是不让人省心，家里有吃有穿的，干吗还要……”说着，她把《啄木鸟》递给佟源，加上一句，“算 7 毛吧。”

佟源机械地接过书，从口袋里掏出一张 1 元币，说话的声音有些发颤：“撮皮夹吗，也不算大罪，没事，没大事。”

“不是撮皮夹……哦，不说了，不说了。”

佟源不再说话，缓缓走出店门，连里面在叫“给你找头”都没听到。

下午，踌躇再三，佟源还是去了涌泉路。

他没有走进书店，只在斜对面的一个小茶馆里默默而又焦躁地待了两个多小时，最终，没有等到任楚楚出现。

感觉有点浑浑噩噩，佟源满脑子嗡嗡作响，好不容易回到家里，把自己放倒在床上，扯了块枕巾蒙在脸上，不知道怎么办。

佟源不禁长叹一声，忽地挺身跃起，把床头柜上那个小本子抓在手里。

其实他非常想打开看看，他不以为自己是个高尚的人，曾经猜想，任楚楚之所以这样做，说不定是对他的一种考验。现在，他忽然决定有必要了解一下里面记的是什么了。

翻了几页，看不懂，大多只是一些数字。来来回回地掀动几下，终于在倒数第 2 页上，看到了一个“佟”字，“佟”字下面还有两个数字，像 15，也像 18。这什么意思？

他开始苦思冥想，可就是理不出一个头绪。

再次翻看，最后，捏住封面一角，用力抖动了几下，只听“啪”的一声轻响，一张照片翻滚着掉在地上。

这是从塑料封套的小袋袋里掉出来的。

佟源捡起来一看，是任楚楚不知在哪里拍的一张风景照。他心里一动，索性将小本子从那个塑料封套抽了出来，翻到硬板纸封底内页上面，有几个零散的铅笔字：“下”“底”“床”“看”。

什么意思？

佟源怔了一会儿，心想，这些字是写给我看的？如果是，她想说什么？

他很快明白了，顺时针方向，“下底床看”，这说不通；可反个方向看，“看床底下”。

想到这里，精神为之一振，他迅速弯腰低头向床下张望，目之所及，空空如也，除了陈年灰尘。莫非她这话不是对他说的，所言“床底”是指自家的某一床底下？可是，如果是这样，她有什么必要记在本子上并放到他的口袋？

他再次弯腰，干脆卧倒，然后，转身，伸颈，这时，他看到了，床板底下附着或贴有什么。

他喘一口气，小心地钻进床下，虽然有点暗，但好歹能看清了，是一个牛皮纸信封，被透明胶粘在木板上。胶布黏性非常好，佟源费了好大的劲儿，才将其抠下来。

他迫不及待地钻出床底，还没来得及从地上爬起，就慌忙地拆开信封察看。

银行卡！

毫无疑问，肯定是任楚楚的，可她是什么时候放进去的？难道是放电影票那天？也不一定，很难说，她平时一定不会进他这个小窝。

他突然觉得口渴得要命，从地上爬起，拿茶杯倒水，热水瓶空空如也。

只能忍受了。

让我想想，他对自己说。

接下来怎么做？口袋正瘪着，直接上银行取钱？可取钱得有密码啊。

他翻开小本子，想从中再找出点什么，不知道是心神不定之故还是怎的，空翻了一通，什么也没有。他把本子往床上一丢，本子翻了两个跟头，来了个封底朝上，这时，他看到那上面好像有字，连忙将其钩倒在手，3 个数字：731。

他又发起呆来，什么意思？

半晌，忽而灵光一闪，哈，这不是我的生日吗？她把这个记在这里做什么？

莫非，莫非银行卡的密码是我生日？

这么一想，他觉得自己的脑袋突然大了，浑身发热，一忽儿，又像受了冻，瑟瑟发抖。可他并没感觉冷，相反，是从未有过的燥热。

难道这是她给我的？

她给过他钱。自从那次买香烟以后，她至少给过他三回，前两次他收下了，第三回他坚决不肯收，自尊心不允许，男子汉大丈夫，老是收女人的钱，这叫什么？吃软饭！让人知道，还做不做人？

问题是现在他想到从书上看来的一个词，唾手可得，对，唾手可得，只需往手底心吐一口唾沫，然后搓两搓，哈，钱就到手了。看来，这天上掉馅饼的事还真有。不管了，什么男子汉、什么大丈夫，有钱才是硬道理。

到得银行门口，他突然愣住了。

脑子坏了啊？密码是 6 位数，731 只有 3 位，另外 3 位呢？

会不会是重复的，731731？

忽而，他脑洞大开。

那天任楚楚问他生日的时候，把她自己的生日也告诉他了，而且，加上一句："千万记住，要是忘了，看我收拾你！"莫非……

佟源在自动取款机前犹豫了好一阵子，终于还是下了决心。

他早就想好了的，就取 1 元。他告诫过自己，不义之财不可取。之所以取 1 元，无非是想看看，任楚楚对他是不是真的那么信任。

输密码了，他特别当心，前三位是他的生日，后三位是任的生日，然后确定。

他闭上了眼睛，心脏"怦怦"跳。

睁眼看时，取款机吐出了一张 1 元纸币。

谢天谢地！

从那张"收据"上看，卡上还有 199999 元余额，也就是说，当时存入的有 20 万，乖乖，这么多钱，难道全是她……

他不敢再往下想，还是赶紧离开这里，这钱不是他偷的，可他无法不做贼心虚。

接下来怎么办？

真不该去那任之书店，真不该知道那个倒霉的信息。现在怎么办？

要不要再打听一下，任楚楚关在什么地方。肯定是看守所。看守所离这儿不远，可听说关在看守所里的人是不允许亲友探视的。

这样也好。不是我不仁不义，不是我不去看你，是不允许。

真是冤孽呀，佟源发现，他居然前所未有地牵挂起任楚楚来。他非常渴望能见见她，哪怕不说话，哪怕只远远地看看。最让他吃惊的是，他居然连续两个晚上都梦到了她，一次是两人在一条河边的乱石堆间追逐，还有一次，两人吵架，吵得很凶，至于为了什么，却怎么也记不起来。

他觉得自己在等待什么。

焦虑，愧疚，惊慌，悔恨，种种不安时不时咬啮着他的睡眠。他觉得自己快要崩溃了。

时间可以消磨意志，同样也能够化解烦忧。不知不觉之间，一切都淡化了，淡化的意思不是忘却，不是他佟源不再记得曾经有个叫任楚楚的人在他生活中出现过，而是在有意无意间，心存侥幸地觉得任楚楚不会再出现，不会再打扰他过正常人的日子。

这两年，对佟源来说，似乎一切都没变，他还是单身一个，还是住在那间十多平方米的小屋子，还是干他的苦活，天天手拉车，甚而至于，熟识的人还是喜欢叫他十六光。

与此同时，那张银行卡也没变，被他珍藏着。也正因为有这张卡，他买了张抽屉桌，还学会了给门加锁。

有时候，他会想，他一定得找个机会，找到任楚楚，然后完璧归赵。

希望会有这一天。

与此同时，他又非常害怕她再去找他。他相信，在那里面，她是不会有什么进账的门道的，一等出来，肯定需要钱，肯定会找他要钱，到了那一天，他想不好，如何面对。

他无数次有意无意地“路过”任之书店，却再也没有见过任父，曾小心翼翼拐弯抹角地打听，不知道从哪里招来的店员倒是什么也不回避，问什么答什么。

据说她被判了3年，在江西的一个劳改农场服刑。算起来，已经过去了2年。

得知这信息之后，佟源有好长时间没有去涌泉路。

佟母腰腿痛，听人介绍，有一种叫黑红组合贴的膏药，效果特别好，可他几乎跑遍城里所有药店，都说没这种药，有的连听都没听说过。他记得有一次在任楚楚家附近看到过一家小药店，抱着试试看的心情，过去问了问，结果皇天不负苦心人，还真有。

从药店出来，他随意看了一眼任之书店，不由得大吃一惊。

任楚楚？坐在柜台前的不正是任楚楚吗？

像是看到什么危险物件，佟源大气都不敢出，待在原地足足有 30 秒钟。

他用极慢的速度向书店那边挪动，目不转睛，等待对方抬一下头，他需要确认到底是不是任楚楚。

目标越来越近，尽管对方始终没有抬头，但佟源看清楚了，她就是任楚楚无疑。

现在的问题是要不要再往前走，要不要同她相认，或者，应该如何面对。

不知过了多久，他开始动摇。退吧？他对自己说，还是先别惊动她，等考虑周全了再说。或者，等她，要是她想找我，随时都可以，对，还是等她。

就在他正欲转身之际，任楚楚甩了甩低垂下来的头发，略一扬脸，看到了他。

佟源定格，僵住。

任楚楚立起，浅浅一笑。

"谁跟你说了？"

佟源一愣："什么？谁？"

"哦，我是说，你知道我……"任楚楚朝店堂内看了看，"我回来了。"

佟源突然明白过来，这么说，那门不是她打开的，听她口气，她还没找他。想到这里，他赶紧说："哦不，我是来买药的，我妈腰不好。"说着，他举了举薄膜袋，又反手指了一下小药店。

任楚楚走出来："要不，进去坐坐。"

本想逃离的佟源稍稍犹豫一下，走了过去。他感觉自己的脸紧绷着，抬起没有拎药的手抹抹面颊，偷眼看看身边的人，先一步进了书店。

坐下，却不知道说什么好。

还是任楚楚大方，转身为他倒来一杯水。

“谢谢！”佟源不能不彬彬有礼，嘴上说着，眼睛却不敢看她。

“是提前出来了。”

“哦。”他觉得光一个字太敷衍了事，便又说，“表现好。”

“唉，一言难尽。”

听她这么说，佟源不自觉地抬起头，吃惊地发现，她的右手袖管是空的。

佟源惊讶得说不出话来。

面对佟源的表情，任楚楚又是一笑，像是非常满意。

“没什么，一场意外，断了。”

听她说得如此轻描淡写，他更疑惑了：“怎么回事？什么意外？车祸？”

话一出口，他又觉唐突，关在里面怎么可能发生车祸。

万万没有想到，她竟然点点头：“是，车祸。”

佟源不敢往下问，脑子里突然闪出一个画面，那就是任楚楚在奔跑，是越狱的那种奔跑，警车拦堵，最后，她倒在血泊中。

想想又不对，要真是越狱，她还可能如此稳当地坐在这里？

总不至于，最终是她越狱成功？

也不对，那也太明目张胆了啊。

任楚楚肯定是读懂了他的表情，在他对面坐下。她拿起柜台上那个水杯喝了一口，然后说道：“别害怕，真的，我是光明正大堂而皇之合法公开地出来的。”

“那你的手……”

“老天有眼，对我的惩罚。”她苦笑着，用左手扯了扯右边的空袖管，“一只手换了一年，合算不？”

佟源怔怔地瞪着眼前这个女人，很想知道她的手是怎么一回事，但又不好问。

见佟源惊讶的眼神，任楚楚反过来劝他：“其实也没什么，日子照样过，没有手又怎么样，没有手的人多着呢，对不对？”

“你说得对，”见她说得那么洒脱，明知是故作轻松，也多少让他感觉到了一丝安慰，迟疑了一下，还是问了，“那……究竟出了什么事？”

任楚楚朝店堂瞟了一眼，然后压低嗓音说：“这会儿不太方便，有机会，我会告诉你。”

“哦，好的。”说着，他站起身来，“要不，去我那里，你，嗯，你放在我那里的东西也得还给你。”

听他这么一说，她的眼睛一亮：“你说什么？什么东西？”

佟源心想，看她样子，像是忘了，或者是以为他还没发现床底下的秘密，不过，他觉得这会儿有些话说不明白，既然她这么说，总会有时间讲明白的。

当晚，任楚楚就去找了佟源。

从表面上看，任楚楚还像以前那样，无拘无束，相反，佟源心里却有点儿不得劲，他明显感觉到了自己对身边这个女人的抵触。他暗暗为自己辩解，毕竟，她是……

他没敢主动问，一切都是任楚楚自己说的。

其实事情非常简单。

一名狱友突发急性腹痛，倒在农场的茶园里，疼痛难忍直打滚儿。看守员有限，任楚楚自告奋勇背起狱友，在两位看守的陪护下，急送医院抢救。安顿好一切后，其中一位看守留在医院料理，另一位则押送任楚楚回农场。半道上，看守见路边有位老人行动迟缓，伸手搀扶，万万没有想到，这时，一辆卡车突然失控，径直冲向人行道，任楚楚见状，大惊失色，冲前一步，使劲推开两个男人，自己却被卡车撞倒，最要命的是，右臂正好垫在了车轮底下。

就这样，她由犯人蜕变成了英雄，不仅提前释放，还得到了一大笔保险赔偿损失与丰厚的奖金。

有关领导去医院慰问她时，曾问她有什么要求。她想了想，请求复查她的案件。

复查结果，宣告无罪。

“无罪？”佟源惊讶莫名，他险些脱口而出，“真的假的？”

“我干吗骗你，确实无罪。”

这下，佟源不能不激动了：“真的呀？那，那到底是怎么一回事？”

“听我慢慢说，你还记得那天叫我的那个人吧，从电影院出来的时候？”

“记得啊，怎么啦？”

“就是这个人，那天要我跟她去一个什么表哥家取点东西，我不愿意，她又是撒娇又是推搡的，我只好依她。”

“这有什么？”

“你是不知道，什么表哥，我听她后来说的话，觉得有点蹊跷，就不肯跟她去了。”

“后来呢？”

“后来,她进屋,我没有。”她皱起眉头叹了口气,“她一进去,我连忙离开。”

“这有什么？”

“是没什么，可她当场被捉，因为房主正好回来了。”

“那也没你什么事啊？”

“问题是，她咬出了我，还说我是替她望风的。”

“啊？”

“更说不清的是，那房主也认定我是望风人。”

“为什么？”

“我离开时，没走几步，与那男人正好擦肩而过。他的意思，我是见他回家了，才逃跑的。”

“哎呀，你不会辩解申诉啊？”

“那后来又怎么……”佟源又急切地加问一句。

“公安机关重审了那个人，她承认是诬陷。”

“这人怎么这样？”

“唉，她说谁叫我当时不答应跟她一起干的。”

佟源觉得没有理由不相信她，可床底下的银行卡呢，那可是20万啊，不是一个小数目，这么多钱，来路正吗？

想到这里，他有意无意地拍了一下屁股下的床板。

任楚楚何等聪慧，立马明白佟源的意思，她莞尔一笑。

“看样子，你不比我想象的笨。”

佟源脸红了，心里却嘀咕，谁知道你这钱是从哪来的呢。当然，他不会这么冒昧地问，想了想，说：“那你说，你干吗要放在我这里？”

“唉，说来又话长了。”任楚楚停顿一下，继续说，“你对我太不了解了。”

佟源没有作声，只是盯着她微翘的嘴唇。

“这么跟你说吧，我妈在我4岁的时候就死了。后来我爸娶了个女人，你可以想象，她会对我怎么样。没办法，我还没成年，就被迫去做临时工。”

"你家不是开着书店吗，为什么要打工？"

"我爸也这样想，可那女人不允许，说是怕我偷钱。"

"哦。"佟源作恍然大悟状。

"18岁那年，我偷偷地去了广州。开始时到处打工，后来，倒卖收录机，慢慢地就积攒了一些钱，放在家里不放心，所以便……"

"你就那么相信我？"

"你不可信吗？"

一想到自己曾经打过那20万的主意，佟源脸红了。

"其实我也不太放心，本想过几天趁你不在时再取走的，可结果出了那件事。"

"那你本子上写的是什么意思？还有，你是什么时候将其放进我口袋里的？"

"电影院里啊，本来是想开个玩笑，不承想半路杀出个程咬金，没能容我跟你再见面。"

"可你为什么又在本子底上写下那几个字？"

听他这么一说，她犹豫了一下，结果还是坦率地说了出来："不好意思，我是想考验考验你。"

"考验我？"佟指着自己的鼻子，"万一我贪了呢，万一我不承认呢？"

"真情与诚信千金难换，不是吗？"

佟源望着任楚楚的眼睛，忽而低下了头："其实，说不好意思的应该是我……"

这回轮到任楚楚大惑不解了："什么意思？"

"我怀疑过你，再说，还打过你那个卡的主意……"

"你不用这么想，"任楚楚打断他，"不知道你信不信，一开始我就没有想要回那个卡，我知道你需要。"

佟源理亏似的嗫嚅道："这……这……这怎么可以……"

"我……你……"口吃仿佛会传染，任楚楚好像说不下去了。

佟源脸更红了，迟疑着，终于还是下了决心似的："你知道，我这人很浑，好多人都说我勿入调。"

任楚楚笑了，一脸的灿烂。她站起来，走到他身边，也在床沿坐下："你以为我不认识你？其实，我早就知道你的，我们是校友，你比我高一届而已。”

“啊？我怎么不知道？”

“你不知道的多了。”说着，她推了一下身边人，“小时候，我总觉得配不上你，你那么帅。”

“什么呀，我配不上你还差不多。”

“记不记得，有一回在公交车上，我的钱包被偷，是你抓住小偷的。”

“有这事？”佟源一脸茫然，看得出，明显不是装出来的，“我怎么不知道？”

任楚楚又笑了笑：“你当然不记得了，小事一桩嘛，可对我，意义却大了去了。”

佟源还怔着，像是在努力回想，又像是还有所怀疑。

任楚楚把他的手拉了过去，轻轻地放在自己的脸颊上：“我……”

佟源如梦方醒，不由得激动起来：“楚楚，我真的配得上你？”

这还是佟源头一回叫出“楚楚”二字。

“源！”任楚楚也忘情了，顺势搂住正欲扑将过来的佟源，闭上眼睛，把自己通红的面颊贴他的颈窝里。

“嗤”的一声惊醒了一双鸳鸯，他们两个连忙下意识地分开，转脸看时，却见一个女子正捂嘴嬉笑：“没看见，没看见，不好意思，我没看见。”说着，她假装害羞地捂住眼睛。

任楚楚不认识对方，用眼睛询问佟源。

佟源一笑，大方地把任楚楚拉到身边：“山妹姐，这是楚楚，我女朋友。”

“什么呀，你比我大，嫌我不够老相？”

“那……那我得叫你什么？”佟源一脸调皮地笑，“辈分在的嘛。”

“叫我山妹！”

不等佟源回应，山妹便对任楚楚说：“以后，替我好好治治这小子，老捣蛋。”

任楚楚笑着看看佟源。

8. 兄弟阋于墙

山妹姓阮，是苏友川的新婚妻子。

说新婚，其实也有些日子了，满打满算，已经将近一年。再加上苏、阮两家不是世交胜似世交。

这话说起来就长。

苏友川的爸爸苏定昌是县文教局的普通职员，用现在的话讲，属于公务员编制，那时候叫国家干部，当然不是当官的那种。那一年，由于一个莫须有的所谓历史问题，苏定昌险些被开除。后来据说是以支农的名义，去了离城七八十里的阮家墩，与当地社员“三同”——同吃、同住、同劳动，前两同，即吃、住，苏定昌被安排在阮山妹家。

苏定昌生性和善，又有知识，到了阮家墩，被村里当成了宝贝，阮山妹家也因他的入住成了山民们的关注点，一时间，几乎成了公共场所。连大队书记大队长都天天上阮家报到，就为请教一些他们不懂不明白的事情或道理，但大多数情况下，村民们什么都不为，只是喜欢跟他聊天，天南地北，五花八门，大家都爱听。说实在的，苏定昌原本并不喜欢说话，在城里、单位上，甚至回了自个家，一天到晚，听不到他说上几句话，奇怪的是，在那个偏僻的小山村，他却像变了个人似的，差不多成了话篓子。用他后来的话来表述，那叫氛围，他觉得氛围非常重要，氛围能感染人，拿他来说，那是一种融入，而融入是任何人都无法抗拒的。

无法抗拒的融入，毫不夸张地说，改变了苏定昌的精神面貌，甚至增强了他的体质。

一开始，苏定昌对“三同”比较抗拒，他没法儿做到不抗拒。试想，一个国家干部突然之间就这么做了农民，而且是那么个偏僻荒蛮的山坞角落头的农民，这谁受得了？

山民的淳朴成了苏定昌的教员，特别是阮山妹一家的温情给了他远离妻儿之后难能可贵的慰藉，以至于他不止一次对妻子说，干脆一家人全搬到阮家墩落户。

每一次苏定昌说到去山里安家，妻子都会流泪。她从小贫苦出身，无论去什么地方生活都可以接受，可她还得为两个儿子考虑，她可不愿意孩子去那种鸟不拉屎的地方。

苏友川初中毕业后，没有考上高中，而是进了一家机械厂办的技术学校。苏定昌下乡的第二年，苏友川技校毕业，直接进机械厂上班。

苏友川是与母亲刘月娟站在同一条战线的，坚决反对去阮家墩落户。实际情况也是，他已经参加工作，弟弟苏友江还是在校学生，两人都不算知青，根本没有自告奋勇地去农村大有作为的必要。

苏定昌只好叹一口气，说一句“我也就那么一说嘛”了事。

当然，苏定昌不甘心对儿子失去教育权，只要一有机会，就不厌其烦地向两个儿子灌输他的那套说辞。苏友川是把父亲的“正面教育”认定为空洞说教的，甚至直截了当地“攻击”父亲“出风头”“想表现自己”，其实，这倒是冤枉他老子了。在苏定昌的心中，阮家墩确实是个山美水美人更美的好地方，而且，他也确实愿意在那里安家落户。

苏定昌无数次地邀请妻儿去山里看看。

妻子表态，坚决不去，上班家务都忙不过来，哪有这闲心。

苏友川完全是一副不屑相，他有他的逻辑，说得越好，肯定不好，否则，就没必要宣传了。所以，他说他听妈妈，不去。

倒是小儿子苏友江乖巧，非常乐意跟着去了，而且，回来之后，津津乐道了好几天。后来他又去过好几回，乐此不疲的架势更遭当哥哥的白眼，然后骂一句：“跟屁虫！”

不知道是不是弟弟的宣传效果起了作用，苏友川还真慢慢动心了。

动了心的苏友川一时又拉不下面子，这不，他只有挖空心思地想辙。

也是事有凑巧，那一天，刘月娟的妹妹送来一只鸡，说是给姐夫过生日的。

那时候通信不方便，刘月娟皱起了眉头：“这我可真是湿手捏干面了，这么大的鸡，养又不能养，杀也不能杀，不知道那犯贱坯子几时回来。”

苏友川嘿嘿惨笑："妈，那就杀吧，我们吃好了，谁叫老爸没口福？"

"去！"刘月娟嗔怪儿子，"你个不孝之子！"

苏友川撇了一下嘴，忽而又绽出一脸的笑："要不，妈，把鸡杀了，炖了，送到乡下去？"

"谁送，你送？"刘月娟随口抢白道。

苏友川看看弟弟，装模作样地说："小江呀。"

这天是星期二，苏友江还得连着上几天学，他貌似看出了哥哥的心思："哼，想去就明说好了。"

苏友川没想到弟弟会这么想这么说，不由得一愣，不过，随即却笑了："我可没说要去，当然，去也无妨，这是孝顺懂不懂，再说了，那儿又不是狼窝虎穴，怕什么？"

"说得像英雄似的，"苏友江还是要激他，"想打虎上山啊？"

苏友川乐了，站起来走到屋子中央，来了个杨子荣式的亮相，吼道："穿林海，跨雪原，气冲霄汉……"

就这样，苏友川调休两天，去了阮家墩。

苏定昌见了大儿子，简直不敢相信自己的眼睛。

对苏定昌来说，这显然是一桩大事。

首先，他把儿子介绍给阮山妹一家。

一家人的热情让苏友川非常不好意思，没有别的办法，只好一遍又一遍地说"谢谢，谢谢"。

不知是村子太小，还是山里人所见世面少，或者干脆只是出于淳朴善良，仅仅过了几分钟，阮家涌进了许多的人，用水泄不通形容可能有点夸张，但熙熙攘攘却是恰如其分的。

苏友川感觉自己头晕乎乎的，他的脑子里突然蹦出一个词，突破重围。他强笑着，前前后后睃视，就是见不到他的父亲。正关键时，有人拉了一下他的衣袖，回头一看，是个年轻女孩，微微笑着，使了个眼色，示意他跟她走。

两人费劲地挤出人堆，来到一个空房间，里面什么人都没有。

苏友川疑惑地开口道："你是……"

"我叫阮山妹，你爸没跟你说过吗？"

"你就是山妹啊？"苏友川的表情完全属于一脸惊喜，心里却在说，真漂亮，怎么可以这么漂亮。

“听你爸说，你也喜欢我们这里，是这样吗？”

如果是他父亲这样问，苏友川毫无疑问会否定，这会儿，他却不能不含糊其辞：“你们这里不好吗？”

“好当然好，就是太闭塞。”阮山妹朝门口看看，“你看，随便什么时候来个城里人就当稀奇，看西洋镜似的。”

“这倒也是。”

“话又说回来，我们阮家墩还真是不错的，想不想去看看瀑布。你见过瀑布吗？”

“见过，书上、电视上都有。”

苏友川觉得自己可以幽上一默，可惜阮山妹连笑都没笑，有点扫兴。

两个人正待出发，却让阮母过来阻断了：“山妹，快去地里割几株菜来，还有，水缸里没水了。”

阮山妹应了一声，然后笑着对苏友川说：“要不，一起去？”

苏友川点点头问：“远吗？”

“还好，”阮山妹也幽了一默，“总比去城里近。”

出门几乎是上坡路。苏友川始终东张西望的，还不时问这问那，好像对什么都觉得新鲜。没走多远，他们来到一条溪边，阮山妹指着溪流的上游方向说：“喏，往那边转两个弯，就是小龙潭瀑布了。”

跟着阮山妹走了一程，果真有轰轰的水声传来。

站在离瀑布五六十米远的溪边，苏友川觉得自己被震撼了。

“还真是瀑布，太好了。”他本来想用“壮观”形容的，转而一想，恐怕有“小主不见大馒头”之嫌，会让阮山妹瞧不起，就赶紧打住，不过，他还是由衷地加上一句，“真的漂亮！”

“好了啦，时间长了，看得多了，会嫌，会厌。”阮山妹盯着他的脸说，“你会不会？”

“怎么可能？”

阮山妹笑着，心里却想到了一桩往事。

半年多前，有一天吃晚饭，苏定昌听说菜是阮山妹做的，赞不绝口，喝了几口笋干汤后，还一本正经地说：“山妹，要不就嫁给我儿子吧？”

当时，阮山妹羞红了脸，除了不好意思地叫了一声“苏伯伯你……”外，不知道说什么好。倒是她父母开心大笑，她父亲还说：“好好好，可我们哪敢高攀啊。”

“这话怎么说的？我还担心山妹看不上我们家呢。”

听了这话，阮山妹赶紧起身逃避，不知道随后饭桌上说了些什么，有时候，她还真想问问母亲，可到底不敢开口，难为情。

阮山妹曾经见过苏友川的照片，是小时候挂着红领巾的照片。有一回，她代表学校去城里参加比赛，正是由苏定昌陪同。那天就去过苏家，没有见到苏友川，却看到过相框里的照片。

想到这里，阮山妹突然问蹲在溪边玩一块鹅卵石的苏友川：“哎，你知道我去过你家吗？”

苏友川把石头扔到水里：“哦？什么时候，我怎么不知道？”

阮山妹简单地说了一通，苏友川惊讶极了：“真的呀？那次比赛，我也参加的，只可惜没有获奖。你呢？”

“我？”阮山妹点点自己的鼻子，“小奖毛毛，三等奖。”

“真了不起！”苏友川简直是肃然起敬加无地自容了，“太没面子了我。”

阮山妹有意转移话题：“那天要是见到你……”说到这里，她戛然而止，停了一下，才又接着说，“看来，没有缘分。”

“什么叫没有缘分？恰恰相反，缘分大大的！”苏友川开怀大笑，“你看，现在我们一起站在这里了，有小龙潭做证，这不叫缘分？”

阮山妹却忽然转过身去，她是不想让苏友川看到她满意或者得意的笑。

苏友川像是没有感觉到什么，他的注意力正被瀑布上方突然出现的霓虹吸引过去。

“啊，你看，你看，山妹你看，彩虹！”

阮山妹看过去，笑笑：“鲎。”

“你说什么？什么厚？”

“不是厚，是鲎，方言土话，就是彩虹。”

“哦？哪个字？怎么写？”

阮山妹拣了一个小石片，在地上划拉出一个“鲎”字。

“还有这么个字啊？”苏友川竖竖大拇指，“了不起！长‘猪虱’啦！”

“喊，”阮山妹不以为然，“这是常识啊，有什么？”

“没什么，没什么，只不过，往后在你面前说话得小心一点，可别当白痴。”

阮山妹看着他一脸坏笑，嗔怪道：“嬉皮笑脸的，不跟你说了。”然后，她转身便走。

苏友川紧紧跟上，亦步亦趋，一边走，一边问：“去哪儿呢？”

“你想吃什么？”

他装模作样地想了想：“笋干，笋干汤。”

阮山妹一愣，疑惑地看了他一眼。

“不行啊？”苏友川当然也疑惑了。

“没什么。”阮山妹是想到了那餐晚饭时苏定昌说的那些话，她不能不怀疑做父亲的会不会同儿子说起过这个。

想到这里，她快走几步，随后又招了一下手：“走，拔笋去，象牙笋。”

第二天苏友川回城时，随带一麻袋的象牙笋、毛笋，还有一大袋的笋干。

之后，他每个月都去阮家墩，名义上为他爸送好吃的。

苏友川把每周一天的休息日基本上放在了“看望父亲”上。

第五个星期天到了，苏友川也准时去了阮家墩，一进门，正拿着扫帚的阮山妹冲他“嘻”地一笑：“怎么又来了？”这可把苏友川闹了个大红脸，不过，他很快就理直气壮了：“不行啊？我看我爸爸。”

“行行行，”阮山妹一愣，反应倒也迅速，做出一个手势道，“请！”

进屋，苏友川四下里看看：“就你一个，人呢？”

“地里，怎么了？”

“你怎么在家？”

“管得着吗？”

没等他回应，阮山妹压低声音又说：“你这干吗呀，每个星期都来，人家都当笑话说，你……”

“管得着吗？”他明显学她的口气说，可又怕她生气，连忙又加上一句，“不欢迎啊？”

“哼，干吗欢迎，你又不是来看我。”她把扫帚放到墙脚边，三步两步出门走到院子里，见他跟了出来，又回头白他一眼说，“你不可以把休息日集拢在一起，一个月。”

“有道理，有道理！”

这一“有道理”就形成了一个制度，而且乐此不疲。

还是在小龙潭前，两人玩了一会儿水后，苏友川看看四周，没有别人，就一下子搂住阮山妹，阮山妹用力推开他，“呼”地一跳：“不行！除非……”

“除非什么……”

见他奔将过来，她回头就跑，边跑边说：“你自己知道。”

两个人没有看到，那个时候，苏定昌恰好在对面山坡上给新栽的树苗浇水。

这一天，是四天休息日的最后一天，午后，苏友川下山赶车回城，当父亲的破天荒地送儿子到村口。

半路上，苏定昌单刀直入地问儿子：“我问你，是真心实意还是逢场作戏？”

“什么意思？”苏友川像是一下子没有反应过来。

苏定昌盯着儿子满是疑惑的脸：“别装不明白。”

这时，苏友川省悟了，嗫嚅着道：“当然是真心实意的啦。”

“她可是山里妹，户口在农村，你能不嫌？”

“这有什么，现在，这样的，我们单位里多了去了。”

“想清楚了？要是有一天后悔了怎么办？”

“嗐，怎么可能。”儿子看看父亲一脸的严肃，心里还真有点怕，可他还是说，“后悔？后悔的话，叫天雷菩萨打死，这样总可以了吧？”

苏定昌定定地看着儿子，足有半分钟，见儿子眼睛一眨不眨的，一股正气相，不再说话，掉头就走。

当天晚上，餐毕，众人散去，天井里只剩两位家长喝茶闲聊。

阮山妹拎着滚开的水壶过来，给石桌上的大茶壶续水，又给两位长者面前的茶碗满上，浅浅一笑，飘然离开。

苏定昌明知故问：“有人家没？”

“唉，你知道的，眼睛长在额角头。”阮高水的口气有点落寞，“就这么个丫头，依她自己吧。”

阮家还有两个孩子，全是男儿，一个11岁，一个15岁，不过，阮高水夫妻俩倒也不重男轻女。

“怎么说你们也该替小姑娘上点儿心啊。有中意的吧？”

阮高水瞟了苏定昌一眼，张了张嘴，却没出声。

苏定昌看得出阮高水的心思，咧嘴一笑：“给我家做儿媳怎么样？”

阮高水其实早就把苏家父子的一些言谈举动看在眼里了，无非是免不了有点自卑心理，人家城里人来这里是暂时的，总有一天得离开。高攀了，万一哪天他时来运转，怎么办？

苏定昌料到阮高水会自轻自贱，却没有去多想他另一半的顾虑，以为阮高水的欲说还休无非是想表示一种不敢高攀的意思。

“这样好不好？”苏定昌操起石桌上的麦草扇，往自己腿上拍了两下，“这蚊子……这样好不好，我们谁都不干涉，叫他们自己决定，自由恋爱嘛，由他们两个自己决定，好不好？”

阮高水还是不作声，只端起茶碗喝了几口，不过，脸上有了些许笑意。显然，苏定昌这个提议，他挺接受的。

之后，一切都变得顺理成章了。

过了有半年多，按照当地的风俗，苏家定出了“二百定，二百接”的方案，意思就是，先订婚，作为夫家，苏家送上一个200元的红包给阮家；之后，还要准备一整套的结婚家具，以及衣物被褥什么的；最后，黄道吉日，拜堂成亲。那一天，再送上200元的红包。

当然阮家也得有所准备，即所谓的嫁妆，别的不说，得有红漆马桶，那叫子孙桶，还有一整套大大小小的脚桶，等等。

这些套头套脑的物事是老规矩。只要有条件，老规矩还是得有。当然，苏家是新式人家，再说年轻人根本不喜欢按规矩出牌，特别是最后一着，早就不在话下。说明确一点，订婚之后，两个年轻人就开始同居，双方父母开眼闭眼而已。

山里人貌似不开化，却很开通，或者还是因为大家都非常敬重苏定昌，对那个院落里发生的事儿全都不说三道四，即使说了，也是顺流话。

比方有人说，阮山妹有旺夫运，这个零号预言家不知道是谁，大家对此不介意，他们感兴趣的是预言本身，于是，一传十，十传百，阮山妹有旺夫运的说法几乎成了家喻户晓。

苏家第一桩被旺的消息真的出现了，让人明白什么叫喜从天降。

事情非常突然，苏定昌回城了。

那时有一句极其流行的话，叫作“推翻一切污蔑不实之词”，具体地说，就是泼在苏定昌头上的一切污蔑不实之污水统统被推翻。

没几天工夫，苏定昌不但恢复了工作，还被提拔当了副局长。

所谓一损俱损，一荣俱荣，哪朝哪代都一样。苏定昌当上副局长之后，儿子苏友川的命运也一下子来了个大反转。苏友川进运输公司当了驾驶员。那年月，驾驶员不是随便可以当的，虽然要求没现在这么严格，但必要的考核还是得有，偏偏他就是厉害，他的岳父阮高水在队里开拖拉机，苏友川便近水楼台了，时不时地玩上那么一下。

当年，有个顺口溜，“四个轮子一把刀，白衣战士红旗飘”，说的是四个行业最吃香。红旗飘，是指军人，“一颗红星头上戴，革命红旗挂两边”嘛；白衣战士自然是医护人员；一把刀说食品公司卖肉的；至于四个轮子，正是开汽车的驾驶员。

苏定昌起先想把儿子安排到书店里去的，可苏友川不去，他说他一看到书就头晕，他喜欢开车，满世界地跑，多惬意！

苏定昌恢复工作且升官之后，局里安排他住进了新建的住宅楼。起先，他还一本正经地谦让，局长立马暗示他，倘若他不肯接受，其他的几位领导咋办？想想也是，做另类不是好事，于是，只好顺水推舟。

按刘月娟的意思，他们夫妻俩搬离之后，把原先的屋子留给大儿子，让苏友江跟他们一起住到文教局宿舍楼去。苏东昌不同意，理由是影响不好，还是让两个儿子全留在员外人家。对此，苏友川有点不高兴，他以为阮山妹跟他想法一样，特意跑去阮家墩商量对策，没想到，她却坚决反对做哥哥的独霸。至于苏友江，像是很无所谓，他刚参加工作，平时大多住单位宿舍，说面包会有的，房子也会有的，到时候，他自己想办法。

一切似乎都妥妥当当了，于是，苏定昌马上把准儿媳娶进家门的事提到议事日程上。

明显地，苏友川有点懈闷，他的理由貌似十分充分，刚刚调到过工作，当即结婚，影响不好，等一年再说。

苏定昌不是喜欢管束儿子的人，可是这一回，他不能不说出狠话。

苏友川有件事没有向父亲禀告，阮山妹已经怀孕。

偏偏这事没能瞒得住，阮山妹没来月事的事让她母亲注意到了。

连锁反应的结果，是苏定昌关起门来大发雷霆，勒令儿子在规定的时间与阮山妹正式结婚，否则，苏定昌在“否则”两字后没有说下去，但苏友川心知肚明。

没有办法，只好依了。连五一节都来不及赶，在4月初的一个星期天，两人匆匆完婚。

7个月后的11月底，阮山妹“不足月”娩下一女，刘月娟喜欢得不行，苏定昌表面上看眉开眼笑，内里却多有忧虑，因为他注意到了苏友川的表情，像是谁欠了他三百大洋。

阮山妹已经无暇顾及别的什么，她的全副心思全放在宝贝女儿身上，几乎整天把孩子搂在怀里，时不时亲上一口。

除了孩子的奶奶与妈妈之外，最开心的还有苏友江。他学的是新闻专业，毕业后如他所愿，成了一名有良心有担当又正直的记者。有空回家之际，第一时间就过去逗小侄女玩。

孩子的名字是爷爷取的，叫苏秀。苏定昌的意思，小女孩长得眉目清秀，秀是最好。苏友江却觉得秀字为名，太过直白，最好加一个绞丝旁，就叫苏绣。苏定昌听了，大声叫好。于是就这样定了，苏绣，小名绣绣。

日子过得真的不慢，转眼间，连小绣绣都满了两岁。

这两年中，生活有了不小的变化。由于一些众所周知却又说不清道不明的原因，苏定昌不再是局长，成了一名没有实权的调研员。苏友川还开他的车，经常跑长途，风餐露宿的，比较辛苦，但他却总说自己乐在其中，事实上好像也是这样。

不变的是婆媳俩操持家务，一天忙到夜，有话有商量，其乐也融融。

就在这个时候，苏定昌听一位政法系统的朋友说，他的儿子苏友川出车途中，在一家小旅馆让某地公安抓获，涉嫌嫖娼。消息传来，这位朋友碍着面子，把事情压了下来，据说那边只罚了款，没做其他处理。

这还了得？

等苏友川一回家，做父亲的立马叫来闭门训斥。

然而，有些事，有了一，免不了会有二有三，终于纸包不住火，以至于无人不知、无人不晓，苏定昌气得动了手，刘月娟边劝丈夫边痛哭，阮山妹不习惯声张，只一个人偷偷抹泪。

苏友江闻讯后，特地赶回家里。他想心平气和地与哥哥好好聊聊，可惜苏友川非但不领情，反而把气全撒在了弟弟身上。

苏友江一向敬重嫂子，那些年，他也经常去阮家墩玩，阮山妹把他视为亲弟弟，疼爱有加。进城之后，两人更如亲姐弟一样相处。这种叔嫂之间的情谊深得邻里美誉。

再没想到，苏友川居然无中生有地对弟弟大肆攻击，说苏友江对阮山妹早有企图，说苏友江对阮山妹动手动脚，甚至说苏友江趁自己不在家里之际，钻了阮山妹被窝……

苏定昌一直在忍，家丑不可外扬嘛，这下，他终于忍耐不住，冲到正斗鸡似的两个儿子跟前，扬手对准大儿子的脸狠狠打一巴掌。

苏友川猝不及防，下意识按住自己的面颊，好一阵子缓不过神来，等他明白是怎么一回事时，狼嚎似的吼一声，然后左右开弓，推开面前的那对父子，又对着正欲劝解两兄弟的妻子飞起一脚，顾不得阮山妹的“哎呦”声，狠声喝道：“离婚！”

苏友川扬长而去。

之后，刘月娟瞒着老公去找过儿子，每次都被告知苏友川出车去了外地。

终于有一天，苏定昌听人说，苏友川早已另有女人，具体情况，不得而知。

儿子有外遇，叫做父亲的苏定昌如闻晴天霹雳，可他又不好声张，只是悄无声息地私下找人打听。正焦头烂额之际，先后接到公安局与交通局的正式通知，苏友川于两天前在江西修水县境内翻车，救治无效，在当地医院去世。

之后，有不少传言。比方有人说，那天苏友川车上装的全是家用电器，半道上遭人哄抢，车被推下山崖，苏友川是被摔死的。事实上却是苏友川运的是服装，车虽翻了，货物却没有受损。又有人说，副驾驶座有一个女的，因为两人调笑打闹以至出了车祸，苏友川死了，那女的却毫发无损，自顾自走了。这也是无稽之谈，出车祸的地段，当时并没人在附近，谁能看见两人调笑打闹？

交通部门的事故结论显示，主要原因是苏友川酒后驾驶，加上雨天山路泥泞。

苏友川的事情把一家人推到了绝望的边缘。阮山妹的悲痛不用多说，苏定昌与刘月娟夫妻俩看上去一下子至少老了 10 岁，特别是刘月娟，原本清清爽爽举止文雅的一个人，突然之间成了个衣衫褴褛的佝偻老妪。

这天，苏友川刚刚头七，家里来了个不速之客。

阮山妹正在天井埋头洗衣，面前一暗，随即看到两条穿着黑布裤、黑布鞋的腿脚，下意识抬头看时，一个年轻女子正一脸阴沉地看着自己。

阮山妹连忙从小凳子上站起，用围裙擦着双手："你找谁？"

"苏友川。"女子瞟了她一眼，又转脸朝屋子看去，"你是阮山妹？"

阮山妹疑惑地点点头，想问对方是谁，只是没有说出口。她似乎已经猜到来者的目的。

"你怎么不问我是谁？不问我要做什么？"

阮山妹咬紧嘴唇还是不作声。

女子朝前一步，走到门口，大声喊道："有人吗？还有人在吗？"

"不用喊的，都不在。"阮山妹这才开口道，"有什么话跟我说吧。"

"我有了，苏友川的。"

阮山妹沉默片刻，又坐在了小凳子上："这话跟我说没用，你找他去。"

说罢，她又站起身，走到花坛边，操起一把扫帚，旁若无人地扫起地来。

那女的勃然大怒，"腾腾"几步冲到阮山妹面前，一把抢过扫帚，随手一甩，扫帚"嗖"的一下飞出丈把远。

就在这时，苏友江来了，他迅速冲过去，扬起右手，把飞来的扫帚抓到手里。

苏友江用力过度，险些跌倒，好不容易站定，大声喝问："干什么？干什么你是谁？"

"你是谁？"女子毫不示弱，恶狠狠地瞪着眼睛。

阮山妹快步跑到苏友江旁边，悄声说："她说她是你哥的……"

苏友江点点头："明白。"

那女的也不笨，已经猜出了正朝她走来的年轻人的身份，不由得有点紧张，虽然脸上竭力装出无所畏惧的表情，还夸张地昂了昂头。

"你想怎么样？"苏友江在离女人两步远的地方站定。

女人犹豫了一下，可还是硬着头皮说："没想怎么样，就是……"

"我替你说吧，"苏友江没容她说下去，"你想要我家一半房子，对吧？"

女人睁大本就大得出奇的双眼："你……"

苏友川有外遇这事自然是瞒着家人的，可他自己却常向别人夸耀，其中包括一个远房表兄。有一次喝酒，几个朋友吹牛，一说两说说到自己的相好，慢慢地就到了攀比的档次，苏友川本来就好面子，他哪肯落后于人，便真真假假地乱吹一气。趁着酒兴，他甚至搂着这个叫姜菁菁的女人说，以后他家属于他的那一半屋子归她，只要她给他生一个儿子。

那个表弟本就对苏友川有情人的事感到吃惊，等听到他说要把自家的屋子分一半给那女人时，就更惊讶了。之后，见到苏友江时，他便把苏友川说的话一五一十地向苏友江来了个和盘托出。

苏友江当时并不当一回事，酒后无真言。他以为，苏友川再浑，也不至于荒唐到如此程度。

苏友江虽然没见过这个叫姜菁菁的女人，但这会儿用脚趾头想想，也想得到，面前这一位面容姣好的女人是何方神圣。

问题是，苏友江不是那么好哄的。只见他嘿嘿一笑，伸手往前面一扬说："要不要进屋坐坐？"

姜菁菁回头朝屋门看看，不明白苏友江葫芦里卖的什么药，踌躇了几秒钟才说："干什么？要说这里说。"

"好，"苏友江口气和缓且平淡，"那这样吧，可以司法解决。"

姜菁菁一愣："什么司法解决？"

"很简单，请司法部门来处理，比方有没有证据，包括法律依据的遗嘱之类，当然首要的必须的最主要的还有亲子鉴定。"

苏友江之所以敢明确地提出亲子鉴定，原因非常简单。

也是那位表弟说的，早在半年多前，苏友川就与姜菁菁闹翻了，姜菁菁贪得无厌，苏友川没法儿承受。

姜菁菁阴冷的脸一下青了。

"怎么样？"苏友江用嘲弄的口吻说，"先去哪里，医院还是法院？"

姜菁菁用敌视的目光盯着苏友江，眼珠子转了几下，狠声说："我等着，哦，不，你等着，我会让你……让你们好看的！"

苏友江轻蔑冷笑道："好，好，但不用等，现在，我们就去派出所，走！"说着，他跨前一步，做出要拉人的姿势，姜菁菁见状，迅速后退两步，又连忙转弯，远远避开苏友江，疾步向外奔跑，一边跑，一边还不忘虚张声势："你等着，你等着，会有你好看！"

"唉，这人真可怜。"苏友江摇摇头，对着一脸憔悴的嫂子说，"她连这房子是公房都不知道……"

9. 白胡子爷爷

梁春光从门里出来，手里拎着带长柄的垃圾畚斗，抬头看看正急速流淌的檐沿水，皱起了眉头。

“这老天，干吗这会儿下雨，害得我得冒雨倒垃圾，晦气！”小家伙嘀咕着，又仰脸望天，像在犹豫要不要冒雨下到天井里。

林中正站在门口活动腿脚，见梁春光这般模样，就问他：“你不会撑把伞呀？”

梁春光冲着林中一笑，又回头看了眼自家门口的两把雨伞：“麻烦，不用。”

小孩子多动，一天到晚手脚不停，可就是不肯正经干活，哪怕是极轻便的家务活，比方这每天早上的倒垃圾。

据说，这活儿本来由家长梁天成包干，前些日子，不知怎么一转念，他向两个孩子宣布，往后家里扫地倒垃圾，由他们两人承包，目的很明确，那就是从小事做起，培养他们的劳动意识，时刻准备着，做好接班人。

开始几天，两个小家伙非常乐意，干得挺欢，甚至出现了争着抢着的大好局面。可不几日，懈了，嫌了，推三推四，消极怠工，最后，由梁天成调定，一天一轮换，今天大的打扫，小的检查，明天小的打扫，大的检查，这样，相互之间还可有些竞争约束。

今天轮到梁春光。

昨晚乘凉，说到天热天旱，范爷爷挥着一把破蒲扇，口中念念有词，唱歌似的：

老天爷，你年纪大，

耳又聋来眼又花，
你看不见人，听不见话！
……

老天爷，你不会做天，
你塌了吧！
老天爷，你不会做天，
你塌了吧！

梁春光听着好玩，缠着范爷爷教他，可老人呵呵一笑：“好曲不可三遍唱。”梁春光连忙接过话头：“不三遍，两遍不行吗，爷爷，就再唱一遍。”

梁春光记性超好，老人又唱了一遍，还真的让他记住了，直到要回家睡觉，边走嘴里还边叨叨“老天爷”。

梁春光又抬头看看天色，紧皱的眉头一下子舒展了：“哈，这老天爷还真不经骂，一骂，你还真的塌了呀？！”

他拎起畚斗，嘴里喊着：“老天爷，你不会做天，你塌了吧！”蹦蹦跳跳跑进雨中。

“喂喂喂，小讨债鬼，你干什么，干什么？”

听见有人叫他，梁春光一怔，回头看看，是范爷爷正踉踉跄跄地朝他走来。

“你要做什么？”老人再次喝问。

梁春光又是一愣，看看手里的畚斗，这才发现，畚斗正搁在井口上。他连忙后退几步，逃也似的直往台门外冲。

范爷爷冲着孩子的背影一笑，然后向林中点点头，又回到廊檐下练他的太极拳。

范爷爷是年七十有七，是台门中最高寿的一位。老伴早已西去，有一子一女，儿子在北京，似乎是个不小的官，至于到底多少不小，从没听他说起过。女儿在上海教书，有寒暑假，每年都回来陪老人住一阵子。老人也去过女儿那边，总待不了几天，说是过不惯大城市的生活，宁可一个人回老家独住，自由自在。

老人身体不错，经常对人说，他从不生病，这么大年纪，别说不曾挂瓶，连药水针都没有打过。

老人最喜欢养鱼，不过，他养的并非一般人怡情养性的金鱼缸中的那种，而是自己从河里江中钓来的。他家门口有一个七石缸，缸里大多是所谓的天落水，也就是下雨天直接从屋顶瓦爿间流下来的雨水，经过一根毛竹管直接淌进水缸。

员外人家这个台门，说得好听点，叫作古朴。其实，这古朴已经有点落后了，不要说没装自来水，连电都还没有接进来，家家户户照明还都用煤油灯，至于日常用水，无论是洗涮还是饮用，全都来自那口险些被梁春光当作垃圾桶的水井。

范爷爷不用井水，他有他的七石缸。只有到了天旱得不成样子的时候，比方最近，七石缸的水差不多只剩下小半缸，他才考虑汲井水。他总说井水、河水、江水都不及天落水，尤其井水，井水是咸的。

梁家两孩子喜欢找范爷爷玩，其实，老人也一样，他时常自我解嘲，说自己童心未泯，说自己是老小孩，他甚至说自己老年痴呆，什么叫老年痴呆？他自问自答，老年痴呆就是童掉了，童掉就是回归童心，就是像他这样，童心未泯，哈！

不只是梁家两个孩子，台门里的小家伙几乎没有不喜欢与范爷爷玩作一堆的。

范爷爷家经常成为小不点们的玩耍天地。

虽然他的屋子与屋子里的一切都可以任由小孩子们共享，可水缸还有水缸里的鱼儿不行，他说他怕小讨债鬼伤着他的那些宝贝。

梁春光无数次尝试过想从七石缸里捞几条鱼来玩玩，结果从来没有成功过。即使是范爷爷在调理鱼们时，小家伙企图七手八脚地帮忙也不行。

气不过，只好说怪话。

这不，见范爷爷在缸里舀水，正往那把浑身墨黑的水壶里倒，梁春光故作惊讶地大叫：“范爷爷，你怎么吃潒浴水？”

老人一边往壶里倒水，一边呵斥：“你小子怎么说话，什么潒浴水？”

梁春光猴到老人跟前，嬉皮笑脸地指着水缸里的水：“这不是鱼儿的潒浴水？”

范爷爷哈哈大笑：“你这小鬼，潒浴水？对，就潒浴水，怎么啦？你家以前住在江水边，不也喝的是洑浴水，那还是人洑浴呢。”

梁家以前住在於江边上，一到夏天，小孩全泡在水里，而那里的人们的饮用水全取自江中，不做任何处理，每年发大水满江泛黄，人们最多只用明矾沉淀一下黄沙，然后就那样饮用。

梁春光突然“噗”地一笑：“范爷爷,小时候你洑浴时有没有往水里尿尿？”

“你个小鬼！”老人笑骂着盖好水壶，回身走出两步，又转脸说，“这有啥稀奇，谁没小时候过。”

“哈哈，范爷爷喝自己的尿尿。”说罢，小家伙反身就逃，在自家门口险些跟弟弟撞在一起。

“你干什么呀？看，把我的船都撞瘪了。”

梁春雷手里是一只用纸折叠的小船，船头被挤歪了。

兄弟俩相差 3 岁，梁春光自认已是大人，便斜着眼睛看一眼弟弟，不屑地说：“这怕什么，又不是真的船。”说着，他从春雷手里夺过纸船，用手指鼓捣了几下，“喏，不是好了吗。”

梁春雷伸手去接小船，做哥哥的却缩手避过，随即又跑到范爷爷的水缸前，把纸船小心翼翼地放到水面上，然后，鼓起腮帮子吹了几下，纸船晃晃悠悠地漂荡起来。

梁春雷也跑到跟前，嘴里嚷着：“哥，我看看，我看看。”

两孩子争着用嘴吹船，一左一右的，顶着牛干，一不小心，船翻了。

梁春光抢先捞起，把纸船搁在缸沿：“不好玩，那个小火轮不坏掉就好了。”

梁春雷听说，嘴一瘪，像是要哭。去年正月，他过生日，姑姑的男朋友曾送她一个小火轮当礼物，铁皮做的，装电池，启动开关，自己会开，他喜欢得要命。可惜让哥哥弄坏了，说是要看看内部装置，结果，拆开来重新安装后便动不了了。后来再拆再装，最后，成了一堆怎么也配不拢来的零件。

看看弟弟要哭，梁春光连忙讨饶：“好好好，我帮你多折几个，赔你！”

两人正要回家，范爷爷出来了。

“小讨债鬼，搞什么破坏？”他见水缸沿上躺着个湿漉漉的小纸船，疑惑地问，“这是怎么回事？”

梁春光相信，范爷爷肯定会骂，一缩脖子，丢下梁春雷就跑。

“站住！”范爷爷大声喝道，“这谁干的？”

“他。”

“他。”

兄弟俩异口同声。

哥哥的意思是纸船是弟弟折的；弟弟的意思是纸船是哥哥放在缸沿上的。

范爷爷的着眼点显然与孩子不同，他用两个手指小心地拈起纸船，还轻轻地甩了两下：“看看看，你们做的是什么？啊？”

两孩子彼此看看，十分疑惑，还是梁春光先开了口：“船啊，纸做的。”下面一句，只有他自己听得清：“老头儿，连纸船都没见过。”

“我能不认识这玩意儿？”老头儿有点愠怒，“跟你们讲过多少次了，敬惜字纸，敬惜字纸！忘了？”

兄弟俩又相互看看，一时像是没有反应过来。

范爷爷见两个小家伙一脸无辜，知道他们早已把自己的“谆谆叮嘱”抛诸脑后，不由得深深叹了口气。

这时，梁春光已然省悟过来，连忙换上一脸乖相：“范爷爷，范爷爷，想起来了，您说过的，敬惜字纸，要敬惜字纸。前天乘凉的时候，你还讲过……”

夏夜，家家户户都在天井里乘凉。每天太阳还来不及下岗，人们就打井水泼地面降暑气，然后，各家各户从屋子里搬出形形色色的家具，一般是竹椅子，也有藤躺椅、竹榻等，有的甚至搬出门板来搁在两条长凳上，考究一点的还会在门板上铺一张篾席。

一般来说，孩子是不大可能安安稳稳坐下或躺下的，他们得玩，当然也玩不出什么花头来，除了追来追去“抢强盗山”，或者“摸盲”，就只能等天黑下来寻萤火虫了。唯一可以让大家安静下来的是猜谜语或讲故事。

梁春光喜欢猜谜语，却不愿意同台门里这些比他小的孩子搅在一起，原因很简单，那就是他们太幼稚。比方那天隔壁毕家奶奶让两个孙女儿小红、小蓝猜的这个：

高高山，

低低山，

高高山上一只碗，
落雪落雨落勿满。

梁春光远远喊叫一声："鸟窠，这谁不知？"说完，不等几个孩子反应过来，他就又朝天喊了一声，"我出一个大家猜猜：烟锁池塘柳，每字各边有，若要猜此字，中间须加口。猜一个字。"

没人理他。

扫兴。

梁春光想到刚从一位女同学那里听来的话，禁不住老气横秋地轻叹："唉，知音难求啊！"

也就是这个时候，范爷爷出来了，高声大气地问："小鬼头，这个你从哪儿听来的？"

梁春光见是范爷爷，连忙迎上去："范爷爷，您知道谜底是什么？"

"你先告诉我，从哪儿听来的？"

"我舅舅，我舅舅叫我猜的，可……"

"您知道谜底？"

"知道，衙，衙门的衙。"

"为什么是衙？"

梁春光低下了头："不知道，舅舅不肯告诉我，可能他自己也不知道。"

"哦？"范爷爷笑了一下，"你怎么知道你舅舅不知道？"

梁春光笑了："他在问我外公，可外公也说搞不明白。"

"要不要我告诉你？"

"要要要。"梁春光高兴得脸都红了，雀跃着蹦到范爷爷跟前，"范爷爷，快告诉我！"

为这个谜底，梁春光苦恼过好几天，问过不少要好的同学，没有一个说得明白，即使把谜底告诉人家，也一律想不明白为什么。

"跟我来。"

范爷爷一挥手，梁春光乖乖地跟着进屋。

只见老人从抽屉里取出一张白纸、一支铅笔，然后，把纸放在桌子上摊开，又抚了一下纸页，最后，才在纸上写下"烟锁池塘柳"五个字。

“小鬼头，你看看，这几个字是什么？”

“烟锁池塘柳啊。”

“那第二句呢？”

“什么？”梁春光一下子没反应过来，但他毕竟聪明，马上明白了，“每字半边有。”

“那你看看，这五个字。”

“半边有？哦？火，金，三点水，哦，水，还有土，还有木。”

“明白了没有？”

“明白什么？”梁春光仍然一头雾水。

老人伸手在那五个字上分别点了起来，梁春光跟着依次念道，“金、木、水、火、土。”念完，他用疑惑的眼神看着范爷爷，像是在问“什么意思？”

“还不明白？”老人用笔又在纸上写了“五行”两个字，然后解释道，“金木水火土就是五行。古代人认为，我们这个世界就是由这五样东西组成的。明白吗？”

“可这跟‘衙’字有什么关系？”梁春光还是不懂。

老人又在纸上写了几笔，空白处出现“彳”“亍”两个偏旁，相隔得比较远，然后又在“彳”“亍”中间添了个“五”字。

梁春光一拍脑袋：“知道了！”说着，他从桌子上抓起铅笔，在“五”字下面加了一个“口”。

“聪明，聪明，还真聪明！”老人夸赞地拍了一下孩子的肩膀，“是不是很有意思？”

“对对对，很有意思。范爷爷，你真厉害！”梁春光仰头冲着老人笑，然后拿起桌上那张纸，随便一团，就往自己短裤后面的小口袋里塞。

范爷爷见状，连连制止：“干吗，干吗？”

梁春光不理解了，这范爷爷怎么这么小气，不就一张纸嘛，有什么了不起？

范爷爷也不多说，从梁春光的手里夺过白纸，放在桌子上，摊平：“敬惜字纸，要敬惜字纸，明不明白？”

梁春光冲着老人翻翻白眼，刚才的喜悦一扫而光，他不再多说，反身便走。

这是梁春光头一次听范爷爷提“敬惜字纸”。

后来又听他说过两回。

一回是兄弟俩玩纸飞机，在天井里正飞得开心，就让老头儿二话没说地给没收了。

还有一回是梁春雷正撕着用完了的作业本折三角，又被没收了。

每一回，范爷爷都会丢下那几个字：“敬惜字纸，懂不懂？”

有一天傍晚，见毕家摆在天井边上那把躺椅脚下压着一叠纸，范爷爷像是发现了什么大祸事般地惊呼：“这是谁家的？字纸怎么可以垫椅子脚？”

听到老人咋呼，毕东台连忙跑出来，笑着应付着：“范爷爷，天井石板不平，马踏椅放不稳，找几张纸垫垫高。”

“垫垫高？垫垫高也不能用字纸啊。敬惜字纸，懂不懂？介大年纪，真是的。”说完，老人弯下腰，从躺椅下取出那团纸，看都不看毕东亭一眼就走开了。

这次，梁春光觉得应该搞清楚什么叫“敬惜字纸”了。

等老人再次从屋子里出来，梁春光候了过去：“爷爷，范爷爷，干吗要敬惜字纸？”

老人很慈祥地点点头，慢慢走到自家那把藤椅坐下，梁春光连忙搬了个小凳子坐在老人面前，一副很乖的样子。

谁想到，就在这时，妈妈在屋子里叫道：“春光，春雷，吃西瓜了！”

西瓜是梁春光的最爱，哪有不赶紧回家之理。等梁春光拍着圆溜溜的肚子出来，范爷爷还在天井里。

这回，正好听范爷爷好好说说。

“知道仓颉吗？”范爷爷问道。

“昌吉叔叔吗？”梁春光想都没想，脱口就说，“当然知道，昌吉叔叔是我爸的同事，一起上班的。”

“什么乱七八糟的。我说的是仓颉，古代人，几千年前的。”

梁春光笑了，他想跟范爷爷开开玩笑：“范爷爷，您认识他？”

范爷爷不理会他，只管自己说：“你要知道，仓颉是玉皇大帝派来的。”

一说玉皇大帝，小家伙立马来了精神：“真的假的？”

“当然真的。”

“那仓颉是干什么的？”

见梁春光这么有兴趣，范爷爷不由得来了劲。

“告诉你吧，至少是四五千年前了，仓颉在黄帝手下当官。”

“哪个皇帝？秦始皇还是乾隆皇帝？”

“嗐，不是皇帝，是黄帝，轩辕黄帝。”

梁春光调皮一笑：“早说轩辕黄帝嘛，这我哪能不知道。历史课上讲过。”

“仓颉在黄帝手下当官，”范爷爷继续说下去。“不过，他那时管的是牲口啊，粮食啊，还有各种各样的其他物事，每天都要记住这个有多少、那个有多少，日子一长，就忘了。”

梁春光打断他：“这么笨，他不能找个本子记下来啊？”

“说得是。可你不知道，那个时候还没有纸，也没有笔，怎么记？”

“哦，这倒也是，那时候蔡伦还没出世。”梁春光不失时机地卖弄起他的历史知识。

“你想想看，仓颉该怎么办？”

“我明白了，结绳记事，对不对？”

“还真不简单，知道结绳记事。”范爷爷赞道。

梁春光得意了：“那当然。”

“问题是，要统计记录的东西太多，特别是数量，更是没法儿确定。”

“那怎么办？”梁春光也不能不为古人担忧。

“这不有一天，仓颉跟大伙儿一起上山狩猎，半路上，在一个岔路口，几个人为了往哪个方向走而争吵起来。一个说往这边，另一个说往那边，还有一个干脆建议直接上山，他们各有各理，所有理由的根据都是野兽留在地上的脚印。这些争论让仓颉心头一震，哦，应该是心头一喜。你道他想到什么了？”

“什么？”梁春光毕竟不是仓颉。

“仓颉心头一喜。他想，野兽的脚印模样是不同的，也就是说，一个脚印可以代表一种动物，比方老虎的脚印像梅花，鹿的脚印像两片分开的树叶，马的脚印像月亮……”

“这样啊？”梁春光下意识地看看自己的脚。

“既然脚印可以代表动物，为什么不可以弄一个什么图形……”

“符号！”这回小家伙反应灵敏。

“对对对，符号。”老人摸了摸孩子的脑袋，表示赞许，“可以用符号代表一种动物。同样的道理，还可以用别的符号代表另外的东西。”

梁春光哈哈大笑：“有道理，有道理，比方人，就画一个撑脚爹手的人。”

“就这个意思。”

“那后来呢？”

“后来，仓颉就跑到黄帝那里，把自己的想法跟黄帝说了一下。黄帝听了，圣心大悦，连声赞赏，命令他好好整理完善，然后，到各个部落去，向大家传授推广，就这样，这些符号很快被人们接受了，而且得以大面积推广。这就是最早的文字。”

“明白了。”

“那你说，仓颉伟不伟大？”

“当然，当然伟大了。”

“伟大吧？所以，我们该不该对这些文字，这些仓颉造出来的文字抱有一种敬惜之情？”

“可，我们现在在使用的字早不是仓颉造出来的那种啊。我知道，仓颉那个时候的字叫甲骨文、象形文字，是刻在骨头或者乌龟壳上的。”

“说得对。”范爷爷点头表示同意，“我们现在用的字是后来人通过改造改进慢慢演化过来的。”

范爷爷见梁春光不作声，继续说下去：“仓颉是伟大的，那后来的那些完善文字的人呢，他们不伟大吗？我觉得，虽然这些人连名字都没有留下，可我们更应该敬重他们，珍惜他们，对不对？”

梁春光点点头。

“我没有读过多少书，识不得几个字。”

春光眼睛一亮：“范爷爷，您什么毕业？”

“呵呵，哪来的什么毕业。我没有进过学堂，就上过两年私塾。你听说过私塾吗？”

“当然听说过，鲁迅就上过私塾。私塾肯定很好玩吧？”

范爷爷答非所问：“小时候家里穷，上不起学，直到 11 岁了，亏得我爷爷做主，才兜兜凑凑凑了几块洋钿，送我上了两年私塾。”

梁春光好奇地问：“后来呢？”

“后来，后来逃日本佬，再后来被抓了壮丁……”

“啊？你成了国民党反动派？”梁春光很是惊讶，他听老师说过，明白壮丁是怎么一回事。

范爷爷好像乐了：“哈，才不是呢。我们全新兵蛋子连枪都不会打，很快就让日本佬捉去了。”

这下梁春光更吃惊了，盯着老人的脸，没有说话。

“不过，半路上，我们又被游击队给救了。”

“新四军？”

“对，就这样，家回不去了，我索性就参加了游击队。”

“这还差不多。这么说，范爷爷还是老革命啦。”梁春光竖竖大拇指，“您杀过日本佬？”

“那自然。”范爷爷的口气带着自豪，“不过，我不太直接上前线。”

“为什么？”

“我在团部，做了文书。”

“明白了，你上过私塾，对不对？”

“不错。那时候部队里识字的人不多，再说，在私塾里，我规规矩矩地练过字……”

梁春光插话说：“我见过范爷爷写的字，真的漂亮，比我们老师写得还好。”

“呵呵，那叫山中无老虎，猴子称大王。”

梁春光突然绽开了笑颜：“范爷爷，我明白了，您喜欢写字，您喜欢字，所以……”

范爷爷没让孩子说下去：“不仅是喜欢。”

“敬……敬惜，对不对，敬惜？”

“对，我们谁都要敬惜我们的文字。汉字是世界上独一无二的。”

“可是，”梁春光伸展双臂，然后向内一拢，“可是，天下那么多字……”

“我明白你的意思，那么多字，每时每刻都在产生着字纸，我们顾不过来，是不是？”

“就是。”

“不是有一句话叫作‘从我做起，从现在做起’吗？”

梁春光就地转了一圈，像是在找字或者字纸，最后还是说："可怎么做，怎么做起呢？"

范爷爷示意梁春光跟他走，到了走廊尽头，那里有个大竹筐，里面放着一捆一捆的竹篾。

梁春光指指竹筐："这做什么用？"

"编字纸篓。"

"字纸篓？"

"以前，不少人家门口的屋柱上都挂有字纸篓，带有字的纸全放在里面。有的地方连街上都挂字纸篓。"

"哦？"梁春光回头朝各个方向望去，想在哪个角落找出一个字纸篓，可是没有，他有点失望。

范爷爷知道他在看什么，叹息道："以前有的，就在这里。"说着，他拍拍旁边的屋柱，"后来，被当成'四旧'给烧了。"

梁春光撇撇嘴。

"字纸篓编好后……"

梁春光抢过话头："范爷爷教我，我也要编字纸篓！"说着，他俯身伸手去捞竹筐里的竹篾，一副说干就干的架势。

范爷爷也不阻拦，呵呵笑着，还帮着梁春光把一大捆竹篾拎出来，嘴里不停地说着："当心，当心，别划破手指，别划破手指！"最后，一起把竹篾拖到花坛边上。

梁春光这会儿显得非常乖巧，跑去搬来一把小竹椅，殷勤地摆在范爷爷背后："范爷爷，您坐，您坐下。"

范爷爷笑眯眯地回头看看背后的小椅子，缓缓坐下。

"哎呀，你把我搞糊涂了，光拿这篾怎么做，还得有竹黄呢。"刚坐下的老人又站了起来，走到走廊转角处，从那个竹筐里取出一把勾刀，又从筐后拉了一束竹黄过来。

梁春光蹲在边上，看着老人双手麻利地用竹黄弯了一个直径 10 多厘米的圆圈，一下子就明白了，这个是做字纸篓的底部骨架的。

依样画葫芦，聪明的梁春光立马动手学着老人也弯了一个圆圈。

"好不好，范爷爷？"

范爷爷接过，看了看，又用手指紧了几下竹黄："不错，嗯，不错。"

说完，老人拿另几根竹黄，以竹圈作底，编结了一个圆筒形架子，然后，开始正式用竹篾在竹黄架子上操作起来。

梁春光目不转睛地看着竹篾在老人手里翻转，跃跃欲试，可他明白，这个可不比弯圆圈，得认真看看，仔细琢磨琢磨才行。

范爷爷手指不停划拉，突然对梁春光说："小鬼，你玩去吧，这不是你做的活儿。"

"不，我要看您做，我要您教我。"

贪玩的孩子一向尖屁股，妈妈就老说他有多动症，这会儿，他却十分安稳，眼睛一眨不眨，直到一个像模像样的字纸篓立在了天井的石板地上。

梁春光跳跃起身，仿佛这是他的成果。

"快，爷爷，您快教我，我也要做一个。"捧着字纸篓蹦了几下的梁春光，突然坐了下来，从地上拣起他弯好的那个竹圈圈，"爷爷，再来，您再做一个，我照着您的样子。"

还别说，他真的完成了，虽然范爷爷中途多次纠正过他，虽然与范爷爷的相比，他的成品有点儿东倒西歪，可他足够开心足够自豪。

"范爷爷，再来，我还要做。"梁春光意犹未尽，又伸手拉过一根竹黄。

范爷爷却站起身，双手捶腰，脸却笑着："今天就这样吧，累了，眼睛也不好，明天再来。"

梁春光听言，连忙扔下竹圈，扶着老人坐下："好好，听爷爷的——来，爷爷，我给您捶背！"他蹲下身，在老人背部轻轻敲击起来。

"呵呵，舒服，真舒服！"老人开心地笑起来。

梁春光更起劲了。捶背他可内行得很，每次去看爷爷奶奶，他都为两位老人优质服务，还赚到过不少的"劳务费"呢。

"爷爷，"梁春光低下头在老人的耳畔说，"明天再做，我一个人做，您就在旁边指导，不用动手，好不好？"

范爷爷闭着眼睛笑笑，不置可否，他正享受呢。

梁春光敲着敲着，突然问："爷爷，我们要是做了好多好多，放到哪里去呢？"

没等老人回答，他又提出另外一个问题："要是字纸篓满了怎么办？"

范爷爷站了起来，拍拍春光的肩膀："你这小家伙，还挺能动脑筋的。"看着孩子羞涩的笑脸，他又开口道："一般啊，每过一段时间，比方初一啊，十五啊，就把篓里的字纸取出来，集中放在一起烧了。"

"哦。"春光作恍然大悟状，"那纸灰呢？"

"纸灰嘛，要么去於江边，找一个僻静干净一点的地方，倒到江水中，让它顺水漂走。"

"这样啊。"

"要么，去淘箩山脚，把纸灰埋在地里。"

"哈，这不就是黛玉葬花了呀。"

"小家伙不简单嘛，还知道黛玉葬花？"

梁春光有点不好意思，红起脸说："是璧月姐姐讲的，乘凉的时候。"他一边说，一边无意识地朝西边望了一下，颇为惊喜地喊道："璧月姐姐！"

10. 玉殒香不消

凌璧月站在自家窗内，眼睛对着天井里那株白玉兰，实际上却是目无所视，她自己也不知道在发什么愣，忽听梁春光叫她，猛地吓了一跳。她定定神，松弛了一下紧绷的脸颊，对小男孩做出一个勉强的笑。

梁春光根本没去注意凌璧月的神色，只顾说自己的："璧月姐姐，我们也要葬花呢，你去不去？"

"什么？"凌璧月自然不明白。

这正是梁春光希望得到的效果，他丢开手里的活计，索性跑到凌璧月的窗前："范爷爷教我做字纸篓呢，以后，我们也焚稿，然后去埋了，你去不去？"

凌璧月像是明白了，不过，她没有直接说去或不去，只做了个浅浅的笑。

凌璧月转脸看向对面不远处的广玉兰树，不动声色地暗叹了一口气。

天井里除了那架紫藤，还种有两棵树，种在离她家窗口不远处的是桂树。每年中秋前后，桂香馥郁，石板地面满是金黄。凌璧月总会及时在桂树下摊上几张报纸，以接收落地桂子，然后用白糖腌上，便是桂花糖了，为她老公金于刚的最爱。不过，凌璧月自己从不碰桂花糖。

凌璧月总以为，草木与人该是同类，有生有灭，有知有觉。她会把桂花用手帕包起来，放在自己的枕头边，每晚临睡前闻一闻，起床时，再用它往自己面颊上印上一印。香气散了淡了，花儿蔫了黑了，她就用勺子在桂树根部挖一个小坑，然后将花朵们抖落其中，掩上土，轻轻用手按上几下。

广玉兰开花比桂花早好几个月，那香味也是凌璧月喜欢的。落花时节，广玉兰花瓣大片大片飘飞在地，常常会被人不经意地踩踏，那时节，凌璧月有得忙了，她会时不时跑到树下捡拾落花，细心将它们放进一个小布袋里。

有一天，让梁春光兄弟俩看到，梁春雷好奇地问："璧月姐姐，你要这花儿做什么？”

“喊，这都不懂，腌着吃嘛。”做哥哥的做出一种鄙夷的表情，“对不对，璧月姐姐？”

凌璧月笑而不答，由着兄弟两个帮她把地上的花瓣捡拾完了，装进布袋后，才款款起身：“要不要跟姐姐一起去淘箩山脚里把它们埋了？”

两个孩子一向愿意跟着凌璧月，再说也正好闲得慌，当然齐齐连声说好。

凌璧月从走廊边上操起一把锄头，正要往肩头上放，梁春光抢先夺过：“我来。”说着，像模像样地扛在肩上。

凌璧月一手拎布袋，一手牵梁春雷，跟在梁春光后面，走出台门，左转，走几步，再右拐，穿过石家门口的小弄堂，朝山脚走去。

凌璧月清了清嗓子，轻声对梁春雷说：“春雷，我们唱‘黛玉葬花’好不好？”

梁春雷眼睛一亮：“好啊，好啊，姐姐，你先唱。”

凌璧月喜欢《红楼梦》，喜欢林黛玉，喜欢越剧，特别是喜欢唱“黛玉葬花”，一个人唱得寂寞了，就叫来八九岁的梁春雷教他学唱，没想到小男孩的音质出奇的好，而且领悟力特强，凌璧月常为小男孩尚带稚嫩的吟唱感动。她搂了一下比她低差不多一个头的孩子，柔声说：“那好，来，绕绿堤——唱！”

绕绿堤拂柳丝穿过花径，
听何处哀怨笛风送声声。
人说道大观园四季如春，
我眼中却只是一座愁城。
看风过处落红阵阵，
牡丹谢芍药怕海棠惊。
杨柳带愁，桃花含恨，
这花朵儿与人一般受欺凌。
我一寸芳心谁共鸣，
七条琴弦谁知音，
我只为惜惺惺怜同命，
不教你陷落污泥遭蹂躏。

且收拾起桃李魂，

自筑香坟葬落英……

走着走着，梁春光反倒落在了后面，虽然年纪不大，可他已经能够理解不少世事，包括人与人之间的某些感情纠葛。听着前面两人投入的吟唱，他被感动了，或者说是被感染了。他觉得自己也非常想跟着唱上几句，对这个唱段，他早已耳熟能详，无非是不好意思，否则，他真想融入到那种温柔的优美中去。

听凌璧月唱完最后一句“花落人亡两不知”，梁春光抢前几步，看着凌璧月泪光盈盈的眼睛：“璧月姐姐，林黛玉死了没有？”

凌璧月还不及回答,梁春雷就“嗤”地一笑,推了哥哥一把：“哥,你傻啊？林黛玉是古代人，要还能活着，不成老妖婆啦啊？”

“去，小孩子懂什么。”梁春光也推了一下弟弟，又转脸问凌璧月：“我是说书上，璧月姐姐，后来林黛玉死了没有？”

凌璧月摇摇头：“不知道。”

“啊？”这回兄弟俩异口同声，“书里没写吗？”

那个时候，虽然已过了全民读红楼的1974年，但梁家兄弟毕竟还小，不像现今的孩子这样，早已从影视剧中熟知宝黛故事。

凌璧月从梁春光手里接过锄头，在山脚边的一棵苦楝树下掘了几下，这才说：“红楼梦没有写完，后来有人接着写，说宝玉跟宝钗结婚，然后林黛玉被气死了……”

梁春雷皱起眉头说：“宝玉这么坏啊？”

“男人嘛……”显然是突然想到身边两人还是孩子，凌璧月没再说下去。

梁春光闷声不响地从凌璧月手里接过锄头，挖起坑来。

这会儿，听梁春光又提到葬花的事，凌璧月略显苍白的面颊泛出了两抹浅浅的红晕。

“你们去吧，我……”凌璧月不再看站在窗外的男孩，轻声说，“我有点不大舒服。”话没说完，就离开窗口。

梁春光有些失落，怔怔呆立了几秒钟，又返回埋头于字纸篓的范爷爷跟前。

“范爷爷，璧月姐姐怎么了，好像不开心？”

范爷爷低垂眼皮，半晌才叹气道：“唉，天晓得啦。”

其实，老人怎么可能不知道，无非，他更明白，有些事还是不说为好，况且，问他话的是个还未成年的孩子。

在旁人眼里，凌璧月与金于刚是天造地设的一对，前者聪慧可人，后者则潇洒英俊，唯一的遗憾是没有子嗣——“子嗣”二字被金于刚说成“子匾”，曾经有好事者纠正过他，可他梗着脖子吼人家：“你懂什么？儿子传宗接代，女小人没用，只有儿子以后可以捧祖宗大人的‘牌匾’。”大家知道，他说的牌匾其实叫牌位，不过，谁都不再同他较真。

就因为没能为金家生一个“子匾”，凌璧月没少受金于刚的拳脚相加。

漂亮女子是非多，这似乎已是定理。凌璧月自幼内敛，除了上班或者去菜场，她几乎不出家门，可还是免不了遭轻狂之徒的骚扰。

金于刚一向以为，阿光是个准二流子，觉得他说不定会对凌璧月有非分之想。其实不然，阿光对凌璧月一向极为尊重，而且，明里暗里地还保护着她。

就有那么一回，金家来了个自称是什么调查员的人，当时，凌璧月正抱着女儿忆忆在廊下晒太阳，那人走上前去，搭讪几句，又称赞忆忆长得可爱，伸手装作拨弄小女孩红扑扑的脸蛋，顺势往凌璧月胸脯碰。凌璧月一见那人弯下身，就有所警觉，此刻，触电般弹跳起身，满脸通红，大声呵斥：“干什么！”

阿光正在井旁汲水，见到那一幕，怒不可遏，操起正好提出井口的一满桶水，三脚并作两步，冲过去，把水完整地泼了出去。

这可是三九寒冬啊，那男人冷不防让井水一激，惨叫连连，回头看到怒目圆睁的阿光，顾不得浑身精湿冷得刺骨，拔腿就逃。也是事有凑巧，他一头撞在刚进台门的金于刚身上。金于刚见那男人湿漉漉的狼狈相，不知就里地哈哈大笑，等人家跑得无影无踪了，才回头看向自家门口，看到阿光正对着自己老婆问长问短，不由得怒火中烧，一个箭步冲到跟前，猛然挥拳，打得阿光莫名其妙。

“你干什么？”凌璧月忍不住怪道，“是他帮我赶走了那个流氓……”

金于刚白一眼妻子：“流氓？这货才是流氓，你……”说着，竟对凌璧月扬了扬手臂。

凌璧月明白，与这个男人没有道理可讲，不再说什么，抱着忆忆躲进屋子。

阿光没有吱声，要不是碍着凌璧月，他真想跟面前这个不明事理的男人好好来一场对决。客观地说，阿光胆小如鼠，有时还有些无赖相，可他有的是正义感。他不懂什么叫“投鼠忌器”，个中道理，他却明白。所以，他只好拿地面出气，狠狠跺了一脚，转身就走，连井旁水桶都不管了。

阿光走到自己门口，听得背后传来“嘭”的一声，是金于刚摔门进屋，说不定接下来会有凌璧月的惨叫，他不由自主停住脚步，心里想，要是姓金的再打老婆，他该不该冲过去，哦，是冲进去解救？

好长时间，什么动静都没有，阿光放了心，也有点失落。

阿光并不了解凌璧月。凌璧月是极隐忍的人，自从忆忆出生之后，她遭受过无数拳脚相加，每次，她都能做到不号不叫，唯有流泪。大多数时候，她就抱着女儿，脸贴着脸，带着浓重的鼻音喃喃地安慰忆忆：“宝贝，不哭，咱不哭……”

这一回，金于刚倒没大打出手，看都不看母女两个，走到顶箱橱旁边，从腰间解下一串钥匙，启开橱子最下面的那个抽屉稀里哗啦地乱翻一通，找到一个什么物件装进衣兜，头也不回，开门就走。

阿光还站在自己门口，见金于刚出来，若无其事地朝前走出几步，等后者步出，又下到天井，看看那边紧闭的门窗，走过去，拎起那个被自己踢开的吊水桶，重新回到井台边。

坐在床沿的凌璧月估计金于刚已经远去，起身拉开顶箱橱抽屉，原先让她整理得井井有条的东西又被翻得顶倒仰翻。她把忆忆放在旁边的椅子上，拨弄了三两下，不出所料，那个小盒子不见了。

小盒子里放着一块玉佩，长方形，比大拇指略大一些，洁白如脂，晶莹剔透，是母亲生前留给她的。她不知道这块玉佩是否珍贵，有多珍贵，甚至不知道它的来历，可因为是妈妈的遗物，在她的心目中，格外宝贵，始终将其放在抽屉的最深处。

若干年前，那时她与金于刚结婚不久，有一天，家里来了位远客，席间一说两说，说到了金银珠宝、金锁玉坠，金于刚趁着酒兴，吹起牛来，末了，还取出玉佩让那个自称懂行的远客鉴赏。远客先是一怔，随即两眼发光，半晌才问：“你这宝物从哪儿得来？”金于刚瞟一眼正端菜上来的妻子，嘿嘿一笑：“祖传的，祖传的。”说着，他一边察看那人的表情，一边又小心地问：“怎么样，不错吧？”

“唔，不错，十分不错！”对方说着，不停地用拇、食二指抚弄手中之物。

金于刚看出其神色颇多艳羡之意，连忙立起，屈身伸臂，不由分说，从那人手里夺过玉佩，随即放进贴身内衣袋中。

此后，两人不再相谈甚欢，直至彼此告别。

金于刚从此有了心事。

他相信玉佩定是宝物，价值连城不敢奢望，但起码，他猜想，值个万儿八千的价应该不会过分。那个时候，“万元户”的概念才刚出世，一般人的工资都在三四十元上下，千元万元那还了得？

之后，金于刚无数次问起玉佩，无奈的是，凌璧月一问三不知，这常让他恨得直咬牙。

他很想找人鉴定一下，问题是当时好像没有那个行当。听人说於州有的是这方面的专家，可大多不敢明目张胆地“营业”。

好不容易听说许多行业放开了，他又有点跃跃欲试，然而，最终还是不敢。他担心一旦真的被断定价值多少多少万，让人知道了，会惹来什么祸祟；与此同时，要是鉴定结果说那玉佩不过是一块普通的石头，咋办？

所以，他觉得还是让那块玉安安稳稳地躺在橱里比较好，说不定有一天……

凌璧月明白金于刚的心思，只是不理解，今儿个，他为什么突然一下子直奔那玉佩，而且，饭也顾不得吃，又匆匆走了。

更奇怪的是，凌璧月刚安顿好午睡的女儿，金于刚回来了，一身酒气，满脸通红。她知道他不胜酒力，平时从不沾酒，这不时不节的，怎么回事？

心中疑惑，却也不想自讨没趣，她看了他一眼，正欲转身，没想到，金于刚跌跌撞撞地走近她，一把抱住她的头，在她脸颊上“叭”的一口，倒把她吓了一跳。等反应过来，想推开他，又不敢，正犹豫着，却见他往后一退，“嘣”地翻倒在身后的藤椅上，打起了呼噜。

凌璧月呆呆地望着那张猪肝色的脸，轻叹一口气，走开了。

她没有想到，他用那块玉佩作为贡品孝敬局长。据可靠消息，局里将调整领导班子，不管从哪个方面考虑，他觉得，当了多年科长的他这次有望升级，至少弄个副局长当当。曾听说，这位姓娄的现任局长特别喜欢古玩之类，家里那玩意儿说不定能成敲门砖。这些年来，局长一向挺看重他，局级干部的任免，局长作兴没直接的权力，可其岳父是分管人事的市委副书记，安排个副局还不小菜一碟？

金于刚一直在找机会。这天下班，在大门口，迎面碰上娄局长。娄只浅浅地打了个招呼，却不料，旁边的那个人带着惊喜的口吻叫了一声“金鱼缸”，定睛一看，居然是中学同学柳少文。

这下可谓是碰上亲人啦，寒暄几句，知道柳少文在省里工作，这次回家乡属于一带多便，名义上是考察，别的就不用说了，谁都懂的。

于是，当娄局长尽其地主之谊时，就叫了金于刚作陪。

把玉佩献给局长，金于刚是有顾虑的，娄局长口碑一向不错，工作认真踏实，清廉公正，所以，他几次摸出玉佩，都没敢轻举妄动。

亏得柳少文提到了娄的爱好与特长，说自己有个古董，下次要带来鉴定一下。金于刚这才不失时机地把玉佩掏了出来，双手奉上：“娄局，我这儿有个那什么，您帮忙看看。”

娄局长只对玉佩瞟了一眼，口气淡淡地说：“你干什么，真把我当鉴定家了？”

金于刚一怔，马上又换上一副笑脸：“不是，不是，只听说娄局内行，顺便带一眼嘛。”

不想娄局长不再理会，只把话题递给了柳少文：“你刚才说的项目可以考虑，什么时候，我让相关部门接洽接洽，好不好？”

柳少文好像不想在饭桌上谈工作，三言两语过后，就把话题转移开了。

金于刚很想插入其中，可总抓不到机会，只好干坐着，轮流看两个人的嘴。

临散场时，柳少文去卫生间，娄局长起身招呼服务员结账，金于刚乘其不备，麻利地把玉佩塞进娄局长放在桌上的小皮包中。他相信，娄局长不会不知道是怎么一回事。

金于刚死猪一般打着呼噜，凌璧月却不能不着急起来，她不停地看时钟，都两点多了，他还没醒过来的意思，上班迟到怎么办？

金于刚总算醒了，眯着一只眼若无其事地问坐在他面前的妻子：“几点钟？”

凌璧月抬头望向刚看过的壁钟：“快3点了。”说罢，她等待着他的惊跳与责骂，不料，除了伸了伸懒腰，他居然没别的表示。

凌璧月有点犹豫："你不去上班了？"

"不去了，不用去。"金于刚居然笑了笑。

凌璧月非常意外，终于还是忍住了。她正想走开，去厨房准备晚饭，却被他叫住了："去给我倒杯茶，醒醒酒。"

金于刚以前不喝茶，今天怎么了？凌璧月疑惑地看了他一眼，没有说话，走开了。

凌璧月不知道，金于刚正兴奋着呢。他相信娄局对玉佩的漠视主要是碍着有柳少文在，装模作样而已，等发现皮包里的玉佩，肯定喜欢。柳少文虽说不是直接领导，但好歹是从省里来，姓娄的不能不做点样子。接下去，静等好消息就行。

然而，金于刚失算了。

第二天上班，原本去自己办公室本不必经过局长室门口，但心里有事，就故意抄了远路。远远地见门关着，但他还是慢慢踱了过去，心里想，作兴娄局刚好出来呢，巧事儿多的是。还别说，还真让他猜着了。就在离门口丈把路时，局长的门"吱呀"一声开了，他强压激动轻叫一声："娄局早！"

娄局像是愣了一下。

"哦，小金，进来一下。"局长说罢，转身返回，门开着。

金于刚大喜过望，三步并作两步匆匆跟进。只见娄局正站在办公桌前，操起那块玉佩，递向他，闷闷地说："喏，还给你！"

"局长，您……"

"不用多说，我明白，拿走吧。"说着，他走出几步，把玉佩放到金于刚手上，又朝门口努了一下嘴。

这下，情绪大翻转。

姓娄的什么意思？

哪个当官的不喜欢下属孝敬贡献？莫非问题出在那块玉佩上？

金于刚不知道什么样的玉好、什么样的玉不好，依他看来，那玉佩够漂亮了，如果它是一个古物，那就更不用说了。姓娄的干吗不要？莫非，这劳什子竟是绣花枕头稻草包？对，一定是这样，拿一个三钱不值两钱的东西来忽悠人，这不找死？

凌璧月一见金于刚的脸色，大吃一惊，这是怎么了？平时，她早已习惯了他翻脸比翻书还快的作派，眼前这张脸跟早上出门时相比，简直不像同一个人。不过,她还是不敢问,只默默地从他手里接过那只出门不离手的公文包,小心翼翼在书橱旁挂好，再回头悄悄看看他。

“告诉我，”金于刚尽量压制着胸中的怒气，“你那个玉佩真的还是假的？”

“什么？什么真的假的？”

“那块玉，不是说是你的什么上代传下来的吗？”

“是呀，我妈这么说。”

“哄鬼去吧！真你个头！”

到这里，凌璧月有点明白了，但她不想点破，还是采取“不理政策”好。

看她不再作声，金于刚更火了，冲上去就是一记耳光。

凌璧月显然没有思想准备，出于本能，她捂了一下脸，随即转身抱起呆立在旁的忆忆，强忍泪溢，奔出门外。

金于刚愣了一下，追出两步，又退回到桌前椅子上坐下，抬臂看看自己的手掌。

之后，两人再一次进入冷战状态。金于刚照常上班，只是，下班回家的时间越发没了规律，大多数时候在半夜甚至凌晨之后，间或地，他也会来个突然袭击,悄悄进屋,随后屋角屋落地逡视一番,像是要找出一个什么隐藏者。遇上这样的情况，凌璧月只在一旁冷眼观望，她相信他是故作姿态，目的是给她一个警告。这么两间屋子能藏得下什么？

在单位，金于刚前所未有地注意起娄局长的一举一动来，让他失望的是，什么都没有发现。他觉得这有点不正常，至于不正常在哪里，又理不清、道不明。

他很想与局长套套近乎，可无论他怎么做，人家就是一味地公事公办，一如既往。

就在他苦恼至极的当口，柳少文来了电话。

说心里话，凌生刚几乎已忘了柳少文这个人。虽然，他们是同窗，却并非好友。当得知柳某人的官越当越大时，他不是没有过依附念头，可最终羡慕忌妒恨占了上风。上回一起吃饭，他完全是将其当作一次偶遇，过后自然一拍两散。

一听是柳少文，第一反应，玉佩？

他向来自视聪明绝顶，脑子灵敏，这会儿，他满有理由怀疑姓娄的把玉佩的鉴定结果告诉了柳少文，于是……

一定是这样。

那块玉，价值连城不敢说，一定珍贵。

柳少文想占为己有，否则，这么多年不联系的他，干吗找我？

有道理！

他不能不又一次佩服自己。

自以为是的判断让他徒生豪气："难得，难得，领导怎么就想到了小民？"

"老同学啊，怎么这样说话？"对方倒不介意，这却更坚定了金于刚的自信。

"开个玩笑嘛，哈哈！"

柳少文似乎想直奔主题："忙不忙？"

"正上班呢。领导什么指示？"

"不要这样嘛，叫我名字，老同学。"

"小民怎敢？"

"唉，不跟你啰唆。要是有空，等下聚聚？"

"叫上娄局？"

"不用，不用，就你我，他又不是咱同学。"

金于刚一听这话，觉得自己真的称得上诸葛亮了。

"那好，去哪里？什么时候？"

"你下班，找个小地方，水流时光怎么样？"

水流时光就在他家附近，离台门口不足100米，这不免让他有些犹豫。

柳少文仿佛觉察到了："不方便？"

"怎么可能？"金于刚换上豪迈的口气，"我是想，那地方一点点大，有失领导身份。"

"唉，你是不知道，我就讨厌什么身份，所以，有意避出来躲躲清静。"

金于刚当然不会相信，不过，只能姑妄听之。

搁下电话，他还在寻思，姓柳的什么意思，要是能帮他在娄局面前说几句话促促，即使把那玉给他，也算物有所值。或者，对了，或者，通过他，安排一个更好更得利的位置，那就哈哈了。他是省里的，有这能耐。

下班后，到了弄堂口，他下意识地往流水时光那边望了几眼。

当然得先回家转一下，太早过去，显得自己太没品位，时间约好 6 点钟。

金于刚进了家门，凌璧月头都不回一下，当他是一阵风。

“我不在家吃饭。”他朝空气喊一嗓子。

凌璧月自顾自手脚不停地忙碌，还是不声不响。

“省里一位领导请客，我老同学，就在那边水流时光。”

听了这话，凌璧月的动作顿了一下，不是好奇，只为疑惑。

正在一边玩耍的忆忆，小步摇摇地走到金于刚身边，抱住他的大腿，扬脸奶声奶气地叫了一声“爸爸”。

做爸爸的一反常态，弯腰俯身抱起小女孩，史无前例地在女儿粉嘟嘟的小脸蛋上亲了一口，惹得小家伙“咯咯”直笑。

凌璧月终于侧过脸来，望着父女两个，眼里亮出晶莹泪光。

到得水流时光，见柳少文已坐在临窗一张小桌旁，翻看一份报纸。

“抱歉，抱歉！”金于刚仍不忘点头哈腰，“家里有点事儿，不好意思。”

柳少文放下二郎腿：“呵呵，我也刚到，没什么事，就过来了。请坐，请坐，老同学。”

金于刚想到学生时代的打打闹闹，不由得嘿嘿一笑，拉开椅子坐下。

“领导怎么有空？”金于刚本来想说自己“诚惶诚恐”之类，感觉那太空，“又来视察吧？”

“哪里，我被那什么了，”柳少文叹一口气，苦笑说，“就将发配来这里来。”

发配？什么意思？犯什么事了？金于刚不由得朝左右看了看。心里暗想，在这样的情况下，这小子为什么找我？

柳少文没有注意金于刚的神色，只管自己说下去：“我知道是怎么回事，我知道是有人想黑我，我也知道是谁。”

金于刚心里咯噔一下，那个谁是谁，总不至于是姓娄的吧。他没敢搭腔，小心为要。

“不过，没什么大不了，走着瞧，看他能把我怎么样。”

“对对对，没什么大不了，谁怕谁啊。”金于刚来了个空对空。

柳少文笑了，抬眉笑笑说：“老同学聪明。”

“见笑，见笑。”再来个空对空。

“这样吧，咱哥儿俩不来虚的，我跟你说实话吧。”

“对，就实话，不来虚的。”嘴上这么说，心里还在嘀咕，你能跟我讲什么实话？

万万不敢想，柳少文接下来的话还真让他吃惊不小。

听柳少文的意思，过段时间，他将下派来於州，职务是市委常委、副市长。

柳少文说他不愿意，可这根本由不得他愿意不愿意，而且，要不是他有个妻舅，他根本轮不上当这个常委、副市长，说不定一撸到底，说不定……

柳少文不愿意来於州，是“赤眼对烟柴头”的，受不了。然而，是他妻子非叫他回来不可，说是方便管事，否则，她扬言，宁可叫他当个平民百姓。

柳少文又说，有些事不方便说给金于刚听，怕的是没有不透风的墙。

金于刚似乎明白了，柳少文找他的目的是叫他做内线，留心那个人有什么值得关注的对柳有价值的动静之类。

至于“那个人”，两人都没有点明，心照不宣。

必要的话说得差不多了，两人就出了水流时光，站在门口，又聊了几句。金于刚忽而灵机一动，伸手朝右前方指了指：“要不，上我家坐坐，反正还早。”

“好啊，好啊！”柳少文仿佛就在等着金于刚这句话，连声应道。

凌璧月见老公带来一个陌生人，有点吃惊，礼貌地点点头，做一个笑，正要走开，却被金于刚叫住：“快去泡茶，上好的。”

“呵呵，不客气，不用客气。”柳少文伸手挥了一下，双眼闪着光道，“这位是弟媳吧？”其实，他们两个同岁，按月份，金于刚还大3个月，可柳少文一向喜欢充大。

金于刚稍微皱了皱眉头，又立马恢复笑脸：“对，拙荆，拙荆。”

“弟媳好！打扰，打扰！”

柳少文又伸出手来，凌璧月看看老公，犹豫着，见金于刚表情淡淡，勉强地抬起右手，由着柳少文捉住。柳少文晃了两晃，顺势用食指在她手心轻轻划弄了一下。凌璧月本来怕痒，少不得吃惊般一缩手，脸“唰”地红了，顾不得什么，扭身避进卧室。

柳少文若无其事，金于刚却不无尴尬，自我解嘲说：“小女子气，见笑了。”

说是这样说，金于刚的心里却满是懊恼，说不清是在恼老婆还是气姓柳的，或者，只是恨自己。

柳少文煞有介事地对着正面墙上的那幅唐伯虎的画说："好画，好画，可惜是印刷品，倘若真迹，就海了。"

"那是，那是。"金于刚连声应和，"老同学对画也有研究？"

柳少文回头看看，像是在研究金于刚的神色，随即说："谈不上研究，你知道，我这样的，不得不附庸风雅哈。"

"哦哦哦，对对对。"金于刚不知道自己能说什么，"那你坐，再坐一会儿？"

柳少文还是知趣的，至少他是把金于刚的话当逐客令听的，"哼"了一声说："也不早了，先告辞。今天认认门，往后少不了叨扰。"

"叨扰什么，欢迎都来不及。"说着，跟在柳少文身后，送其到台门口。

柳少文在小巷转弯处消失之后，金于刚像是还舍不得从大门口离开。他觉得自己的脑子有点乱，抬头看看台阶边的石狮子，真想一脚踢飞它，可最终还只是叹了口气，没精打采地回到自家门口的天井里，坐在石桌边，朝亮着灯的窗口吼道："香烟，把香烟给我拿来！"然而，没等凌璧月出来，他又倏地站起，快步进屋，从正往门口走来的妻子手里夺过香烟。

"你什么意思？"金于刚大声喝道，"装什么正经？"

凌璧月稍稍愣了愣才说："你知道他的手……"

"手怎么了？能少你一块肉？"

凌璧月吃惊地望着老公："你……"

"我怎么了？你不知道他是谁？马上要来当市长了，他说一句话就能……就能要你命，知道不？"他心里想说的是"他说一句话就能让我当局长"。

凌璧月不想再说，低垂眼帘，避进屋子。

金于刚在外间坐到半夜，还是进了卧室。凌璧月早已睡下，搂着女儿，一动不动地背朝外。他相信她不可能睡着的，无声地叹一口气，在床沿坐了，试探地抚弄着妻子的脊背，见没反应，叹息道："别生气了，是我不对，行了吧。"

凌璧月动了动，但没作声。

金于刚似乎已经满意，转身上床，躺下，又往妻子身边移了移，然后从妻子身上拉过半边毛毯。

迷迷糊糊一晚上，早上起来，凌璧月觉得头晕晕的。近些日子，头晕似乎成了家常便饭，可这天她感觉有点异样，头昏脑涨，昏昏欲睡，也许是夜眠不安所致，问题是肚子还跟着作乱，有一种从来没有过的下垂感。她不能不想到那种病，那种花钱治不好的病。当年，妈妈就是因为那种病去世的，发现到确诊，再到去世，短短 4 个月时间。听人说，这种病有家族因素，她的外婆与舅舅全都深受其害。会不会自己也是如此？

翌日，心神不定地安排完晨间必不可少的一切活计，等金于刚上班走了，凌璧月抱起忆忆也出了门。她把女儿放在姐姐家，姐夫是老板，经营钢材生意，家境好，姐姐不用上班，无所事事，又喜欢忆忆，时常把忆忆哄去做伴。

凌璧月打算去医院检查一下。可一出姐姐家，走在熙熙攘攘的上班人流里，她突然改变主意。万一查出有什么，自己能怎么样？治还是不治？这种病，万一被确诊，几乎不会有治愈的希望……

如此一想，小腹的坠痛感觉更明显了。

浑浑噩噩地回到家里，不知道自己应该做些什么，就拿了瓶风油精往前额与太阳穴上抹了一通，然后，眯着眼睛，立在窗前吹风。

梁春光的关切令她感动，她勉强挤出了一个笑，双眼却溢出了泪水。

“璧月姐姐，你怎么哭了？”梁春光惊讶地问。

凌璧月下意识地抹了抹眼角：“没有呀，我没哭，是刚刚搽了点风油精。”

“那，我去舀桶水来，把脸泡进水里，马上就好。”梁春光边说边往井口跑，那里有一只公用的吊水桶。

“哦，不用，不用，一会儿就好。”凌璧月说着，泪水更多了，连鼻子也跟着起哄，这让她有点尴尬。

见梁春光已经把井水打了上来，凌璧月连忙说：“春光，不用了。我有点累，去睡一会儿。”说着，她关上窗子，定定神，回到床上躺下。

身心疲惫的凌璧月迷迷糊糊地睡了过去。

也不知道过了多长时间，她被轻轻的敲门声惊醒，一瞬间，有一种身在何处的恍惚感，但她还是很快清醒过来，坐起拢了拢头发。

又听到轻轻的叩门声。

她不无谨慎地出声问道：“谁呀？”

外面不作应答，还是“笃笃”。

她扯了扯衣服下摆，过去打开门，见到的是一脸怪笑的柳少文。

“你？”她有些诧异，但并无慌乱，“找于刚？他上班去了呀。”

柳少文"嘿"道："不找他，不找他，就来看看你。"

凌璧月急忙退后一步，紧张地瞪着面前这个男人："看我干什么？"

这下柳少文的笑堪称怪异了："秀色可餐嘛，这么漂亮，我……"说着，他朝后伸出左腿，往后蹬了一脚，门砰然合上。

凌璧月大惊失色，条件反射似的抱紧前胸："你，你要干什么？"

柳少文并不作声，出手迅疾地搂住凌璧月。凌璧月还来不及发出惊叫，柳少文已经熟练地用早在手里攥着的手帕捂住了她的嘴……

凌璧月一直在哭，强压着喉咙里怎么也憋不住的呜咽，流泪，流泪，直到金于刚进来。

面对妻子的披头散发和满面泪水，金于刚似乎没有多少惊讶，他只皱起眉头，用随便的口气嘀咕了四个字："又怎么啦？"

凌璧月终于爆发了，放声号啕。

其实，他一见眼前这些，心里就明白了，但他觉得还该确认一下："姓柳那小子？"

凌璧月没有回答，只是哭得更凶了，几乎喘不过气来。

金于刚无奈，摊了摊手，朝屋角顶部看看，然后搬来一枚方凳，上去，从那个角落里取下一个针孔摄像头。从凳子上跳下来的一刹那，他偷眼瞟向妻子，她依然一动不动。他想，至少得做一个姿态，于是，狠狠一跺脚："这浑蛋，欺侮到我头上来了？！我找他算账，做了他！"说完，没容凌璧月有什么表示，他拔腿就走。

说他不气愤是不可能的，起码他自己还认为他是有尊严的人。然而，这会儿他的这种尊严已经让得意征服了。姓柳的，算你有种，老子不跟你扯没用的，你的把柄在我手里，接下来，我会要你好看，接下来，你得按我的意愿办事，否则，哼，叫你吃不了兜着走！

然而，跑了一圈，找遍了柳少文可能去的地方，就是没有人影，谁也不知道那东西去了哪里。

没精打采地走在路上，想回家，又不愿，真的不想再面对妻子。他自己也搞不清原因，是嫌弃还是厌恶，听说过所谓的七年之痒，可他们还没到5年，怎么越来越乏味了。他抬头望望天上，见不到月亮，也见不到星星，记得两人热恋的时候，经常手牵着手去於江大桥上吹江风、数星星，星星呢，让云遮住了?

真没劲!

要不去找穆穆，好多天不见她了，还真的怪想她的。

穆穆是他手下，也可以说是助手，年纪轻轻的，老公死了，才刚满 25 岁，独守空门。走吧，说不定正等着我呢。

这事按下不表，还是再回到台门里去。

平日里，员外人家起得最早的是顺风婆婆，这天也不例外。

天刚蒙蒙亮，“吱呀”一声门响，顺风婆婆出来了，手执一把扫帚，开始她习惯了的每日一课——清扫天井。

顺风婆婆一般是从自家门前的天井边沿开始，一步一步逆时针转。天井扫完了，还有回廊。打扫回廊则是从金家门口开始。顺风婆婆由东侧厢房中间的台阶上到廊下，朝北扫过去，忽然感觉扫帚碰到了什么，仔细一看，一个人，是一个人的脚。顺风婆婆七十有余，老眼难免昏花，收回扫帚说：“你比我还早啊，这么早舀水做什么，阿月囡?”

被她称作阿月囡的凌璧月一声不吭，一动不动，顺风婆婆不由得直起腰身察看。不看没什么，一看，尖声大叫：“出人命了，快来人啊，出人命啦!”

紧接着，只听见有人大吼：“风婆婆，怎么回事，谁啊，谁?”

顺风婆婆还没来得及说话，也许是她说不出话来，南边倒座屋偏间的门“嘎”地开了，出来的是佟源，边跑边问：“怎么回事?怎么回事?”

顺风婆婆还是说不出话，只用手指着旁边的七石缸，浑身抖个不停。

天已大亮。佟源看清了，一个人弯腰伏在缸沿上，双脚离地，头部连同颈项浸在水里，水面正漾着浅浅的涟漪。

佟源不能确定这人是谁，从身后大开着的门扉判断，是金家的女主人。

这时，又出来几个人，大家或近或远地呆立着，一时，像是没人敢说话，没人敢动手。

最后，还是佟源回头对身后的众人说了一句：“先，先捞出来?”

果真是凌璧月。

任楚楚走到金家门口，伸头往里探了探，先是试探性地轻喊：“金于刚?”见没回音，把声音放大了：“金于刚!金于刚!!”

“不在?”几个人面面相觑，“怎么能不在?”

凌璧月的身子已经僵硬，体型像个巨型的虾公。

任楚楚带头，几个女人都哭出声来。

“别哭了！”这回说话的是毕东台，口气颇有些威严，“大家说说看，该怎么办？”

“这还用说？”任楚楚蹲在凌璧月身边，把一绺滴水的头发撩到她耳后，“先找金于刚这浑蛋。”

“要不，先报案吧？”佟源悄声问妻子。

听到“报案”二字，任楚楚腾地站起身，她想到了这几天看的电视剧，想到了保护现场：“对，赶紧报案，保护现场。”

公安人员很快赶到了。

现场勘查与检验结果，排除了他杀。有两种可能：一是自杀，二是失足溺亡。

大家比较认同失足，但也有人觉得可能是自杀，理由是近日来凌璧月总显得比较忧郁，尤其昨天，还有人听到她在哭。

邻居们一直在等待金于刚回家。

近午时分，金于刚踉踉跄跄地回来了。

得知妻子已经溺亡，这人似乎半天没反应过来。等见到被放在床上的尸体时，他一下子就被吓醒了。呆呆地瞪着看了半晌，冲过去扑倒在尸身上，哭得个地动山摇。最后，惨烈地喊出一声：“璧月啊，是我害了你呀！”随即就晕死过去。

金于刚是在医院里醒过来的。

在医院里，他把一切的一切都向公安人员做了交代，包括柳少文，包括针孔摄像头，包括凌璧月哭泣。

这事引起了有关方面高度重视。经调查核实，柳少文说的将到於州任市委常委、副市长之类纯系子虚乌有。真实情况是，柳由于受贿、贪污及乱搞男女关系等腐败行为已被停职，在有关方面还未正式控制他行动自由之际，他私自跑来於州，作案之后，一度失联，但有关方面不是吃素的，很快在云南边境将其捕获。

金于刚的升官梦破，精神受到强烈刺激，在凌璧月下葬之际，突发癫狂，疯了。

凌璧月虽已去世，但她人缘好，全台门老老少少35口参加了她的告别仪式后，直送到墓地。

大伙儿集体返回台门。

头一个进大门的是梁春光。

“啊，这么香！”

众人先后也进了大门。

“真的好香呢。”

“什么花？”

范爷爷用权威的口气说：“白玉兰又开花了。”

“白玉兰？”好几个人异口同声。

范爷爷的声音有点沉闷：“异兆啊！”

“什么叫异兆，范爷爷？”梁春雷挤到老人身边问。

“是阿月显灵了吧？”顺风婆婆颤抖着声音说。

“嗯，有道是香消玉殒，可她啊，玉殒了，香不消……”

这是范爷爷的叹息。

11. 月夜惹的祸

8月16日，农历七月十三。

月亮已经升起，星斗伴月，就是一个美。

顺风婆婆在花坛边的石桌上摆了香烛，双十合一，念念有词，低头拜了三拜。

坐在廊檐下一张竹榻上的梁春光见状，好奇地跑过去，盯着老太太的脸问：“顺风婆婆，您在说什么，跟璧月姐姐说吗？”

老人并不搭腔，看了眼男孩，摇头晃脑地走开了。

范爷爷在天井西边的躺椅上呵呵笑着：“小鬼头，老太婆在拜祖宗大人。”

“祖宗大人？什么祖宗大人？”

“小鬼头，祖宗大人都不懂？”老人家又呵呵一笑，从躺椅坐直起身子，“就是不在了的爷爷嬷嬷、太公太婆……”

梁春光眨眨眼睛，走到老人跟前，蹲下身子说：“我明白了，就比方我死去了的爷爷奶奶，还有太爷爷太奶奶。”

“对，”老人拍了一下孩子的脑袋，“聪明。”

“那为什么顺风婆婆要在天井里点香呢，屋子里不行吗？”

“其实，也不只是请祖宗大人，还有死在这里的先人。所以，在外面请。”

“请？”小家伙又疑惑了。

“哦，就是拜嘛，”老人倒也不厌其烦，“请祖宗，请大人都是请，都是拜。”

梁春光回头看看正氤氲着袅袅轻烟的三炷香，不自觉地抽了下鼻子。

“那，为什么今天拜，哦，请呢？”

“你知道今天是什么日子？”

“不知道，”梁春光摇摇头，可立马又否定，“不，我知道，今天是8月16日。”

“对，8 月 16 日，阴历七月十三。”

“七月十三？”

“对，今天是七月十三。”范爷爷躺下身子，眼望东方天边，一轮差不多圆了的月亮正悄悄爬上屋顶。

梁春光顺着老人的视线看去：“哦，月亮快圆了耶！”

“你知道吗，今天是地藏王菩萨的生日？”

“地藏王菩萨？”梁春光直起身子，坐在旁边的一把竹椅子上，肘部着腿，双手支颐，“谁是地藏王菩萨？”

“哦，地藏王原来是高丽王子……”

“高丽，什么叫高丽？”

“哈，高丽就是现在的朝鲜，以前叫高丽。”

孩子点点头，表示明白了。

范爷爷接着说下去：“今天，七月十三，是地藏王菩萨的生日。”

“哦，顺风婆婆还在请地藏王菩萨。”

“还是早点回家的好，这两天最好别到外头闲逛。老古人说的，七月十三这几天，走夜路，听到背后有人叫，千万别回头，千万不可收陌生人的东西赠予，也不要跟陌生人说话。记住，宁信其有，勿信其无，明白吗？”

“我才不信呢。”梁春光不以为然。

“好好好，你不信，玩去吧，老太公我可要睡去了，年纪大了不能熬夜。”说着，老人缓缓立起，把躺椅推移到天井边沿，在梁春光的肩膀上按了一下，然后，登上廊檐，蹒跚回了自己的屋子。

梁春光回到竹榻前，望望天空，咕哝道：“这矮脚虎怎么还没来？”

矮脚虎是他同学，大名孙旺英。有个叫万友友的小子极富想象力，把旺英叫成了王英。又问大家，知不知道王英是谁，然后自问自答：“梁山好汉呀，王英，矮脚虎王英，哈。”从那之后，孙旺英成了矮脚虎，其实，孙旺英长得不矮，个子算不得数一数二，座位却在最后一排。

暑假里，几个同学每晚都会聚到员外人家来，谈天说地，讲笑话，猜谜语。最近几天，还是万友友起的头，大家的兴趣集中在水泊梁山，昨晚说好，白天看书，乘凉时再一起讨论，讲好今晚说 108 将排座次，看谁说得全，记得准。

梁春光正想跑出门去，弟弟过来了。

“哥哥，哥哥，快猜个谜，”梁春雷一屁股坐在了竹榻上，挨着哥哥，闪着映着月光的双眸说，“高高山，低低山，高高山上一只碗，落雪落雨落勿满。哥哥，谜底是什么？”

梁春光却很不耐烦，挣开被弟弟的手臂，站起身说：“鸟窝，小鬼头！”

梁春雷依然兴致勃勃：“哥哥真聪明！那，高高山低低山，高高山是一班小强盗，走个出来杀个掉，是什么？”

当哥哥的，正满脑子宋江、林冲，随口答道：“梁山好汉。”

“哈哈，哥哥错了，”弟弟很开心，拍着小手说，“是火柴。”

梁春光正要说话，听得有人声传来，他一下子兴奋起来，快步跑过去，果真是万友友他们几个。他心里高兴,可也免不了怪上一句：“你们怎么回事，到现在才来？”

矮脚虎指指万友友：“你就问他。”

“别提了，”梁春光还没开口，万友友就说开了，“都是我外婆，说今天是什么七月十三，小孩子晚上不能出门，我还是趁她不注意溜出来的。”

几个人一边说，一边在竹榻边坐下，万友友还摆了个盘腿而坐的姿势，然后双手合十，口中念念有词：“阿弥陀佛，阿弥陀佛……”

梁春光“扑哧”一笑：“别装神弄鬼了你！”

矮脚虎却不失时机地悄声问：“真的有鬼啊？”

就在这时，阿光一摇一摆地走了过来。他找了个空档，自说自话地就势一坐，然后还用他那尖瘦屁股往旁边撅了两下，意欲扩大地盘。

矮脚虎率先埋怨：“干吗啊你！”

梁春光一向自称是当方土地，当然容不得自己朋友遭排挤，便立马推搡了大头鬼一把：“你走开，我们有事。”

“做什么，做什么？”

“走开！”

“为什么要我走开？竹榻又不是你家的。”

“你……”梁春光一时语塞。

竹榻是金家的，当初，梁春光他们经常围在旁边听凌璧月讲故事，现在凌璧月死了，金于刚又进了精神病院，竹榻暂时无主，像是成了公共财物，所以，面对阿光的责问，梁春光底气不足。

阿光嘿嘿一笑，以显他的大度："不就是讲故事吗？要不要我来讲一个？"

几个孩子面面相觑，不知道该说什么。

梁春光心里明白，这大头鬼就喜欢霸占这张竹榻，如果他们先占了，阿光总要挖空心思挤走他们，独霸竹榻，然后躺在上面一觉到天亮。

阿光又向两边搡了搡："你们的破故事有啥听头，来，我讲个好听的，讲鬼要不要听？"

鬼故事最好听了，但孩子们明白大头鬼的心思，一律不予搭理。

阿光并不气馁，一边用瘦骨伶仃的身子往万友友身上拱，一边胡诌："今天是七月十三，知不知道？"

孩子们还是不理睬，只有小弟弟梁春雷立起身，朝哥哥看了看，然后，噘着嘴走开了。

众人散了，梁春光又在竹榻上躺了下来。妈妈出差去了，爸爸不习惯管他，所以，梁春光决定安排自己在这廊下睡个通宵。

迷迷糊糊的，也不知道过了多久，梁春光被凉爽"冻"醒了。不过，他还不愿意回屋去，朝外翻了个身，继续睡。

懵懵懂懂的，梁春光似乎听到了什么细碎的响声，仔细一听，很轻，毕毕剥剥的，感觉有些奇怪，不由得睁开眼睛。

不看不知道，一看吓了一大跳。

前面的倒座房最边上那间闪出一片红光，梁春光年纪不大，脑子却特别灵光，他禁不住跳将起来。

"着火了！"梁春光跑到天井中央，声嘶力竭地大喊，"着火了！着火了！！"

果不其然，西南角阿光的屋子火光冲天，哦不，应该是火光冲屋，也不对，是满窗红光！

红光并非平平静静的那种，闪闪烁烁，飘飘荡荡地直晃动。

天暖就这点好，起床方便，不用里里外外穿一件又一件的衣服。所以，几乎是梁春光话音刚落，好几个人就从屋里冲了出来，一齐奔到阿光家门口，领头的佟源把呆立门前的梁春光一把推开，不顾一切使劲撞开门，率先冲进。梁天成紧随其后，他头脑清醒，利索地在门口的七石缸舀了一桶水。

然而，冲进门后，梁天成却不知道该把水泼往哪里。

屋子里的火似乎着得很是热闹，梁天成看到，熊熊燃着的火就在他的头顶飘飞，不时还有火直往下落。他定定神，这才看清，稀里哗啦飘舞着的火片只是一些糊在屋顶下隔热板上的旧报纸。另外，光板床上的篾席以及挂在床上的蚊帐大部分已成灰烬，尚有几缕火苗在焦黑的篾席残片上蹿。

屋主阿光光棍一条，几乎家徒四壁，除了木板床，仅有的一桌两凳居然安然无恙，倒是桌上那盏没了玻璃罩的煤油灯正摇曳着豆大的火苗。

余火很快灭尽。

这时，梁天成想到阿光，这家伙上哪儿去了？

梁春光听得爸爸这么一问，张了张口，又及时刹住。

不知道是不是阿光的第六感被搭上了线，正在大家对“大火”的成因争论不休之际，阿光回来了。

见那么多人聚在他家的门里门外，阿光惊讶得简直迈不开步子。他压根儿不知道出了什么事。

邻居们的注意力还集中在火灾上，所以对一步一挪的屋主人视而不见。还是梁春光头一个发现，几乎是惊叫失声：“大头鬼！”

大伙儿回过神来，七嘴八舌地追问：

“阿光，你去哪里了，半夜三更的？”

“你为什么放火？”

“你这大头鬼，想烧死我们啊？”

…………

阿光一时没有注意到他的屋子有什么变化，更不明白周围这些人说的是什么，他的目光不时地在各人的嘴巴上流转，张口结舌，不知道如何应对。

还是梁天成看出了，阿光的木乎乎必定另有蹊跷，他过去扯了阿光一把，两人走到门外，梁天成把情况大致说了一遍，最后问阿光：“你出门时，有没有在屋子里烧过什么？”

“没有，”阿光摇摇头，肯定地说，“没有，我晚饭跟寿光毒头在东悦来吃的，他有事要我帮他。”

“你几点钟出门的？”

“不知道，我又没有手表。”说着，他指指跟出来的梁春光，“你问他。”

梁春光没想到阿光会把手指向他，一缩脖子，赶紧躲开。

梁天成没再纠结于此，继续问阿光：“你想想看，出门时，有没有在镬窠里烧过什么？”

“没有，没有，绝对没有。”阿光坚决地摇摇头，然而，眼珠子一转，却又说了一句：“前半日烧过。”

“哦？”

“焐了两只脚爪，猪脚爪。”

“前半日？”梁天成想不明白，前半日是指上午，即使上午烧过什么，或者蔓延到了什么易燃物，也不至于直到晚上才“大火熊熊”吧？

一定另有蹊跷，梁天成这样想着，就屋角屋落搜看起来。先当然看镬窠，那时候，每家每户用的还都是烧柴草的镬灶，也叫镬窠。由于封山育林，很少有木柴烧，大多农家用稻草做燃料，阿光自然也不例外。可是，看看镬灶口，不但见不到一丁点儿火星，连烧过的草灰都所剩无几。阿光懒得出奇，镬窠里理应积下大量的草灰，所以，梁天成有点奇怪。

他回头问一旁呆若木鸡的阿光：“你这回倒勤快，镬窠里的草灰呢？”

阿光朝门口一指：“撤清爽，畚到灰篰里了。”

梁天成也不多说，从灶前凳上站起，又去看别处。到得那张床的脚后部，只看了一眼，就一声大喊：“啊呀，这里还在着……着火！”

众人一听，全拥了过去，顺着梁天成的指点，果真，木板床靠墙一侧，那根长在墙壁中的木屋柱居然有个碗口大的黑块，黑块中间似乎有个洞，边缘一圈甚至闪着几星看似微弱的红焰！

谭佟源赶紧跑到屋外，他发现，紧靠屋柱处放有一只灰篰，这个灰篰靠墙一侧的竹编已然完全燃没。

于是，七嘴八舌的讨论热热闹闹地展开了，最终得出一个应该是非常合理的结论。

俗话说，冷灰里能爆出热栗子，不要小看草灰，它着实厉害。

大家一致认定：正是阿光难得的勤快，险些酿成大祸。

阿光自己说，他是见镬灶口的稻草灰实在是多得不像话了，才狠下决心动手撤灰的，灶口的灰清得差不多了，最后又把镬窠洞里的灰也清理了一下。当时，他根本没有想到，最后倒进灰篰的是热灰，正是这些热灰先慢慢烧穿了灰篰，又慢慢把火燃到了屋柱。可以想见，这个过程非常缓慢，等着火缓缓地悄悄地燃着穿过屋柱，抵达屋柱的另一面，并且轻而易举地点燃紧靠在屋内床边的蚊帐下缘，之后的情况就更不得了了。火势借着轻薄的帐纱迅速向上蔓延，火舌终于舔到隔热板，贴在板上的旧报纸开始大面积燃烧，终于，燃着了的纸页带着火一片又一片掉下，落在煤油灯裸露的灯芯上，终于，煤油灯被点亮。

于是，屋内一片火海景象……

有一点得说明一下，前不久，台门里家家户户都装了电灯，唯阿光除外，原因是他说他没钱，装不起，也用不起电，所以，一直还在用“美孚灯”。

然而，大家就是想不明白，这么干燥的天气，火过之处，木床、隔板之类也全是干燥无比的木材，火为什么对它们竟“秋毫无犯”？

就在大家七嘴八舌议论不已时，阿光突然冲到天井中间，双膝跪地，双手合十，然后以头抢地，嘴里高声叫喊：“神灵保佑！菩萨保佑！”

大家跟着跑出门去，先是全体静默，继而终于哈哈大笑道：“这大头鬼，半夜三更里，叫什么叫？”

12. 王婆卖西瓜

金家的门不知道有多少天没被人敲过了。

这天，听到“嘭嘭嘭”的敲门声，还真把正埋头整理天井的顺风婆婆吓了一大跳。

顺风婆婆其实不叫顺风，她姓王名荼蘼。从这个名字上可以看出，她出生在荼蘼闹猛的农历五六月间，也有人猜测，为她取名的人肯定很有文化，否则，即使墙上挂满着成串的花朵，也不可能想出这种高雅的名字来。顺风婆婆却说，她爹她爷爷全是一字不识横横的粗人，她的名字是一个走巷串户的换糖佬取的。

很久以前，大家都叫她荼蘼，有了顺风之后，她成了顺风妈。

顺风的父亲刘大牛患血痢早就死了。

刘大牛走了后，王荼蘼，也就是顺风妈，靠帮佣、洗衣，甚至拾破烂之类，辛辛苦苦地养大儿子。儿子也懂事，四五岁时就开始帮娘干活。

11 岁那年，刘顺风上山折树枝做柴，不小心跌下山崖，摔断了腿，从此就有了个顺风瘸佬的“雅号”。

都说王荼蘼命不好，刘顺风 16 岁那年，见几个地痞流氓欺侮一花季女孩，拖着病腿奋力冲上前去解救，结果，寡不敌众，被那伙人活活打死。

那一年，王荼蘼才刚 35 岁，猝然丧子的苦痛令她当场晕厥，虽经邻人相救，渐渐活泛过来，可没几天工夫，一个不失标致的少妇摆出了满脸的衰败。

老公与儿子死了，王荼蘼失去了依靠，也没了希望，什么都得靠自己扎硬。不少人劝说她再找个人家，可她执意不肯，为了活下去，索性干起了专职的帮佣活儿。她是一个认真负责的人，几十年来，始终颇受主家们的好评与欢迎，不夸张地说，许多人都争相雇她，时不时地还有上海杭州的人慕名请她过去，然而，她一律婉拒，理由只有一个，那就是她离不开那两堆荒冢。她三天两头要过去看看，说一些谁也听不明白的话。

30 多年一晃而过，王荼蘼老了，能不老吗，年近古稀。不知是谁开的头，对她的称呼从顺风妈过渡到了顺风婆婆。

顺风婆婆苦出身，身体素质却好，加上世事纷繁见得多，许多眼前见闻，在她的感觉里，早已算不了什么。如此这般，老了老了，她倒反而活得更潇洒自在。再加上有政府关怀，把无子无女的她列为五保户，至少不至于缺米少柴。

于是，顺风婆婆成了台门中的义务保洁员，别的不说，每天的清扫，天井、回廊、台阶，上上下下，角角落落，全是她的活儿。邻居们夸她赞她，她也就笑笑，说上一句："得动动，不动，筋骨痛。"

这天，顺风婆婆如往常那样，正在天井里几个花坛拾掇，不经意间，听得有敲门声响起，抬头看时，凌璧月家门口有两个人。她不由得直起腰身，遥遥地问："你们找谁？"

"哦，阿嬷，璧月，璧月在不在家？"那个中年汉子回应顺风婆婆。

还没等顺风婆婆开口，男人旁边的那个年轻姑娘又敲起门来："璧月姐，我是竹青，开开门。"

顺风婆婆把手里的残枝败叶放在身边的畚箕里，一边走，一边说："璧月她不在了。你们是……"

姑娘回头看着走近了的老人问："阿嬷，璧月姐去哪儿了？"

"唉，"顺风婆婆叹息道，"她不在了，是，是去了……"显然，老人不愿意说那个字，只用手朝天指了指。

"啊？"姑娘吃惊地捂住嘴巴，"怎么会，上个月，我还收到过她的信呢。"

"是真的，来，上那边坐一会儿。"老人领头走下到天井，在石桌边停下，待两人坐下后，她才又叹了一声。

随后，老人把前些天发生的事哭诉般向两位来客叙述了一遍。

中年汉子始终没有开口，脸色凝重，显然非常震惊。那姑娘却边听边抹泪，眼睛始终盯着凌璧月家的门。

顺风婆婆说完，看着姑娘问："你，你们以前是不是来过？"

姑娘抽了一下鼻子："是，来过几次。"

“怪不得这么面善，”老人点点头，“亲眷啊，跟璧月？”

“哦不，璧月姐是知青，以前住我家。”

“哦，这就跟亲眷差不多了。”

接着，两人就像老熟人那样说开了，中年汉子基本上只是听，难得插上一两个字。

顺风婆婆本来就是个自来熟，说着说着，情不自禁地拉住了姑娘的双手：“璧月活着时，我们也像亲眷，亲眷的亲眷，也是亲眷。这样吧，去我屋里坐坐，晏饭在我那里，昨天阿侄正好有条大鲤鱼送来，醋鱼，尝尝我的手艺。”说到这里，老人用手朝南指了指，“我就住这儿，走，去我那儿。”

听她这么一说，中年汉子立马站起身，抱抱拳，开腔道：“多谢多谢！可我们得走了，还得在城里办不少事，下回再来打扰。”

“爸，怎么跟武打片似的。”姑娘撒娇式地嗔怪父亲，继而转身向顺风婆婆：“阿嬷，今天真的有事，下次，我们再来吃你的醋鱼。”

姑娘拉着顺风婆婆来到璧月家门口，顺风婆婆看到，那里放着两只蛇皮袋和一条扁担。姑娘弯腰解开其中一个蛇皮袋袋口：“阿嬷，这儿有几个西瓜，自家种的，沙地西瓜，特甜，本来……你留着慢慢吃，这么重带回去犯不着。”

“这怎么可以，这怎么可以？”顺风婆婆一个劲地推让。

姑娘不再多说，拎起袋子就跑，见那间屋敞着门，回头朝顺风婆婆笑笑，二话没说就把两袋西瓜拎进屋子。

姑娘的动作让顺风婆婆看得有点目瞪口呆，她似乎不知道应该再说什么，跟在姑娘后面无可奈何地叫唤：“哎哎哎，这可使不得，使不得。”

中年汉子则赞许地望着女儿，嘿嘿笑。

姑娘从屋子里出来，拉着跟过来的父亲，满脸春风地对顺风婆婆说：“我们先走了，阿嬷慢慢！”

顺风婆婆顾不上再说什么，只能冲着父女俩的背影奋力直追，等到他们的背影消失后，才像突然想起似的喊道：“那么多西瓜，叫我吃一生世啊？”

像是跑累了，顺风婆婆一步一步走进她那个小屋。蛇皮袋就赖在竹椅子旁边。她怔怔地看了半晌，终于弯下腰将一个袋子的袋口翻下，里面有五个瓜，翠皮的，绿得诱人。她嘀咕着：“小姑娘气力真大，”说着，她又直起身，把袋口归拢，试着拎了一下，“两个袋，怕有十个吧。”

不知道是不是拎西瓜累着了，顺风婆婆感觉很是乏力。她移到床边的一把旧藤圈椅上坐下，身子向后一靠，又喃喃自语：“唉，那么多瓜，叫我吃一生世啊？”

“顺风婆婆，什么东西叫你吃一生世啊？”

梁春光突如其来出现在门口，冷不防吓了老人家一跳，她拍拍胸口怪道：“小讨债，想吓死我老太婆啊！”

梁春光来了个立停跳，一下子蹦到老人跟前，嘻嘻笑着：“婆婆，您吃什么吃不完，我帮您。”

“喏，”老人指指蛇皮袋，“那么多西瓜，你要吃？”

梁春光过去一看：“哇，婆婆，这么多，您自己种的？”

“什么呀，是璧月的乡下亲眷……”

顺风婆婆如此这般地说了一通，最后说：“你说，这么多西瓜，怎么办？”

梁春光哈哈大笑：“这有什么难办的，发动群众吃呀，我一定带头。”

顺风婆婆瞪着小家伙，知道他是在开玩笑，干脆就不理他。

梁春光见状，连忙换成一脸正色：“婆婆，不用犯难，可以卖的，你，哦，我们帮你到弄堂口摆个西瓜摊，真的，我们学校门口就有两个西瓜摊，生意好得唻！”

“这可不行，西瓜是人家送给璧月的，再说……”

“璧月姐姐不是那什么了吗？人家乡下亲眷已经送给你了呀。”

老人又叹了口气，朝门口看了一眼：“再说，不还有金于刚吗？”

“嗐，他？你去那个地方找他？”小家伙很无奈，就地转了个圈，用几近恨铁不成钢的口气接着说，“婆婆，您搞搞灵清，他们已经是送给您了的。”

老人似乎理屈词穷了，张张嘴，没声音。

梁春光颇有气势地挥了挥手：“下午，就下午，我，再叫上万友友、矮脚虎他们。”

顺风婆婆是不知道，梁春光早就在动脑子帮她做点什么。一方面，他听说过不少关于老人的辛苦，也见过她始终如一为大家的勤劳付出；另一方面，有他的小心眼儿，学校经常教育大家要做好事、乐助人，事实上，这一段时间，他也老是为找不到好事做而苦恼。昨天，他与两个死党就特地到马路上等从农村来的手拉车，目的是帮拉车人推车，在他们的印象中，这是非常现成的好人好事。

说干就干。

梁春光立马叫来两个小铁杆，按照学校门口那个西瓜摊的样子，在弄堂口的马路边，像模像样地摆开了架势。

一张小方桌，两条长板凳，还有一柄尺把长的水果刀，加上一个防蝇纱罩，全是梁春光从自己家里搬出去的。

摊头安排停当，让矮脚虎在小桌子旁看管，梁春光这才同万友友一起回到台门里，半拉半扯地把顺风婆婆搀扶到弄堂口。当然，西瓜是不可以忘记的，只不过，用梁春光话说，这叫试营业，所以只挑了一个大的，有10来斤重，让万友友捧着。

起初老人不太明白两个孩子什么意思，等到了摊前，才恍然大悟，睁大她的那双还不失光亮的眼睛，拍拍大腿惊讶道："你个小讨债，还真要卖西瓜啊？"

三个孩子乐了，笑得很开心。

正乐着，梁春光突然一声惊呼："忘了，忘了，还是忘了。"

没等人家反应过来，梁春光吩咐矮脚虎："你看着婆婆，还有摊头，我们马上回来。"还没说完，他就拉着万友友直往家里跑。

不一会儿，梁春光拎着一只塑料桶，里面有半桶清水，万友友手里是一块抹布，一只苍蝇拍，还有一只铝合金空饭盒——这个饭盒曾经是他用来装零钱的。上次学期结束时，学校组织为受灾地区捐款，他把里面的百把元钱全捐了出去。

顺风婆婆象征性地伸手要去接水桶，让梁春光避开了。

"开张，开张！"满脸通红的矮脚虎早憋不住了，连连喊道。

"好！"梁春光挽起衬衣袖口，边说边操起刀子，"友友，先洗一下瓜皮，放到桌子上，我来切。"

西瓜在轻轻的咔咔声中，先剖成了两半，然后，矮脚虎拎起纱罩，把半只西瓜罩进里头。另一半，梁春光又小心地一分为二，二分为四，四分为八。

西瓜还在切分，这边矮脚虎就叫唤开了："西瓜西瓜，比蜜还甜的西瓜，要吃快来吃，要买快来买！"喊到这里，他忽然想到，悄声问操刀人，"哎，多少钱一块？"

"婆婆，你说呢，一块卖多少钱？"梁春光似乎觉得做不了主。

顺风婆婆显然没想过这个问题，说实在的，她已经忘了自己有多长时间没有吃过西瓜，至于买或卖，就更不用说，所以，她尴尬地摇摇头。

"嘿，就1毛钱一块。"万友友早憋不住了，"你们想，一个瓜算它10斤重，昨天我爸买了个瓜，每斤7分，一个瓜差不多1元钱，比这个小多了，切开了，总得赚一点儿，对不对？所以，就1毛一块。"

矮脚虎立马表态："好，就1毛！"随后，就又开始高声吆喝，"吃西瓜，吃西瓜，甜蜜蜜，顶呱呱，一块1毛，不甜不要钱啦！"

"哈，你个矮脚虎，怎么说话？什么叫一块1毛，应该说1毛一块。人家还以为吃一块要1点1元钱呢。"万友友开玩笑说。

矮脚虎一时没反应过来："什么意思？"

"阿友，你别逗了。"梁春光用膝盖碰了一下万友友的腿，然后，将矮脚虎的话做了点修正："吃西瓜，吃西瓜，甜蜜蜜，顶呱呱，1毛钱一块，不甜不要钱！"

两个同伙自然不甘落后，配合默契地搞起了两重唱："吃西瓜，吃西瓜，甜蜜蜜，顶呱呱，1毛钱一块，不甜不要钱啦！"

顺风婆婆咧着缺了两颗门牙的嘴巴笑了，可她还是觉得这样不好，朝左右看看，耳语般地对三个小子说："不会有人买的，还是回去吧。"

梁春光哪里肯依："婆婆，不着急，马上会有人来。"然后，他又对两个伙伴说："来，一起吆喝！"

这回是三重奏了："西瓜西瓜，比蜜还甜的西瓜，要吃快来吃，要买快来买！"

还别说，真的来顾客了。

"妈妈，妈妈，我要吃西瓜。"

梁春光他们听到这声音，连忙停止喊叫，目光齐刷刷地投向正朝他们走来的两个人。

是母女俩。小女孩看上去四五岁，穿粉红连衣裙，扎朝天羊角辫，肉嘟嘟的小手臂对着西瓜摊挥动。

三个人乐坏了，老人也跟着笑了起来。

万友友显得特别殷勤："小妹妹，哥哥给你挑一块最大最红的。喏，这块，好不好？”

小女孩笑成了一朵花，小嘴巴一翘一翘地说：“不，我要两块，妈妈一块，我一块。”

万友友乐不可支：“好好好，两块，两块。”

万友友双手捧着西瓜递给小女孩时，小女孩又脆生生地说：“小哥哥，大的给妈妈。”说着，她又指着一块显然比较小的，“我要这块。”

这时，妈妈笑眯眯地开口了：“对，宝宝肚子小，小一点的好。”

望着母女俩渐渐远去的背影，万友友不无夸张地赞道：“太感动了，小妹妹实在太可爱了！”

“别酸了吧唧啦！”梁春光调侃道，“好好学学吧，小哥哥！”

“Yes，sir！”万友友咧开大嘴眯起了细眼，脚后跟“啪”地一靠。

也许是从众心理吧，小女孩帮着一开张，马上有几个人围了过来，没几分钟，小桌子上只剩下 1 块西瓜了。

“这不行，得赶紧再拿两个过来。”梁春光说完，撒腿就往回跑。

结果生意还真不错，个把钟头后，3 个西瓜就剩下了 4 块。

梁春光抬头看看天，候到顺风婆婆身边：“婆婆，您累不累？要不，您先回去，矮脚虎，你陪婆婆先回家，我们把这几块买完就收摊。”

顺风婆婆双手支撑小桌站起说：“不用了，都回家，这些我们自己吃，正好一人一块。”

听老人这么说，两个伙伴朝梁春光看看，矮脚虎瞟一眼西瓜，还偷偷咽了下口水。

“好，听婆婆的，我们也打打牙祭。”梁春光拿起最大一块西瓜，双手捧着给顺风婆婆，“婆婆带头！”

老人也不客气，往瓜的中间咬了一口：“真甜，唔，真甜——快，大家吃。”

完事了，把瓜皮们归整了扔进垃圾箱，擦净桌子，三人抬着家什，陪着老人回了台门。

进了台门，桌子长凳之类放在井台边上，梁春光说下回还要用，然后把老人让进家里。

一切妥妥当当，梁春光从口袋里掏出 5 毛钱，连同铝饭盒里的钱票合在一起，放进顺风婆婆的抽屉里，两个小伙伴见了，伸伸舌头，一个说：“我忘了带钱，明天还你。”一个说：“我也明天。”

三人商定，明天，同一时间，同一地点，继续！

吃晚饭时，梁春光绘声绘色地讲了他们的“壮举”，梁春雷不乐意了，说哥哥欺负人，做好事也不带上她。

梁天成对两个孩子的争执不感兴趣，他只问儿子：“顺风婆婆的西瓜，你吃了？”

“是啊，吃了呀，我们一人一块，可甜啦。”梁春光点点头，带点骄傲的口气回答。

梁天成没有再说什么。

饭后，梁天成去了王荼蘼家。

寒暄一会儿，他从口袋里掏出1元钱给王荼蘼，说这是儿子他们吃西瓜的钱。

老人急了：“这怎么可以，我怎么可以收你的钱？”老人一边说，一边坚决推却，“你这样，我多难为情。”

梁天成呵呵笑着：“应该的，应该的。您不用客气，真的。”说完，他连忙退出小屋。

没过三五分钟，顺风婆婆进了梁家，把1元钱交给梁春雷，又脸对着梁天成说：“我谢谢他们都来不及，怎么还能要这钱。”

梁春雷不明就里地傻站着。做哥哥的一步过去抓过钱，跑了出去，又将1元钱放进了顺风婆婆床头柜抽屉。

梁春光当然明白是怎么一回事。按道理，他应该把事情说明白，也就是把他已经为他们吃过西瓜付了钱的事原原本本地跟爸爸说明白。可他觉得没有必要。

梁春光感觉很骄傲，为自己，也为爸爸。

13. 祸福两相倚

顺风婆婆将三个“小讨债”帮她买西瓜的事几乎视作一种友情绑架，这让她很有些受不了。她挖空心思地想找个办法阻止孩子们的好意，最终，总算有了个好主意。她从蛇皮袋里先后取出6个西瓜，每个都切成两半，晚饭后，一家一份分送给台门中的邻居。

顺风婆婆捧着半只西瓜一家一家、一遍一遍解释说明，居然没有遇到什么麻烦，连梁家也就梁天成说了几个“这是怎么说的”，顺风婆婆则一律报以和蔼可亲的笑。

台门里现有13户人家，晚饭时分，除了金于刚一家外，还有朱家依旧黑灯瞎火，门户紧闭。

顺风婆婆敲了几下朱家的门，没有反应，嘀咕道：“怎么一点声响都没有，不在？”

顺风婆婆从廊下退到天井边上，似乎不那么甘心，又回头冲着朱家门喊道：“小朱，朱四海！”没人理她，老人只好摇摇头，往回走。

大家说朱四海是个天才，当然也有人说他是“怪才”，聪明是公认的，只不过他的确很有点怪。

对台门里的人来说，朱四海第一个怪就是他的不理人。无论谁，平时与他打招呼也好，有事找他也好，他一律不理不睬，最多也就是目光闪烁地瞟你一眼，表示他注意到了你。唯一的例外是顺风婆婆。顺风婆婆笑嘻嘻地叫他，叫他“阿海囡”，他就回一个同样的笑嘻嘻，不过是无声的那种。

住进员外台门以后，邻居们很少有人听到过朱四海说话。于是，便有人问了顺风婆婆，这才知道，原来朱四海患有所谓的胎里疾。

首先，是一种先天性的生理缺陷，兔唇，医学术语叫唇裂。虽然后来去上海找专家动了手术，外表上似乎看不出大的异常，可一说话，就不行了，发含Z、C、S之类的辅音字时，在他嘴里，都成了后鼻音ŋ。小孩调皮，经常会笑他学他，这让他从小就感觉到了强烈的自卑，慢慢地，这种自卑又成了病态的自尊。

另外，胎儿时期，朱四海的双腿看不出有什么异样，等后来学着站立，尤其学着行走时，却发现他的双腿左长右短，虽然差得并不太多，然而，一脚高一脚低的，无论他如何注意，都改变不了跛行这个事实。

所以，除了尽量不说话，朱四海平时能不走动就不走动。

怪的还有很多，不提也罢。还是说说说他的才吧。

都说上天关上一扇门，必会为其打开一扇窗。朱四海就是如此，说直接一点，就是他的脑子特别灵，上小学时，各门功课，包括体育，每次考试，几乎全是满分或优秀。最叫人佩服的是下棋，无论是象棋、围棋，还是小把戏们玩的斗兽棋、陆军棋，不管是街坊邻居还是学校师生，从来就没人赢过他。老师非常看重他，鼓励他，支持他，要他好好钻研，说不定将来如何如何。残疾怕什么，只要脑子灵。听了这话，朱四海并不乐意，他特别反感听到“残疾”二字。不过，他的父母却非常开心，蛮有理由为儿子做开了冠军梦。他们相信儿子是神童，有朝一日，必将取代聂卫平或者胡荣华。

突然有一天，少体校的指导老师提出一个必须面对的问题：朱四海最喜欢或者最擅长哪一种棋，围棋还是象棋？朱四海若无其事地回答，都喜欢，都擅长。老师愣了半天，只好换一种方式问：“那你想过没有，如果只让你选一种，你会选哪一种？”朱四海不满地一翻白眼：“为什么？我两种都要。”

仗着自己的聪明，或者说已经习惯特有的自以为是、我行我素，朱四海根本没把老师提出的问题当一回事。

老师只能选择无奈，父母一向对宝贝儿子百依百顺，除了无条件支持，不多说什么。

朱四海依然打遍於州无敌手。

13岁那年，省里举行象棋比赛，非常不幸，朱四海连复赛都没能进入。

朱四海沮丧地回到家里，下场后始终拍桌打凳，号啕大哭，妈妈吴小琴搂着儿子边哭边劝，但无济于事，而他爸爸朱宏则只能像落弶老鼠似的满屋子乱窜，一派走投无路的表情。

不知道是哭累了，还是紧张的神经终于通过发泄得到了松弛，朱四海在妈妈怀里睡着了。这一睡直睡了创纪录的18个小时，醒来时，已是翌日早上八点多。

朱宏和吴小琴却是一夜没睡。

见宝贝儿子醒来，吴小琴强笑着一个劲地问：“儿子，怎么样？肚子饿不饿？”

朱四海像是认不出面前的两个人是谁，左左右右地看了几下，答非所问：“几点钟？”说着，他一掀被子，闷声不响穿衣下床。

随后，两个大人起了忙头，跟在儿子背后转圈，吴小琴还不迭声问：“阿海，阿海，要吃什么？烧饼油条豆腐浆？饺子馄饨肉丝面？”做儿子的一概不理，跑上阳台，仰面朝天，像狼一样嚎叫了一嗓子，把紧随其后的妈妈险些惊倒在地。

朱宏一把搀住妻子，脸却冲着儿子道：“你这怎么回事，看把你妈吓的？”

朱四海缓缓回头，目光散乱地看了眼倚在门框上的吴小琴：“没什么。”

“你！”朱宏带有一丝怒气，“回屋去！”

儿子根本没把爸爸当一回事，他不再说话，与站在阳台门旁的父母擦身而过。

等夫妻两个进了房间，发现儿子又躺在了床上，蒙着被子，一动不动。

之后，似乎什么都没发生过，朱四海显得特别平静。老师与教练曾无数次鼓励他，建议他重整旗鼓，东方不亮西方亮，象棋失利，不还有围棋吗？然而，当事人却对任何建议与鼓劲置若罔闻，听得多了，他终于按捺不住发了狠话：“你们不要再唠叨个没完，我不下棋了，不下了！”

他还真说到做到，起码从那一天开始，谁都没有见过他碰过任何棋子，无论是围棋还是象棋。

爸爸妈妈像是松了一口气。

“不下就不下，省得整天神经兮兮的。”这是朱宏的话。

吴小琴表现得更现实：“也好，下棋又不能当饭吃，还是读书要紧，将来考大学。”

朱四海也这么想，而且做得也不错，学业上，他还是一如既往的优秀，可惜到最后，他并没考上大学，原因相当俗套，那就是发挥失常。

其实，即使发挥正常，他也不见得能进大学校门，那个时候，高考刚恢复，千军万马难过独木桥。

父母的溺爱，加上自卑，朱四海难免性格乖戾。平时，哪怕自己做错事，他也常常习惯迁怒于人。父母与姐姐疼他爱他，事事容忍他、顺着他，更助长了他以自我为中心的阴暗心态，仿佛整个世界都亏欠他什么。

闲坐在家，开始一段时间也没什么，天天看闲书、睡懒觉，逍遥自在，乐得快活。时间一长，不行了，无所事事，就意味着无能没用。

如果无能令人沮丧，那没用则是一种致命的痛。

现代社会，交际沟通越来越重要，偏偏朱四海不，整天闭塞在家，连个朋友都没有。倒不是他有意拒绝社会拒绝人，相反，他总觉得没有人可以容得了他。

天天怨天尤人，却不知道应该怪谁，现成的只有面前的家人，爸爸妈妈，还有那个无比溺爱他的姐姐。

朱宏夫妇也想为儿子找份工作，可他这样的状况能做什么、他又肯做什么。况且，当时正值大批知青返城，就业形势空前紧张。

夫妻俩到处求爷爷告奶奶，却什么结果也没有。吴小琴只好悄悄叹息：谁叫咱们平头百姓没门路呢。

能让朱四海开心的就一样宝贝，那就是小外甥话话。

话话的爸爸姓童，名加铁，儿子顺理成章地就叫童话了，小名话话。

话话懂事乖巧，受外公外婆与爸爸妈妈的指使，早已练成一身逗舅舅开心的功夫。朱四海可以对任何人发脾气，可对话话，居然有一种俯首称臣的味道。话话经常会想出一些小把戏来捉弄舅舅，而朱四海则投桃报李，同样玩小外甥于股掌之间。朱四海有时会扮起脸来做出一副凶相，假装呵斥小家伙："不许把舅舅当玩具！"话话却不吃这一套，立马出口反击："不许把话话当戏家伙！"（於州人把玩具说成戏家伙）

星期天下午，午睡刚醒，朱四海懒在床上不动，6岁的话话进去了，蹑手蹑脚走到床前，伸出小手去捏舅舅的鼻子，朱四海屏住气，就是不动，实在憋不住了，突然大吼一声，出手去抓小家伙，话话可是个机灵鬼，早已有所准备，立马后退，一不小心把床边的骨牌凳子碰倒，凳子上有不少书刊，撒落一地。话话知道这些书刊是舅舅的心爱之物，顾不得身上的痛，一骨碌从地上爬起，胡乱把书们捧起来，却发现凳子还横倒在地上，只好先将凳子扶正，然后弯腰捡书，一本一本码好，整整齐齐的。

朱四海一声不吭地看着小外甥手忙脚乱，险些憋不住笑出声来。忽然，话话趴倒在地，钻进床底，朱四海正要喝问，小男孩出来了，双膝还跪在地上，扬脸举手："舅舅，这里还有一张报纸。"

朱四海接过报纸一看，是前天的《於州日报》，怪不得还没读过就找不着了，原来掉在了床底下。

话话从地上爬起来，拍拍膝盖说："报纸不是我碰的。"

接过报纸，朱四海冲着话话竖了竖大拇指，然后抖开报纸看。

头版是新闻，由于极少接触外界，他对国内外与本地发生的事都比较有兴趣。不过，两天前的报纸，那些事儿，他早在电视上了解到了，所以只扫了几眼就翻过去看末版。

末版是副刊，先浏览标题。

副刊版面一共 4 篇文章，头条为《社会生活是写作的唯一源泉》。

看到这个标题，朱四海心里有一种莫名其妙的抵触，然而，文章的作者曾秋毫却是他极喜欢的一位小说作家，所以，他就没有理由不认真拜读。

看来，朱四海最初的抵触情绪还是挺有道理的，起码对他来说是这样。

几乎是第一眼，"残疾人"这三个字令他全身一阵燥热，这是他的敏感词。

然而，他还是认真读了一遍。曾秋毫批判或者挖苦的对象是一篇题为《深山峡谷中的流光》的文章。

朱四海对曾秋毫的"感情"向来比较矛盾，对曾的小说几乎崇拜得五体投地，然而，曾的目空一切、咄咄逼人又让他打心里生出一种非常深重的抵触。

有一回县里开文学爱好者座谈会，不知是哪位文艺界的领导把朱四海列入了与会人名单，说真的，那天他非常地诚恐诚惶，坐在那个不小的会议室一声不吭，一动不动，好在说是座谈，但并不需要人人发言，就几个应该属于於州名人的在侃侃而谈。

朱四海觉得自己很虔诚，无论对哪一位的发言，他都把要点记下来。轮到曾秋毫讲话时，他反倒不做笔记了，怕一不留神，把曾秋毫说的话漏掉。

曾秋毫说得不多，几句开场白后，扬了扬一本杂志说："就在刚才，我看了这里面的一篇文章，这写的是什么啊，跟小学生作文差不多，这样的东西都能被采用，简直是坏《於水》名声。我的话在座的也许不喜欢听，可我还是要讲，於州不少所谓的作家写的东西，在我看来，全不够格，包括坐在这里的其中几位，哦，不只是几位，名字，我就不点了……”

曾秋毫说到这里，朱四海心里不由得“咯噔”一下，他不动声色地瞟向曾秋毫，只见他微昂着头，目光压根儿不对准任何人，好多人都低着头沉着脸，也有几个像他一样环顾左右。

朱四海狠狠吐了口气，不知道是舒气还是泄气，直到散会，他都没办法静下心来。

本来朱四海是打算找机会同曾秋毫说话的，哦，应该叫请教，甚至想拜他为师，可这么一来，他哪里还敢?

朱四海也在《於水》上发过几篇散文，自我感觉良好。之后，他却不敢再向《於水》投稿。他怕曾秋毫，怕遭曾的奚落。

除了下棋，朱四海从小最喜欢的还有作文，他的作文经常被老师在班上读出来。

去年，有同学发起聚会。朱四海还是头一回参与同学会，他不愿意看到那些曾经鄙夷的目光，是几位铁哥们儿强拉着他参加的。

朱四海见到了高中时的班主任唐忆唐老师。唐忆教语文，非常看重朱四海的语言表达能力，他的一些习作就是在唐忆的鼓励与推荐下，才得以在各地的报刊上发表。

朱四海读过《深山峡谷中的流光》，根据曾秋毫文中的提示，他按日期找出了一个多月前发在《於州日报》上的这篇文章，重读一遍，不知道为什么，就是喜欢。

这篇文章的署名为苗不秀。以前并没见过此人作品，而且，朱四海相信，苗不秀是一个笔名。苗不秀，苗而不秀，显然带有自嘲意味。

从曾秋毫的文字中可以看出，苗不秀是盲人，曾秋毫用了“瞎子”这样的字眼，这让朱四海非常反感。

朱四海不曾进过深山，更没见过峡谷，对他来说，这并非难事，事实上，就有朋友说过要陪他尽情地玩一通山山水水。那个时候，还没有私家车的概念，但这位朋友是司机，“假公济私”一回，方便来兮。

无法亲历，却可以用别的方式游山玩水，电视已进家门，大好河山，无论青藏高原、内蒙古草原，还是桂林山水、苏州园林，只要愿意，尽可一收眼底。还有，阅读也可以触发灵感，提取想象，人的想象是无限丰富的；另外，最丰富的还有梦，多少次，朱四海就在睡眠中游历，梦游世界，他的感知中，比之现实，梦境不知美轮美奂多少倍。

朱四海不禁自问，《深山峡谷中的流光》这样的文章，我写得出吗？或者，我写的话，会不会写得更好更美？进而言之，如果我写了，会不会也招来“秋毫之的”。

秋毫之的是曾秋毫自创的“品牌”，曾秋毫写过不少书评文评，基本上采用“攻其一点不及其余”的方式鞭笞作者。他不止一次地宣称，谁要是让他看不顺眼了，即使成不了众矢之的，也肯定会中他的秋毫之的。

苗不秀，一个盲人，已够可怜，曾秋毫居然忍心？

朱四海想不明白，苗不秀怎么就让曾大师“看不顺眼”了？

只有曾秋毫自己心里明白，对残疾人，他不仅鄙视，甚至仇恨，原因极其简单，那就是他的继母是个跛子，他家境不好，生活艰难，父亲生性懒惰，又是酒鬼一个，一喝酒就打老婆，继母无处出气，就迁怒于他这个讨债儿子，有错无错，几乎天天都被打得青一块紫一块，直到继母喝农药自杀，才算脱罪。继母虽已死去，但他对残疾人的厌憎、反感却始终未能消弭。

得知作者是盲人，厌恶之余，曾秋毫不由得迅速生了好好敲打一下的念头。

曾秋毫阅读速度够快，这回，他却一字一句地来。他也有过反思，读完之后，扪心自问，这东西要不是盲人所写，自己会是什么感觉。当然，这一闪念并没让他改变主意。

曾秋毫十分明确，更十分肯定，残疾人不仅身体有疾，心理也一样，他的继母，还有他见过的那些废人，全都是他看不顺眼的异类。

曾秋毫认定，一个盲人，天日不见，知道什么深山峡谷，居然还说流光，有什么资格？没有亲见亲历，光凭想象就想糊弄读者？曾秋毫的最终结论是，社会生活是创作的唯一源泉，没有亲身经历，没有切身体验，没有丰富的足够的社会生活垫底，根本没资格没理由更没有权利写作，无论他怎么努力，都没用。曾秋毫最后调侃说，聪明的话，还不如去学算命，哄哄那些善男信女，说不定大赚大发，最起码可以养活自己。

朱四海忍着怒气读完曾秋毫的文章，他始终在强迫自己控制情绪，总算没有把报纸撕成碎片。

此刻，在朱四海眼里，曾秋毫的形象如烈日雪人，瞬间坍塌。

兔死狐悲，物伤其类，曾秋毫刺痛了他，不仅是伤了他的自尊。

同苗不秀相比，朱四海的隐疾根本算不上什么，最起码，他能做真正意义上的行走。可他也常常自问，我也必须归纳到“没用”范畴吗？

多年来，朱四海一直在思考，如何设计今后的生活。思来想去，最终失望，原因就是他最忌讳的两个字：没用。

有一回，他不小心打碎了一个碗，姐姐无意地说了一句：“这么没用，碗都拿不住。”结果惹他大大地撒了一回泼，随后，姐姐左一个说错了，右一个对不起，就是没办法控制住他的眼泪鼻涕，最后，姐姐只好抱着他陪他痛哭，直到他哭累了哭不下去为止。

所以，家里人对“没用”二字视为仇雠。

由于腿脚不便，朱四海自幼就很少出去玩，除了上学，几乎天天躲在屋里看书，从小学四年级开始，他的一篇作文《校园秋千架》受老师推荐，在《蓓蕾》杂志发表之后，他就迷上了写作。还别说，此后有几十篇文章发表在各地报刊上，大多数属于学生习作，也有好几篇上了省级以上的报刊，有两篇还获得全国性大奖。

朱四海对未来有了新的打算，无非是他不轻易表露出来。

他的《我劝天公重抖擞》获得全国中学生作文大赛一等奖，之后，他暗下决心，一定要在写作上有所成绩，给那些瞧不起他的人看看，我朱四海不是等闲之人。

朱四海最恨人家拿他的生理缺陷说事，对他来说，连残疾人的称呼都是一种侮辱。况且，他打心底里不承认自己有残疾，他的逻辑，人都一样，谁都有缺陷，无非有的明，有的暗，有的大，有的小，有些人不肯承认罢了。比方小学时的体育老师看上去人五人六的，却有一种隐疾，以至一年四季，他都不穿短袖衣服，显然是怕别人看到他左手肘部外侧有块肉疙瘩，比鸭蛋还大。有一回上课，体育老师不知出于什么目的，老是指责朱四海立正姿势不对。朱四海觉得老师是故意出他的丑，一扭身，二话没说，退出列队，走出两步，又回过头冷笑一声说："还是把衫袖撩起来看看，那里有个大鸭蛋，快臭了！"

想到这里，朱四海不由得"哼"了一下，他突然想，曾秋毫说不定也藏有什么隐疾。

他晃了晃昏昏然的脑袋,强迫自己不再去钻牛角尖。他重新捧起那张《於州日报》，再次仔细地读了一遍。

边读边想，读完，主意打定，或者说，朱四海打心底生出一种恶狠狠的念头，要同姓曾的打一场笔墨官司，用最严厉的口吻气气他，气得他七窍生烟。

朱四海明白"工欲善其事，必先利其器"的道理，想要驳倒曾秋毫，得找到一些有用有力的论据。所以，动笔之前，他从书橱里费劲取出那部庞大沉重的词典，先找到"社会生活"条目：

社会生活以一定的社会关系为纽带，由社会的经济、政治、文化、心理、环境诸因素综合作用，形成一系列极为复杂的、多层次的社会现象。社会生活是社会学研究的重要范畴之一。有广义和狭义之分。广义指人类整个社会物质的和精神的活动；狭义指社会的物质生产活动和社会组织的公共活动领域以外的社会日常生活方面。

然后是另一条"生活"：

生活，指人或生物的各种活动：文化生活、政治生活、蟋蟀的生活……

好，足够啦。

朱四海感觉自己信心满满。

静思片刻，铺纸提笔，一气呵成。

朱四海有意以第三者立场行文。

首先,他针对曾秋毫的所谓"社会生活"下笔。引用了词典上的文字之后，他写道："我们先从广义上讲，既然社会生活是指'人类整个社会物质的和精神的活动',那么请问曾先生,你本人是否曾经参与过'整个'的'活动'？然后，我们再从狭义上来看,请问一下曾先生,你明白什么叫'社会日常生活',或者，你是否可以确定地告诉我们，非健康人的日常生活，肯定不属于'社会日常生活'？至于'生活'二字，那就更不用说了，连蟋蟀都有生活，难道残疾人连蟋蟀都不如？"由此，他责问曾秋毫："你的认知难道就如此白痴？"

随后，他又提到自己一向是曾秋毫的粉丝，并且，如数家珍地列出了一些曾秋毫小说的篇名，特别提到一篇题为《乌柏山情仇》的中篇小说。他说：“曾先生这部小说写得非常精彩，最起码我喜欢。读过这部小说的人都知道，小说写的是抗战初期日蒋汪三方情报人员斗智斗狠的间谍战，可谓精彩绝伦。问题是，据我所知，曾先生出生于1946年，这一年，日蒋汪三方的角力早已完结，照曾先生自己的逻辑，你的大作只能属于‘没有亲身经历，没有切身体验’的文字，我们是否可以战战兢兢地再问一声曾先生，以你的逻辑，我们应该如何看待你的《乌柏山情仇》呢？”

说到这里，朱四海话锋一转：“我相信，曾先生的本意并非否定虚构与想象；我也相信，曾先生不会去指责吴承恩、施耐庵和罗贯中三位，指责他们没取过经、没上过梁山、没搞过草船借箭而写出那几部经典。”

其实，朱四海所表达的重点只在对曾秋毫的怨怼上。

他不能不用到“偏见”“偏执”“漠视”以及“心理阴暗”“精神残缺”等字眼。

朱四海有这么一个习惯，那就是写东西之前，一般不去想标题，等完稿后，修改之余，才会考虑标题。这回也一样。放下钢笔，不自觉长舒一口气，自言自语道：“题目呢？”

闭目养神似的静默十来分钟，他突然轻喝一声：“有了！”然后，又摊开稿纸，在文章的开头一行写下：

文学创作与想象

第二行：

与曾秋毫先生商榷

朱四海笑了。

那时还没有电子邮箱，投稿还得邮寄。稿件寄出后，朱四海开始翘首以盼。

副刊每周一期，通常在周末。到了那一天，他感觉自己的耳朵特别灵敏，门外一有响动，他的精神都能为之一振。

然而，一个多月下来，他那篇文章就是没在报上露面。

慢慢地，他失望了。

心里不免有些不平衡。看来，还是那句老话，老虎屁股摸不得。毕竟，在於州，曾秋毫是名人，说他是於州第一笔一点不为过。我朱四海算什么？

又是星期六，朱四海坐在廊下，刚翻开前一天到的《於水》，却见有两个人进了台门，一男一女。女的看上去才30多岁，她朝北指了指：“喏，就那一间。”

朱四海下意识仔细一看，不得了，男的竟是曾秋毫！

他几乎紧张得要起身躲进屋子，定定神，又不免责怪自己，怕什么，何必心虚？

望着两个人上了走廊，那女子在木门框上轻轻叩了几下：“林老师，在吗？”

门是开着的。不一会儿，女主人出来了，是朱四海还不认识的路漫漫。

路漫漫笑吟吟地把两人领进屋子。

朱四海非常希望听到他们说些什么，他甚至怀疑，曾秋毫此行会不会与自己有关。

他不由得站起来，一步一步走下天井，挪到白玉兰树下，假装抠挖树干上的一个疙瘩，心思却放在谛听上。

令他着急失望的是，什么都没听清。正打算干脆上台阶靠近一些时，屋里的人出来了。

“那，二位慢走。”路漫漫送到门口说，“曾老师放心，我会跟他讲的。”

“嗯嗯，留步，留步。”这当然是曾秋毫在说。

听脚步声，两人已经走到自己身后，朱四海似乎感觉到了曾秋毫火辣辣的目光，可是，背脊的反应却是一阵阵发冷。

万万没有想到，就在这时，那女子突然轻喊：“林老师来了！”

“哦，史湘云，你怎么在这里？”林中的口气带有惊讶。

“讨厌！”被叫作“史湘云”的女子嗔怪道，“是曾老师找你，我陪他来的。”

这女子叫史芸芸，但同事喜欢叫她史湘云，不仅因为她的名字，更主要是她的活泼开朗。

林中认识曾秋毫，他曾去过他们学校，给学生讲写作，不过却不认识林中。

林中显得非常热情：“曾老师好！”说着，又转脸对妻子说，“要不，搬几把椅子出来，屋子里比较闷气。”

史芸芸非常乖巧，一闪身就同路漫漫一块儿搬来几张椅子，路漫漫还端出三杯茶。

寒暄几句，请曾秋毫先落了座，林中这才自己坐下。

林中注意到曾的脸色有些凝重，不无疑惑地说：“曾老师，今天……”

曾秋毫并不应答，只从随身包包里取出几页稿纸递向林中。

林中更讶异了，他双手接过，只瞟了一眼，就大惊失色：“这，这怎么回事？”

“哼，怎么回事？”曾秋毫目光清冷地盯着林中，“怎么回事？你问我，我问谁？”

听曾秋毫这么说，朱四海心里不觉一凛，忍不住转过脸去，看向离他不足两米远的那几个人。

林中却是不再作声，草草地看了一遍稿纸，最后居然笑了。

这回，轮到曾秋毫惊讶了：“你，你笑什么？”

林中没有直接回答曾的疑问：“写得不错，写得真不错。”

“……”曾秋毫张了张口，无以应对。

“可惜不是我写的。”林中非常肯定地说，“我可能还没这个水平，也没这个勇气。”

“怎么可能不是你，你看这署名，你看这地址，不是你是谁？”

由于看得仓促，林中并没有留意文稿末尾的联系地址，听曾秋毫这么一说，连忙翻过去看，可不，还真的是，真的是这台门的门牌号码。

林中略一愣神，随即又说：“不对，我投稿从来不用家里地址，每次都直接寄去学校。而且，我一向不用真名发表文章，我有笔名，小史知道，我的笔名是小路。”

曾秋毫朝史芸芸看看，后者点点头，简单地应了声：“是，是小路。”

到这里，朱四海完全明白了。

那天，完稿之后，朱四海觉得自己还有一个难题得解决，那就是如何署名。

他不打算用真名。原因有二：一是不想让人知道是他，二是避免得罪曾。

用笔名。对，他对自己的想法非常满意，因为他一向认为，作家大多都有笔名，比方鲁迅、巴金、茅盾，等等，可他从没用过笔名，起个什么笔名好呢？

就在这时，门外传来一曲悠扬的歌声：

林中的小路有多长
只有我们迈步度量
月儿好似一面明镜
映出了我们羞红的脸庞……

哈，有了，就林中！

朱四海不知道身后不远处的男子就叫林中，倒是听见过有人叫过这位新邻居为林老师，可他从来没有想到，“林中”会是一个真实的名字，而且就住在员外人家。

这时候，曾林二人还在说着什么，朱四海一句也没听进去，满脑子想的只是一件事，怎么办？该不该站出来向曾表明那篇文章是自己写的。

曾秋毫仍然不信。他承认世上会有巧事，可无论如何不可能巧到如此程度。

坐在一旁的史芸芸插嘴说：“林老师，有没有这种可能，有人故意冒充您，然后……”

“是我写的！”没等史芸芸说完，一直在边上静观的朱四海突然大声说，“是我写的。”

这边四个人全都吃了一惊，诧异地看向朱四海。

还是林中先开了口：“你是……你也叫……”

朱四海明白林中省略号的意思，解释道：“不好意思，我不叫林中，只是临时给自己起了个笔名，那天正好听到《林中的小路》这首歌，也许就是你家播放的。不过，我不是故意的，我也不知道你叫什么，因为我刚搬来没多久。”朱四海说得很慢，他极力掩饰着自己的鼻音。

“原来这样啊。”林中疑惑的神色早已蒙上了笑意，他上前两步，伸出手做出牵引的姿势，又很快缩回，他似乎感觉到了朱四海的拗劲。

朱四海对林中友好地笑笑，点点头。从他微微张合的唇间，细心的路漫漫读出了“谢谢”二字。她用左手拉了一下自己坐过的那张椅子，示意朱四海坐下。

朱四海很听话，落座之前，却先冲着曾秋毫欠了欠身，语气缓慢又平和地说：“曾老师，对不起，我不是有意要冒犯您，我只是想告诉您，人大都差不多，无论处世，还是生活。”

曾秋毫似乎没有注意到朱四海说话有什么两样，但他的表情还带着愠怒，他强忍着，他知道，如果自己在这些人面前发威，只能自倒面子。

冷场片刻，曾秋毫终于开腔了：“原来是你啊。”

“对。”朱四海的回答就一个字。

曾秋毫还在打量朱四海，上上下下的，似乎在寻找什么破绽，最后，他的目光锁定在了朱四海的嘴唇上。

“兔唇？先天的？”

“对。”朱四海挑衅似的盯着对方，“怎么啦？”

曾秋毫转了话题：“我完全是好意，知道吗，写作这碗饭不是好吃的，尤其……”

“我说过要吃写作这碗饭了吗？还有，你自己是靠写作吃饭的吗？”

“你……”曾秋毫一时语塞，“好人不识！”

“谢谢您的好意。”朱四海没有刺激对方的意思，或者，他相信自己没错，“我知道你是爱好，可苗不秀呢，难道他不能有爱好，就因为他失明，就因为他看不见？”

曾秋毫想辩解：“我没有……”

“白纸黑字，要不要我拿来给你看？”

林中始终没有再坐下，他走到朱四海前面，却向曾秋毫笑着点点头，然后打哈哈：“好了，好了，大家都明白的。”说着，回头朝史芸芸眨眨眼睛，“你说对不对，史湘云？”

“对对对。”史芸芸也聪明，她从林中手里抢过稿子，“我看看，这小哥哥写了什么。”

林中想转移目标，问身边的年轻人：“我还不知道呢，你叫什么？”

“朱——四海。”明显得很，“朱”这个音发得很艰难。

林中“哦”了一下，又转脸指着史芸芸手里的稿子问曾秋毫：“您这个是哪儿来的，曾老师？”

朱四海不能不自作聪明，抢先说：“是我向报社投的稿，当然是编辑给的啦。人家是名人，不是谁都可以……”他没有把“批驳”二字说出来。

大家的目光都集中在了曾秋毫的脸上。

曾秋毫沉吟一下，谁也不看：“也对也不对。”

四个人相互看看，不作声。

“确实是编辑给我的。”曾秋毫见大家没有反应，只好再说下去，“编辑是尊重我吧，说征求我的意见，发不发，发不发林中，哦，是小朱，小朱这篇文章。”

说到这里，曾秋毫看了看朱四海，像是从对方的脸色里得到了希望得到的信息，于是，他接着说道：“我说，发，我的发，他的当然也可以发。”说到这里，他有意停顿了一下，“今天见报。”

这回是“四脸惊讶”，特别是朱四海。

效果很好，曾秋毫满意地朝林中点点头：“我今天并不是来兴师问罪的。我只是觉得奇怪，这篇文章好像不是你的风格。你从来没有写过如此犀利的文字。”

林中笑了，伸手拍拍朱四海的肩膀：“向你学习！”

这下朱四海不好意思了，尴尬地抹了抹脸：“我，我也是一时冲动……”

“其实，你们不知道，不是我对苗不秀有偏见，有些话并不是针对他，是……唉，有些事，你们谁都明白不了。”

“有什么明白不了的，”朱四海撇着嘴说，“无非是……”说到这里，他居然一笑，“对了，这话我也不是针对你。”

林中怕又惹出什么来，连忙站起身打圆场：“好了，不说这个了，换个话题，听我说。”

见大家看着他，显然是等待他的话题出来，他却卡住了，摸着自己的后脑勺讪笑：“我说什么呢？”

史芸芸先笑出声来：“哈哈，林老师傻掉了啦，还是我来说，”说到这里，她突然向大门口跑去，“看，邮递员来了。”

大家不约而同地站起来，不过，谁也没有移步，由着史芸芸慢慢地走过来，当着大家的面摊开报纸：“喏，文学创作与想象，与曾秋毫老师商榷，林中。还头条呢。”说着，她把报纸直接递给朱四海。

谁也没有注意到，不远处，西南边的那个窗口站着另一个人，他正用一双“没用”的眼睛“注视”着这边的人。

他是苗不秀。

14. 不如休息意

苗不秀不叫苗不秀。

苗不秀也是笔名，第一次使用，但不会是最后一次使用。

苗不秀的真名叫苗禾。

苗禾这个名字是他奶奶给取的。

熟悉苗禾的人都说苗禾这个名字取得好，都说苗禾的奶奶肯定是知识分子。实际上，苗禾的奶奶几乎没上过学，穷苦人家出身，又是女孩，上面哥哥姐姐多，7岁那年就做了人家的童养媳，幸得夫家的人厚道，不像别人家那样，让她做牛做马，16岁那年，圆了房。奶奶的老公，也就是苗禾的爷爷，倒是个识文断字的教书先生，有新思想，尊重女性，无论什么事，都会跟妻子商议，孙儿取名权归奶奶这件事就很说明问题。

其实，直到双满月，苗禾还没有大名，家里人好像都想不好该取个什么名字，只一味地叫他宝宝。

双满月的这一天，奶奶抱着宝宝遛弯，一遛二遛就遛到了田间地头，秧苗绿油油的，长得比筷子还高，随着阵阵东风，摇头晃脑，煞是喜人。奶奶开心地招呼怀里的小家伙，喜滋滋地说："宝宝快看，禾禾，苗苗，多漂亮！"说着，足踏窄窄的地畦，一扭一扭边走边念："禾禾，苗苗，禾禾，苗苗。"

正在这时，路那边过来一位远房姑嫂，笑吟吟地打哈哈："那谁，带孩子兜风啊。"

"对，兜风，遛弯。"奶奶还是满口喜气，"禾禾，苗苗……"

"哦？宝宝有大名了？"

就这一问，宝宝的大名有了。

最让奶奶开心加得意的是爷爷的称赞。

于是，心肝宝宝就有了大名苗禾。

小的时候，苗禾是很受大家宠爱的，家里人自不待说，邻居们也个个夸赞他活泼可爱，聪明伶俐。

上学以后，苗禾在班上最出挑，门门成绩不是第一，就是第二，老师都说，这孩子将来肯定有大出息。

偏偏造化弄人。

初二下学期，苗禾经常觉得看东西模糊，特别是看书做作业的时候，动不动就出现视疲劳现象。去医院检查，说是弱视，配了些药，用了后，一点作用都没有，反而越发严重。配了眼镜，开始还行，很快度数加深。到了高考阶段，眼睛的问题不但影响到了他的学习，更对他的心理造成了极大的压力。终于，他在老师与父母的催促下，去了省城最有名的医院做了检查，诊断结果为先天性黄斑变性。

大家都说苗禾的眼睛是过度用功的缘故，他不承认，读书人不用功，还算什么读书人？他有个愿望，一定要考上大学，哪怕眼睛瞎了，也必须熬到收到录取通知书的那一天。

结果就在高考结束的次日，早上醒来，苗禾发现自己什么都看不见了。

苗禾没有像别人想象的那样悲痛欲绝，他依旧那么平静。

他妈妈见他这样，非常担心，不停地劝他，甚至要他想哭就哭，要骂人就骂人，千万不要把难受憋在心里。他却反过来劝母亲："我没事，妈不用替我担心，有些事情我早料到了，没事。"

苗禾的内心，无人知道，从表面上看，他还是那么平静和缓，只有他自己心里明白，而且，他确实也早有思想准备，有一天自己会生活在黑暗之中。

视力的衰退是渐进式的，料到结局之后，他早就开始练习"盲目行动"，直截了当地说，就是闭着眼睛做事，闭着眼睛行动。屋子不大，家具也不多，有些物件触手可摸，来来去去的，他很快就适应熟练了。慢慢地，他又延伸到家门之外，只要周围没人，他马上把眼睛闭上，然后练习"盲行"。经过无数次的试验测定，他记住了台门里几乎所有点与点的距离，比方家门口到台阶边，也就是走廊的宽度，用他恒定的步子算，正好 3 步；而从北向南走，走廊的长度为 60 步。他也多次出到台门外，弄堂的阔度有 5 步。曾经想测一下整条路的长度，因为来来往往的人太多，他不想引人注目，暂时放弃。

他还练习闭着眼睛写字，慢慢地，还真的让他学会了“盲文”，双手并用，居然克服了字叠字。后来，他又闭眼倒水，闭眼洗漱，甚至闭眼剪指甲。

最后，他还托人买来了一套盲文教材，神不知鬼不觉地偷偷学起盲文来。

就在发现自己“伸手不见五指”的那个早晨，他一如往常那样起床，然后洗漱，接着走到正在安排早餐的母亲面前，语气平静地说：“妈，我的眼睛看不见了。”

冯夏芳往碗里舀了一瓢粥，抬眼看了一眼儿子：“不要吓我，禾禾。”她以为儿子跟她开玩笑，她明明看到，苗禾走过来，一点都不像看不清路的样子。

“没有吓你，妈。”苗禾走到母亲跟前坐下，“没哄你，真的看不见了。”

冯夏芳疑惑地盯着儿子的眼睛，半晌，伸出左手在他的眼睛前方划拉几下，见他的眼珠一动不动，她右手的饭瓢“啪”地掉落在锅子里，粥汤溅起，有一滴正好落在了苗禾的面颊上，有点烫，可苗禾一动不动，只见他眼睛里滚下了两串泪水，其中一串正好与鼻翼边的粥会合在了一起。

冯夏芳像是突然惊醒过来，不管不顾地抱住儿子，大声叫喊：“苗也壮，快过来，禾禾……”

“妈，不要这样，”苗禾搂着母亲站立起来，劝慰道，“妈，不要这样，眼睛迟早的事，你知道的。”

冯夏芳松开儿子，又专注地盯着他的双眼：“那……怎么办？”

苗也壮一时不知道出了什么事，三脚并作两步赶过来：“怎么了，禾禾怎么了，不好好的吗？”说着，他从头到脚地打量儿子。

“你看他的眼睛……”

听冯夏芳这么说，苗也壮一下子捧住儿子的脑袋，眼睛对着眼睛，使劲看。

没等父亲说出什么，苗禾先开口了：“爸，妈，我没事，眼睛看不清，难道就不活了？”

夫妻俩面面相觑，顿时，二人都禁不住涕泪纵横，却怎么也说不出话来。

苗禾像明眼人那样，引导着父母坐下，然后说：“爸，妈，你们不用太着急，其实，我的眼睛早就不行了，只不过，这段时间我一直坚持学习不用眼睛做事，大家没有注意到而已。这样也好，医生不是早说了吗，迟早有这么一天，现在，我反倒安心了。”

夫妻俩始终盯着儿子的眼睛，像是想要看出有什么异样，可是，除了有点“视若无睹”的呆滞以外，什么也看不出来。

“那，”冯夏芳抽了一鼻子，“那以后，你……”

“真的没什么的，爸，妈，你们想，这天下，看不见的人多了去了，他们不都活得好好的，就像那个海伦·凯勒，不到2岁失明，可后来她还成了世界闻名的作家呢。”苗禾安慰着父母，自己却动了情，鼻子一阵发酸，掩饰地咳了一下，回身来到屋子角落边的长条几前，熟练地取过杯盘里的一个玻璃杯，然后拎起旁边的水壶，倒了半杯水，拿在手里，回身，准确无误地来到父母身边，“爸，妈，要喝水吗？”

夫妻俩无比惊讶地注视着儿子一连串连贯协调的动作，彼此看看，冯夏芳想要站起身来，被苗也壮一把拉住了。

“禾禾，是不是还能看见一点点？”冯夏芳怀着侥幸心理紧张地问，“是不是？”

“妈，一样的，看见一点点跟完全看不见其实没有什么区别。”

“怎么能一样呢……”

“禾禾，你早就有所准备了是不是？”苗也壮抢过话头，他比妻子现实，明白儿子的意思，“我们相信你！”

“嗯，谢谢爸妈！”

苗也壮感觉应该赶紧结束对话，要不然，妻子会没完没了地缠下去，便用命令的口吻关照儿子：“先吃饭，等下去医院看看，最起码应该确诊一下。”

“对对对，必须去，”冯夏芳边说边动手安排，“听你爸爸的。”

检查结果，没有悬念。

做父母的当然接受不了，尤其冯夏芳。

苗禾一如往常，看似风波不惊，内心却毋庸多说。

时间长了，一切慢慢成了习惯，日子，不管旧的新的，节奏缓慢地飞速行进。

看似什么都没变，起码，苗禾还是什么都看不见，尽管这样，他依然活得有声有色。

亲朋好友特别关心他能从事的职业，可是，谁都想不出眼睛看不见的人还能做什么。有人倒是建议，有一个职业，千百年来，非盲人莫属，那就是算命，据说这一行收入特高。冯夏芳曾经动心过，可她不敢对儿子说，毕竟她了解儿子，他是那么纯粹。

其实，根本不用为苗禾担心。早在失明之前，他就有了打算，有了目标。

有一回，苗禾跟一位同学去广州玩，看到有个盲人从一家按摩院出来，当时他还有点奇怪，同学好像比他“聪明”，告诉他，你别看人家是盲人，说不定还是一位著名的按摩师呢。

这件事始终印在苗禾的脑子里，慢慢地，他有了主意。

当时，於州城里还没有按摩院，但他听说过，就有盲人在家替人按摩，不少人甚至特别热衷于此，据说按摩可以治疗不少病痛。

苗禾没有向父母通报，挽亲托眷地找到一家最负盛名的按摩苑，拜师学艺。

最后，可以说也是毫无悬念，苗禾成了一名出色的按摩师，被那家推拿苑高薪聘用。

“有口皆碑”这个词用在苗禾身上十分合适。他成全了一个绰号，“苗”手回春，简称“苗手”。

苗手最擅长的是治腰痛，特别是腰椎间盘突出，几乎手到病除。

聘用他的那家按摩苑也因为有苗禾在，声名鹊起。

苗禾不仅业务精湛，待人也极好，所以，尽管看不见人，却是朋友众多，不少还是由粉丝转变而来。

众人眼里，苗禾是个乐天派，钦而佩之。不过，人上一百，出奇出格，人上一千，世事周全，这不，也有人觉得苗禾太过没心没肺，眼睛都瞎了，居然还整天乐乐呵呵的。

苗禾是个极隐忍的人，从小如此。他不习惯将自己的不快或悲辛示人，他觉得谁都没有义务帮他分担心中愁苦。即使是父母也一样，父母年纪大了，已为他操碎了心，没有理由再因他而增添苦痛。相反，让他们看到儿子“没事人似的”，或许多少能有些安慰。

前面说过，苗禾朋友众多，然而，可以交心的却是极少。

傅才清是个例外。

傅才清可以说与苗禾是莫逆之交，初中三年，同班同桌，进了高中，尽管不同班了，但仍是情同手足。

虽然苗禾也不轻易向傅才清吐苦水，可毕竟知交，傅才清哪能不了解好兄弟心中的愁绪。

几乎每个休息日，吃过晚饭，除非有什么公事脱不开身，傅才清都要过去看看苗禾，天气好的话，就陪他出去走走。

这天也是。

一进门，傅才清见苗禾正伏案执笔，随口问道："写什么呢？"

傅才清对苗禾的"盲写"自不惊讶，他早已习惯一切，只不过，对苗禾写的东西不无好奇，便伸手取过纸页。

"深山峡谷中的流光？"傅才清不无惊讶，"你写了这个？"

"呵，不行吗？"

傅才清挥了一下纸页，带着笑意道："我是说，你怎么想到的？"

"其实也没什么，"苗禾抬起双手搓了几下自己的面颊，"前天晚上做了一个梦，去卧虎岗那个山谷。记不起是哪一年，你，我，还有小磊他们，一起去过那里，大约印象太深刻，魂牵梦绕的，老是想着这事那境，有一种不写不畅的冲动……"

听苗禾这么一说，傅才清打断他："你别动，让我看看，我看看再说。"

苗禾不再言语，起身走开，倒了两杯水过来，一杯递给傅才清，一杯自己呷了一口，放到桌上。

"哎，我说，这么好的文章，要不发到《於州日报》去？"傅才清赞道，"副刊编辑的老公是我哥们儿，怎么样？"

苗禾想了想："开后门？不好吧？还是我自己寄去为好。"其实，完稿时，他已经决定投稿的。

"一样的，你要相信，这么好的文笔，肯定是编辑求之不得的。你不会连这点自信都没有吧？"

苗禾不再作声，他知道，再固执己见就矫情了。

"来，我替你把姓名和地址写上。"

听傅才清这么说，苗禾连忙伸手阻止："不要用真名！"

"干吗？"话一出口，傅才清又明白了，随即说道，"那好，依你，署什么名？"

"让我想想，"沉吟片刻，苗禾像是跟傅才清商量，"苗不秀怎么样？"

傅才清似乎怔了一下，很快又拍案道："苗而不秀，苗不秀，好名字！"

“那就定了吧，苗不秀。”

傅才清又觉得有点不妥：“名字不错，能吸引眼球，只是，你也太那什么，太自贬了。”

苗禾呵呵一笑：“这有什么，自贬的名字也太多，你看，像废名、悲鸿、苦禅之类，还有那个郑愁予，哪个不自贬，听上去，还别有风味呢。”

傅才清想了想，咧嘴一笑：“那倒也是，好，依你，我帮你写上了。”

就这样，“苗不秀”登场。

曾秋毫的那篇《社会生活是写作的唯一源泉》出来之后，一时间，很是引起了一些人的注意，毕竟曾秋毫是於州名人。不过，大家的注意点却大多放在苗不秀身上，不少以前没有读过苗不秀那篇文章的人千方百计地去找来当初的报纸，一时间，谁都想知道这苗不秀是何方神圣，文章写得不错，名字又取得与众不同。至于对苗、曾二人的评价或议论，倾向性非常明显，绝大多数读者觉得曾文无理甚至无理取闹，而对苗文褒扬不已。

苗禾却似乎坚决成了局外人。

他的文章在报纸上发表以后，除了傅才清，谁都不知道苗不秀是谁。傅才清当然看到过曾秋毫的评论，不过，他有意不向苗禾做半点透露。

所以，当苗禾站在窗前无意之中听到天井里的议论，吃惊不小。不知不觉地，他缓缓地走出房门，站在走廊边上，认真倾听。

当他完全明白人家说的是什么时，精神不能不为之一振。

他索性熟练地下了台阶，朝林中等人说话的方向走去。不过，几个人的注意力还集中在报纸上，对于他的走近，没人当一回事。

“苗不秀究竟是谁？”林中突然问。

别人还没有做出反应，苗禾口齿清晰地说：“是我，我就是苗不秀。”

众人一齐转脸过去，还未及搭腔，史芸芸惊喜地惊叫起来：“苗禾，你怎么也住这里？”

“是，搬来好几年了。”苗禾冲着史芸芸发声的方向点点头，然后又说：“是我写的，谢谢各位指教！”话毕，他缓缓转身，往来路走去。

这边的几个人望着苗禾步伐坚定地跨上台阶，进了屋子，关上房门，仿佛全松了一口气，相互看看，有点面面相觑的味道。

一时无语，都那么站着。

最后还是曾秋毫开了口："那，不打扰了。后会有期！"边说边看向史芸芸。

史芸芸会意，甜甜一笑，脸颊有些泛红："要不，曾老师先走吧，我，我还有点事。"说完，她有意无意地看了看苗家的门。

林中见状，反应敏捷："我送送曾老师。"随即，他迅速追上已走出几步的曾秋毫，出了台门。

这边，路漫漫亲切地招呼史芸芸："史老师，再坐坐。"她当然早从史芸芸的神色中看出某些端倪，却又不能不再尽地主之谊。

史芸芸指指左边那间屋子，微笑颔首道："我过去看看。"

门没上锁，史芸芸还是抬手轻叩两下，没听到反应，迟疑一下，推门进去。

苗禾正捧着茶杯，不过，没有喝。

史芸芸轻轻走到他跟前："你好吗？"

盲人的耳朵比较灵敏，他早就感知到有人进来，也猜到来者是谁，但他没有正面回答，伸手向正前方点了一下："你坐。"

史芸芸听话地在椅子上坐下。

"什么时候搬到这里来的？我去找过你，知道吗？"史芸芸看着对方的眼睛，她始终不相信他的眼睛看不见，相反，经常会有一种错觉，觉得他的眼睛可以穿透人心。

"老屋拆迁，就来了这里。"

"不对吧，我是前年去的。"

"哦，新居分配下来后，我没有再搬过去，爸妈他们住在那里，我觉得我一个人住这里更合适。"

"这样啊。"史芸芸点点头，忽然想到苗禾看不见，自己笑笑摇摇头。

"你还好吗？"这回是苗禾在问。

史芸芸又瞟了他一眼："总这样啦。"见苗禾不作声，半晌，又加上一句："我跟他离了。"

苗禾没表现出惊讶之色，他很平静地说："我知道。"

"哦？"

"你爸说的。"

"爸常找你？"

苗禾迟疑了一下："有时会去找我推拿，不过，大多是为我介绍顾客。"

史芸芸又点点头，很快接上说：“爸总是夸你，要不是你，他的老腰……”

“那是我的本行，不足挂齿。”

“唉！”史芸芸轻叹道，“我多次想去那边找你，可……”

她说的“那边”，苗禾知道，是指他上班的地方，于是他说：“还是别吧，不太方便。”

“我知道。”说着，史芸芸哽咽了，“我就是……”

苗禾没有说话，史芸芸看到，两行泪流在他鼻翼左右停住了。

史芸芸倏地跳起身，一步上前，拥住苗禾，把头伏在他的肩窝，无声哭泣。

苗禾一动不动，由着她在耳畔意义含混地呢喃。

9年了。

9年前的一个夏夜，史芸芸陪着爸爸史公良在江畔公园散步。三四个毛头小子嬉笑追逐，一不留神，撞上史公良，只听他“哎哟”一声，侧翻在地。

小径两边是草坪，史公良就是跌倒在草坪上的，而且倒地时，动作并不太剧烈，偏偏老腰作怪，原先就有腰肌劳损的他，腰扭了。

女儿连忙搀扶，可他哪还起得来，皱眉闭眼的，虽然没有喊叫出声，但看他表情就知道疼得不行。

史芸芸束手无策，一个劲地问：“爸，怎么了，很疼吗？要不要紧？怎么办？”

史公良也不回答，双手撑地，试图自己起来，结果还是以又一声“哎哟”宣告失败。

父女俩没有注意到有人过来，只听到一个浑厚的声音：“怎么回事？需要我帮忙吗？”

父亲还没出声，女儿抢先回应：“哦，我爸跌了一跤，起不来，麻烦您帮他一下。”

那人不再作声，步履谨慎地走到史公良近旁蹲下，摸索地从背后把手伸进倒地人的双腋下面，缓缓地，两人站了起来。

公园的路灯有点遥远，但史芸芸还是能很清晰地看到眼前的一切，总觉得那人的动作有点异样，突然，她脱口而出：“等等，你，你是……”

“不错，我是盲人。”说话人正是苗禾，他的口气有点自嘲意味，“可这没关系。看，这不起来了吗？”

史公良还没站稳，就不迭声地向苗禾道谢。

苗禾笑笑说：“伸伸手的事，老伯，腰不好？”

“呵呵，老毛病了，就像破脚桶，一碰就漏。”

“要不，我帮您按几下？”

“这，这可以吗？”史公良不能不客气。

史芸芸想的却是另一个问题：“这里？”说着，她向四周看看，不远处有个长条石凳，总不可以在那上面按摩吧？“这里怎么行。”她又加上一句。

“哦，不是，我家就住在附近，不足百米，信得过我，就试试看。”

女儿还在犹豫，做父亲的却十分爽气：“小伙子，信得过，走，尝尝你的手艺。”

“爸，您当是吃月饼啊，尝什么呀？”

那个时候，苗禾已经满师，正在按摩院上班，平时，间或地也在家里替人按摩推拿，服务对象大多是朋友介绍朋友，也有慕名前往的。

史公良经过按摩，腰还真的好了。

治疗结束，就是闲聊，父女俩对苗禾的大致情况都有了些了解。

临走前，史公良要付治疗费用，苗禾坚决不收，最终，父女两个到底没能拗得过苗禾。

翌日，月亮上来之后，史芸芸又在江畔公园“偶遇”苗禾。

两人就在公园的石凳上聊了很多，用史芸芸的话说，两人的相识，整一个相见恨晚。

上一次偶遇，正是高考结束的那天，史芸芸一身轻松，才有时间有心情陪父亲月下散步。史芸芸对自己的成绩是有信心的，果真，她如愿以偿地收到了复旦的录取通知。

史芸芸原打算第一时间向苗禾报告好消息，可是，白天他在上班，去那边说话不方便，尽管她很想看看他的工作环境与工作状态。

史芸芸是比较内敛的女孩，不喜张扬，这一天她却前所未有地激动，她知道，自己不仅是完成了一桩大事，信心满满，最主要的是她觉得自己一下子长大了。她希望有个人可以分享这种心情，愉快而又兴奋。

这个人不能是别人。

虽然两人认识时间并不太长，可是，几乎天天见面的节奏促使他们早已成了无所不谈的知己，至少史芸芸有这样的感觉。

在苗禾面前，向来矜持的史芸芸变得活泼开朗。她会开怀大笑，也会潸然泪下，苗禾的处境或故事不能不令她动情。

那天，到苗家时，才刚黄昏四合，屋子里就苗禾一个人。

“伯父伯母不在家？”史芸芸有点明知故问。

“哦，去姐姐家了。”苗禾象征性地拉了下书桌前的椅子，自己则回到床前坐下。

女孩子心细，似乎觉察到了什么，脸一下子红了，好在苗禾看不见。

史芸芸并没在椅子上落座，而是走到苗禾旁边，挨着他坐下。

“你知道了吗？”史芸芸轻轻问。

“什么？知道什么？”苗禾扭过头，像是能看到身边女孩的脸，很快又说：“哦，知道了，通知书。”

“你怎么知道？”

“我是干什么的，能不知道？”

“你是克格勃啊？”

苗禾一笑，没说话。

“到底谁告诉你的？”

“没有谁。”苗禾揉了下眼睛说，“你的呼吸比平时有力多了。”

“那，知道是哪里吗？”

“这还用说，复旦，第一志愿嘛。”

苗禾没有看到，史芸芸早已是泪流满面。

史芸芸抽了鼻子：“谢谢你，苗禾！”

“什么意思？”聪明的苗禾像一下子摸不着头脑，“这跟我有什么关系？”

还在流泪的女孩“嗤”地笑出了声：“你也不想想，要是早认识你几天，我肯定会发挥失常。”

这话不能不让苗禾大吃一惊，他脱口而出：“有这么恐怖？”

“难说……”

“唉，麦糕！”

“老天还是有情有意义的，你看他为我们设置了最佳的地点，最佳的时间，加上最佳的事件……”

苗禾默然无语。

那些日子，虽然他看不见近在咫尺的芳容，却能嗅到氤氲的少女之气。史芸芸有意无意地向他表露过明确的爱慕意味，而他却只一味地装聋作哑，并非他不解风情，实在是他的内心自幼就有一种自卑甚至恐怖在作祟。

头一次因眼疾去医院，医生的话令母亲落泪。当时，父母都以为被支开到走廊上的他不会听到医生说的“预后难说”，即使听到了，一个不满10岁的孩子也不可能明白“预后”的含义。可是，小小年纪的他偏偏明白，而且，他想得很远，万一哪天眼睛看不见了，该怎么办？

他家附近就有一个盲人，住在破败的草披屋里，无儿无女，光棍一条。听说这人曾经有过一妻，后因他眼睛瞎了，老婆就“投奔光明”而去。日子过不下去，常见他手托一个掉了瓷的杯子，四处乞讨，终于有一天，狂风暴雨的台风天，破草披坍塌，支撑屋顶的一根毛竹要了他的命。

好多人去看那盲人的惨象，苗禾没有去，他想得很多。

万一失明了，怎么生活？人家习以为常的日子，对他来说，全成了奢侈，什么工作、家庭、妻儿……不敢想，又止不住会去想。

眼下，明明白白有个女孩，明明白白表示着一份情意（他不敢想“爱情”二字），该怎么办？

坦然接受？做不到，他说服不了自己。虽然是她主动，自己被动接受，应该没什么。可他受得起吗？

面前这个女孩说，大学毕业后，自己有了工作，到了那一天，她有了工资，会带着他去大医院治眼，然后……这“然后”的后面是女孩一大串的梦想。她可以有她的梦想，可我呢？为医生说的那个“预后”，他曾经在图书馆里查过资料，明白是怎么一回事。“不可逆”是什么意思，他跟她说过，可她不信，还信心满满地唱起了越剧《红楼梦》中紫鹃劝黛的一句“世界上总有良药可治病”，苗禾为此感动。然而，感动归感动，正如梦想毕竟是梦想一样，他对自己，对自己的眼睛，根本没有信心。

苗禾也有过感恩上苍的念头，史芸芸说的三个“最佳”也正是他曾经想表达的。之所以始终没有说出，就是怕误导这位聪慧且多情的女孩。

苗禾突然换了话题：“什么时候走？”

“还没定。”

"那……"

史芸芸何等聪慧，怎能不明白苗禾的"诡计"，横了他一眼："你呀，不用转移话题。"

"没有啊，我……"

"好了啦，我能不了解你的心思？"她一把捉住他的手，按在了自己的面孔上，"你摸摸看，我的脸烫死了。"

苗禾显然没有思想准备，几乎可以说是吃了一惊，想把手抽回，又觉不妥，只好假装不明就里："怎么了？感冒发烧？"

"发你个头！"史芸芸用力一甩，丢开他的手，"你不用假惺惺，我不是不懂事的孩子了，你……"没说完，她不管不顾扑在了他的身上，哇哇大哭。

这下，苗禾慌了神。

在他面前，她不是没有哭过，好多次都是好好地说着说着，她就抽泣起来，好多他觉得非常平淡的事，在她听来，都能成为催泪弹，不过，这样的哇哇大哭，他还是头一回见识。

他拍着她的背，觉得自己像个妈妈，嘴里有一句没一句地念叨："好了，好了，别哭，别哭。"

抽泣慢慢缓了下来，他却忽然发现自己的手接触到的部位有些异样。失明之后，他的触觉特别灵敏，一开始，满脑子想的都是她的哭，待她平静下来后，意识也就跟着明晰起来，手指如触到火中烙铁般一阵发烫。他慢慢坐直，然后，尽可能不动声色地推开怀抱中的女孩。

没有作声。两个人都没有作声。

很难说过了多长时间，也许是几秒钟，也许是几分钟。

还是史芸芸先开了口。

"你真的没有过……"

半晌，她听到了一个"嗯"。

记得刚认识不久，出于好奇，她问过他，有没有女朋友，或者有没有过女朋友。

当时，客观地说，他与她都还只是聊得来而已，双方都没有觉得有什么值得隐瞒的。所以，听她这么一问，他不做正面回答，只玩笑式地以守为攻："你能接受一个瞎子吗？"

她的反应极为迅速，像是早已有所准备："当然能，我能接受，只要你追我。"

他听了哈哈大笑，他看不见她的脸，可他觉得她此刻一定满脸调皮，本来想说"那你就嫁给我吧"，转而一想，这话太轻佻太不负责任了。她是孩子，可我不是，我是一个比她至少大十来岁的成年人。

于是，他轻轻一笑："当务之急，还是要好好学习吧，不要辜负了你爸你妈。"

她噘起了嘴巴，明知他看不到。

此后的日子里，两人几乎天天见面，除非下雨，他们都去找江畔公园的那把椅子。

临别的前一天傍晚，史芸芸直接去了苗家。想到得好长时间不能见面，她心里酸酸的，握住了他的手，突然看到，他又流泪了，泪珠正挂在双眼内眦下，晶莹欲滴。她放开手，小心翼翼地替他擦拭，他却抓住了她的手说："不用，没事。"

"你舍不得我走吧？"

"我这么不懂事？"

"哼，我就知道……"

"好了啦，又不是不回来了。"

苗禾说着，想站起身来，却被史芸芸一把扯住，随即拥住了他。

史芸芸以为苗禾肯定会做一番挣扎，哪怕只是装装样子，然而，他一动没动，由着她那么箍着。

他感觉到了她的丰满与柔软，也感觉到了她剧烈的心跳，只是，他不知道她会不会同样也感觉到了他的汹涌，他不敢动，担心自己的尴尬被戳穿。

他终于听到她呢喃般的低语："你就要了我吧，我……"

他觉察到，她拉着他的手往自己胸前摁……

他没有执意使劲挣脱，只是用力让自己站立起来。随着他的立起，她缓缓地松开了拉扯。

一直默不作声的苗禾开口了："芸芸，我不能……你知道，我不可以害了你，以后，以后会发生许多事，你还会遇到许多人……"

他没有再说下去。

史芸芸也站起身来，依偎着苗禾：“你不信我？难道我们就不能……”

沉默片刻，苗禾说：“我信，我知道你出于真情，可我没这个权利，要知道，我对自己都是绝望的，何况……”

史芸芸不敢再说什么，她把依偎的动作转换成了搂抱，苗禾一动不动。

不知道过了多长时间，苗禾平静地建议：“要不，还是去公园走走，屋子里太闷。”

史芸芸没有说话，被动地走出门口，挽起他的手臂……

之后，两个人说了什么好像已不重要。只是，那一分别，他们就没有再见过面，直到这天无意相遇。

史芸芸当然找过苗禾，每个假期回来，她都去苗家，却没一次碰见过。他父母很热情，等到她问到他们儿子时，回答总是在上班，至于上班地点，却老是说不清楚。不过，即使她知道他的工作单位，也不敢直接过去找他。

虽然没有证据，可她认定，他在有意躲避。

她想写信，可又不会盲文。

就在大二那一年，她写了一书信式的文字，一遍一遍地读，一次一次地改，最后删改成了一则千字文，题曰《咫尺天涯寄相思》，投去《於州日报》试试，结果还真的发了出来。

她非常激动，这是她的处女作呢。遗憾的是，她明白，苗禾看不到，也不会知道，除非有奇迹。

分别9年后的这一天，看看寒暄得差不多了，史芸芸盯着他那双在外人看来依然明亮的眼睛，带着颤声说：“你知道吗，我曾经给你写过信。”

万万没想到，苗禾居然非常肯定地说：“《咫尺天涯寄相思》，我知道。”

史芸芸不能不惊讶了，她想问，怎么回事，难道你能看到报上的字？

苗禾伸手拉开写字台的抽屉，摸索了一会儿，从中取出一个长方形铁皮盒，打开，里面有一张折叠得方方正正的报纸。

史芸芸无言地接过报纸，果真是第四版副刊头条，上面赫然印着：咫尺天涯寄相思。

苗禾喃喃诵道：

野蓟经过几乎致命的摧折，还要开一朵小花——活着，对你本身就意味着比常人承受更多的苦痛折磨。你冷暖自知，用双手捧出给这个世界的，是赤子的爱！

史芸芸捧着报纸的手不能控制地发颤，热泪蒙住了她的视力，哽咽着说："你记性真好。"

"你是不是在想，我是怎么读到你的文章的。"苗禾突然问。

史芸芸点点头，忽而又想到，他看不见，便又应了一声"嗯"。

"告诉你吧，"他起身从桌子上摸过来一个袖珍收录机，"盲人都喜欢听广播，我也一样。那天，电台的《夜呢喃》节目正好播你的这篇文章，让我听到了。虽然你用了笔名，别人也许不知道，我明白，你是在跟我说。"

"哦？这么巧？"

"对，第二天节目重播时，我录了下来。所以……"

还没等他说完，史芸芸就插言说："冥冥之中，自有缘分。"

接下来，两人都沉默了。

过了近 1 分钟，他俩忽然一齐开口，而且是异口同声："你过得怎么样，这些年？"

问完，两人都笑了，但还是史芸芸先回答。

"其实也就那样了。"稍稍沉吟了一下，她继续说，"那一天你说过，'终会有一个人，对你是透彻心扉的了解，会有一个人，对你是无可救药的喜欢'。还记得吗？"

他无言地点点头。

"工作以后的第二年，还真有了那么一个人，无可救药地喜欢上了我，开始时，我拒绝过，想方设法找他的不是之处，可是，没有。你知道，我心里……"

苗禾叹息一声摇摇头："不要这样，也不该这样，不值得的。"

"其实我明白，无望，所以，最后还是那样了。"

"那就好。"

"他倒是待我很好，可我就是……"

一直垂着眼皮的苗禾，这时抬眼冲着她的方向"望"了一眼："你还是太追求完美，人活一辈子，切忌求全责备。"

“谁说的？”史芸芸有点赌气，“你，完美吗？”

“我……”苗禾语塞。

史芸芸偷偷一笑。她站起来走到他身边：“再抱抱我，好吗？”

苗禾不由得动了情，刚刚拥住入怀美人，突然又推去，并后退一步，轻声道：“我妈进来了。”

话音刚落，门声一响，冯夏芳闪身进屋。

史芸芸反应迅速，转过身，正好面对苗母，恭恭敬敬地一弯腰：“伯母好！”见冯夏芳有讶异之色，连忙加上一句，“我是芸芸呀，史芸芸。”

冯夏芳像是一时没反应过来，半晌才拍手道：“啊呀，瞧我这记性，老了。”说着，她亲热地拉着史芸芸的手说，“干吗站着，坐呀，坐呀。”

“不了，伯母，正打算告辞呢，家里还有事。”说着，她回头朝苗禾点点头，想想不对，连忙又说，“那我先走了。”

苗禾朝前一步说：“我送送你。”

“不用，不用，你眼睛……”

苗禾不作声，坚持跟她出了门，史芸芸连忙挽住他的胳膊。

两个人并肩走出台门，站住了。

“我看到你家有电话，新装的？”那个时候，一般家庭还很少有电话，所以她有点奇怪。

“哦不，”苗禾回答说，“说来话长。”

当年收听《夜呢喃》节目，苗禾曾给广播站写过几篇稿子，有关人员了解到他的情况后，邀他做过好几档节目。之后，他收到不少听友来信，谈心、诉说，他一一做了回复。与此同时，广播站还邀请他上过直播，反映不错。于是，有人建议他搞个心理热线，起先，他并不愿意，结果居然惊动了电信部门，为他免费装了电话，主要是与广播站连线。过了两年，节目改版，《夜呢喃》被取消，可电话却没有撤掉，成了他的“私有财产”。

“这不错啊，”史芸芸欣喜地说，“号码呢，告诉我，以后我给你打电话。”

苗禾迟疑了一下，还是报出了一串数字。

史芸芸默念了几遍，说：“记住了，我会给你打电话的。”

“还不知道打不打得通呢。好长时间不用，说不定已经生锈。”

“为什么不用？”

“节目改版后，电话不形同虚设了？”

史芸芸又点点头，然后说：“那倒也是。不过，我会给你打电话的。”

这天晚上，两人都没有睡好，而且他们都确信对方没有睡好，那么多年过去，往事历历在目。

史芸芸家里没有电话，她有点后悔，为什么下班前不在学校打个电话过去呢，哪怕就说一句话，哪怕只听听他的声音。

苗禾知道史芸芸家还没安装电话，可他还是等了，虽然，他也有点担心，在这女孩面前，他常常词不达意，或者口是心非。

结果，好几天过去，苗禾没有接到过史芸芸的电话。他甚至怀疑，电话是不是坏了，或者电话线是不是断了，几次想听一听那曾经熟悉的嗡嗡声，可他忍住了。

苗禾本就是个怀疑论者，这个时候，他就对自己的判断力产生了更强烈的不信任。

眼睛出了问题后，他整个儿心思全在想以后的生活怎么办，至于情感，尤其对那个“爱”字，更是连想都不敢想。偏偏造化弄人，偶遇史芸芸，而且很快莫名其妙地陷入似是而非的情感旋涡之中。他自我否认过，自我排斥过，甚至不止一次地告诫自己，千万不要误人误己，可他到底也是有血有肉更有情的男人啊，而且，隐藏得越深，压抑得越久，暴发得越烈，幸亏理智管制着他，无时无刻不告诫着他，适可而止，适可而止。

说服力最强的还是极力否定，除了否定自己有爱的权利之外，他觉得更有必要否定自己对爱的理解。一个盲人什么都看不见，能辨得清什么是爱，什么是真爱？

他又想到了上学时的一篇课文，是苏东坡写的《日喻》：

> 生而眇者不识日，问之有目者。或告之曰：“日之状如铜盘。”扣槃而得其声，他日闻钟，以为日也。或告之曰：“日之光如烛。”扪烛而得其形，他日揣籥，以为日也。日之与钟、籥亦远矣，而眇者不知其异，以其未尝见而求之人也。

那时还小，视力虽然减退，可不曾料到日后自己真的会失明。及至什么都看不到了，《日喻》却无数次地从他的记忆中跳出。他甚至盘算过，还有什么是他未曾见到过的，会不会有那么一天，自己也像“生而眇者”那样犯主观臆测的错误。

他不是生而眇之的，不可能不识日，然而，对爱呢？偶遇史芸芸之前，他不但没有涉及过爱，连“一闪念”的机会都没有过。

古往今来，有许多描写爱的词句，在他的意识中，最有诱惑力的就是“一见钟情”，对，一见钟情。情必须在见了之后才能生成，比方见对象，见情人，见亲人，甚至见岳母见岳父等，第一位的都是一个“见”字。我一个盲人见什么？

不能否定史芸芸对自己的感情，这感情属于哪一层面？是感激，是钦佩，是信任，还是依赖，好像都有一点，可要是说爱，那就比较牵强了。当然，爱也有区别，友爱也是爱，关爱也是爱，喜爱也是爱，还有热爱、爱摹、爱怜……

史芸芸是个极富同情心的女孩，面对他的苦痛，她多的是同情，甚至爱怜。

万万不可像那个生而眇者那样，把钟或龠当作光焰无际的大太阳。

突然，他又想到另外一件事。

忘了是多少年前，有一回与几位同学去一座寺院玩，大家起哄求签，他求得一签，上面写着：“耳听他人言，百无一件事。不如休息意，免得去求人。”当时，有好长一段时间，他都想不明白是什么意思。此刻，忽而念及，莫非真的有神提示这么一说？

百无一件真？包括所谓的爱？

算了，不要多想，苗禾对自己说，休息意，心门关紧。

苗禾自以为已然心平如镜，熟练地走到床前，伸手用放在床头柜上的刷帚拂了几下凉席，躺下。

开始默念《琵琶行》，这是他的法宝，默诵最熟悉的诗赋曲辞，可以催眠。刚背到“转轴拨弦三两声，未成曲调先有情”，电话铃骤然响起。

苗禾倏地坐起，伸手准确地按在话筒上，没有立即接起，犹豫了有十多秒钟，还是接了起来但又没了声音。

他，终究还是抵挡不住，唉，管它是钟是龠还是太阳。

不如休息意？

15. 各庙各菩萨

苗禾要结婚了，台门里平时与他不太来往的人一下子热络起来，说又惊又喜有点夸张，不过，将其当作喜事一桩却是普遍心理。特别是林中，逢人就吹嘘，说自己是响当当的月下老人。

这话其实非常合乎逻辑。要不是他林中，要不是那天史芸芸们来找他，还会有接下来的故事，哦不，是喜事，美事！

听林中那么一说，很少开玩笑的朱四海坐不住了："林哥这话有道理，但是，这个'但是'很重要。"他顿了顿，像是故意卖关子，学着林中的口气，"更有道理的，这个月下老人，非我莫属。"

林中连忙打哈哈："对对对，咱哥儿俩并列第一。"

两个人开怀大笑。

正在清扫落叶的顺风婆婆抬起头来远远地问："你们两个在笑什么？说与我听听，让我老太婆也笑笑。"

"顺风婆婆，大喜事呀，禾禾的，你不知道？"林中高声大气地冲着老人喊。

朱四海离得老人比较近，便走近过去说："婆婆，这下您可要做'顺溜嬷嬷'了，是不是？"

老人听了，呵呵一笑，只是这笑带有些苦涩。朱四海自知失言，又觉覆水难收，不无尴尬地看向林中。林中反应灵敏，立即跑向老人，伸手夺过扫帚："来，婆婆，我来。"

朱四海扶着顺风婆婆到就近的石凳上坐下，垂手立着，不知道该说什么。

老人显然也明白朱四海的不安，拍拍石凳："你也坐，来。"

朱四海很乖的样子，小心坐下，无话找话："婆婆，您高寿，哦，您几岁啦？"

顺风婆婆正要回答，不巧，苗禾同史芸芸走了出来。

苗禾看上去还是一贯的目视正前方的架势，脸上是浅浅的笑。史芸芸却是满脸喜气，冲着三人笑吟吟地点点头：“你们好！我陪禾禾出去走走。”

三人无声地望着远去的背影，等背影被围墙遮住后，才听老人叹了一声说：“多好的孩子啊！”

两个年轻人不明白老人称赞的是哪一个，林中以为，一定是在夸史芸芸，说来，他对史芸芸比较了解，同事嘛。而朱四海却觉得，老人指的肯定是苗禾，她更了解苗禾，邻居好几年了呀。

没想到，顺风婆婆突然伸展双臂，左手拍拍林中的肩膀，右手拍拍朱四海的肩膀，又喃喃地道：“你们，多好的孩子啊！”说着，还没等两个“孩子”反应过来，她却自顾自走开了。

两个年轻人正面面相觑，冯夏芳走进台门。

林中连忙打招呼：“冯阿姨，您在啊。”

“哦对，过来看看，不是那什么吗，有些事张罗一下。”

“必须的，必须的。”这回是朱四海，语速少见的迅速。

等冯夏芳进到屋里，朱四海指指苗家的门问林中：“动作够快，他们原来就熟识？”

“可能吧。”林中谨慎地回答，“有老师说，两人早就认识，芸芸还等了他好多年。”

“哦？一直没结婚？”

“那倒不是。离了。”

“就因为……”

“不不不，那人不那么地道。”

“这样啊。”说到这里，朱四海表现出一种恍然有些大悟的神色，“有缘终究能相聚啊！”

说来，苗禾与史芸芸还真是有缘，谁都愿意相信，“偶遇”就是天意，就是天助。

那天，电话铃响，苗禾知道是谁，结果犹豫再三，但终没有接通。他是在等电话，可一旦铃声骤然鸣响，却又不敢接了，他的心里始终纠结着，直到电话自己偃旗息鼓。

之后，他又后悔不迭。

他是个把什么都隐埋在心底的人，然而，他毕竟不是万念俱灰的人。他有期盼，有信念，甚至从骨子里，他还始终挣扎在旁人不可想象的苦恋之中。

无疑，恋的是史芸芸。

他无数次地追问谴责自己，我在做什么，我该怎么做，他觉得自己最该做的是摆脱，是掐灭。

可他做不到。

不如休息意，说说容易。

他是个愿为他人着想的人。可这次，他没有去想史芸芸在做些什么。

与前夫江有才离婚并不是向来温顺的史芸芸主动提出的，尽管父母亲友都劝过她，尽管她自己也打心眼儿里希望早点结束根本无望了的所谓感情。

不能说江有才十恶不赦，可这个自以为是才子的男人，起码对家庭对妻子是绝对不负责的。他教训妻子说，作为一个管事的，上上下下左左右右的关系调停，靠的什么，你懂不懂？不懂？就别乱说，就别管。史芸芸哪里愿意管他。然而，不管又怎么样？她不管，也懒得管，到头来，收到了一纸逼离“公文”。

没有任何理由，非常直接的一句话：我要再婚了，你必须离开。

那天面对面，江有才直截了当地对她说，他需要政治联姻，而史芸芸在他的人生运作中没有任何价值，所以，她必须走。

走就走，求之不得。所以，史芸芸不像别的被抛弃的女子那样呼天抢地，她是没有眼泪，没有悲伤，只有解脱之后的一身轻松。

更何况，之后，老天爷安排她与苗禾的又一次偶遇，令史芸芸感觉到了一种久旱逢甘雨的畅快。那天，她想把半年前离婚风波的始末详细地诉说给苗禾听，可她又不希望这事败了两人的兴，这便只做了个点到为止。

天有不测风云，还真有这样的事。

继任岳父还没事时，江有才就先期遭殃，为了最大限度地撇清自己，他事无巨细来了个和盘托出，更有甚者，他还大大添油加醋一番，不是听说，就是据传，最后，得到了一个等候处理。当然，头头是没得当了。再有就是，丈人老头儿完蛋了，那女人自然必须弃之如敝履。可对方却非善类，还没等江有才来得及做出反应，就来了个先发制人，不仅提出离婚，还列出一个清单，所列项目中居然包括那套史芸芸正住着的住房。

那房子其实早就说好作为补偿留给史芸芸，只不过尚未办理过户手续，房产证上的户主还堂而皇之地印着江有才的名字。

于是，江有才只好做两手打算：其一，同那女人“据理力争”，他放话称，他并不是那么好欺负的，不信，试试看，不就鱼死网破嘛；其二，向史芸芸提出复婚，否则，他就不同意房产过户，谁都心知肚明，复婚是由头，其真实目的只在于房产，意思是让史芸芸净身出户。

关于其一，结果是不了了之。江有才与那女子虽已经登记结婚，但那房产却是江的婚前财产，那女子无权分割。

然后是其二。江有才提出复婚的时间恰好是史芸芸与苗禾再度偶遇那天。

当时，史芸芸离开员外人家，喜滋滋地回到住处，再没想到，江有才正独自一人坐在房间里。

“你？你怎么在这里？”话一出口，她突然记起，他有钥匙。

离婚后，史芸芸想过换掉房门钥匙，可稍一转念，又觉没有必要。人家心都去了，还会回头找自己？

江有才根本不回答，盯住她“哼”了一声：“复婚吧。”

史芸芸简直不敢相信自己的耳朵，惊讶无比：“什么？”

“嘁！”江有才一脸不屑，“耳朵掉了？”

史芸芸不再理他，转身就走，从卫生间取出拖帚在客厅旁若无人地自顾自打扫。

过了好一会儿，江有才走了过来，先叹一口气，然后，换上自以为软和的口气说：“好了啦，复婚，那女人根本不是东西，跟你相比……”说着，他夺过拖帚扔在地上，随即又揪住她的胳膊直往自己身上贴，向来温柔的史芸芸怒了，使劲一推，毫无准备的江有才倒退几步，险些摔倒。

“你！”江有才好不容易稳住，扬起右手挥向史芸芸，“你别给脸不要脸，我……”

史芸芸迅速看了一眼地上的拖帚，太远，便随手抓起旁边茶几上的一个水杯狠狠地砸向对方。

江有才侧身一避，水杯撞上背后墙壁，落地碎了。

江有才简直不相信自己的眼睛，满眼慌乱地看向盛怒中的史芸芸，没想到她又操起一把水果刀，直往他这边刺来。

江有才这下怕了，不管不顾地“妈呀”一声，抱头鼠窜。他冲出门外，又赶紧拉上门，稍倾，又轻轻推开一条门缝，只见史芸芸已伏坐在椅子上，肩膀耸动，不觉“豪气”又增，大力把门打开，大喝一声：“你等着，有你好看！”

史芸芸倏地弹起，再次操起刀子，冲将过去。江有才见状，慌得连门把手都找不到了，索性拔腿狂奔。

听着门外脚步声消失，史芸芸不禁放声大哭。

此前，史芸芸已经听说过江有才出事的消息，不少人都替她庆幸，倒是她自己并不当一回事，早在两人还是夫妻时，她就无数次劝说过他，“有毒的不吃，犯法的不干”，他听了，根本不以为然，被她说烦了，干脆拳脚相加。有一回，她半真半假地说了“自首”二字，他暴怒之下，甚至打断了她两根肋骨。

她曾两次提出离婚，也许是他还没有找到合适的下家，根本置之不理。所以，当他主动提出离婚时，她想都不想就同意了。

复婚，可能吗？纵使全世界就他一个男人，她也不会同他复合。

她是把江有才视为灾星的，一个可能直接破坏她与苗禾幸福的灾星。

她能不怒吗？

好心情全被姓江的打散了。本来，她想趁夜办公，在学校里打电话给苗禾，这么一来，哪还有心思，她不想把心里的苦恼带给苗禾。

接下来的几天，史芸芸总是提心吊胆的，担心会有什么事情发生，她觉得江有才还会上门来。

就在史芸芸慢慢平静下来之际，她却得到消息，江有才被正式批捕，经查，他负有大量贪腐罪责，所有他名下的资产全部先行冻结，包括那套住宅。

史芸芸是懂得轻重的。

她立马动手把属于自己的物件全部做了清理，然后，义无反顾地搬去父母那里。父母都非常明理，无条件地支持她的想法与做法。

史芸芸还没来得及与爸妈说到重新遇到苗禾的事，这下，她来了个顺势而为。她相信父母不会反对，事实也是如此，尤其她爸爸，举双手赞成。

史芸芸笑了笑，对两位老人躬身道：“谢谢爸！谢谢妈！”随后，她走到门口，从衣帽架上取下自己的那个小坤包，“那我去了？”

父母当然明白女儿是去哪里，相互看看，然后点点头。

史芸芸又来到滨江公园，不远处的一个凉亭里已经有人操琴唱歌。她自幼喜欢音乐，在学校里，也算是个学生的文艺指导，可今天她不愿意掺和其中。

她知道，苗禾一般晚上不上班，可也有例外。她从来有去过那个按摩苑，不知道为什么，她觉得那样太正式。其实，她最愿意去的是他家，可又没把握他妈妈在不在。对他父母，她倒并不害怕，当然更不嫌憎，只不过，她觉得今天是非常时刻，不希望另有人在，哪怕是他爸他妈。

她沿着公园的小径来回徘徊好几个来回，抬头望望无星无月的天空，轻叹一口气，回身继续慢慢跑步。

她的眼睛始终向着一个方向，突然，她见远处现出一个人影，下意识使劲眨眨眼睛，是他？还真是他。

她停住了脚步。

她等着他走近。

她突然想到了一个词——撞车。

她在等待那一刻，两个人撞在一起，她甚至已经展开双臂，准备相拥。

可是，就在仅十来厘米快相碰相触之际，他立定了。

呼气如兰，他感觉到了。

十几秒钟之后，他开口道："你早来了？"

史芸芸没有理由不流泪，她几乎说不出话来，在不能再不说话时，她哽咽道："你……你怎么知道是我？"

苗禾似乎后移半步，带着笑意以问代答："你怎么知道是我？"

史芸芸再也不愿矜持下去了，搂住苗禾的腰，两人的脸贴在了一起。

"想不想我？"

苗禾本想说"你说呢"，临出口却换成一个字："想。"

"那，也不找我。"史芸芸撒娇似的责怪说，想了想，自己先笑了，他根本不知道她住在哪儿。

两人就这样站了一会儿，还是苗禾先动了脚，同时，她挽住他的胳膊。

走出几步，史芸芸扭头看着他的脸说："去你家？"

"好。"

一路上，史芸芸的嘴巴是不停的，她有意不提准备好了的话，她希望回到屋子里再来个痛痛快快的诉说。

史芸芸相信，苗禾听了她的那些乱七八糟的事之后，肯定会反应激烈，没承想，他不但十分冷静，而且一言不发，像没事人一样。

史芸芸不满了："你怎么啦？干吗不说话。"

"你做得对，"苗禾对着她的脸说，仿佛他还能看到她姣好的脸庞，"别的，就不用太当一回事。"

"就这些？"

"是啊，你爸妈不也这态度吗？"

史芸芸想了想，倒也是。她做得对，爸妈当然支持，而他已经不是局外人，也表示支持。他特意提到她爸妈，不正表明他在暗示他是自己人。

"你是说，你也支持了？"

史芸芸本想说"同意"二字，她心里明白，让他主动表明爱意，恐怕比较难以开口，就看他对"支持"二字作何反应。

苗禾沉吟片刻。

他懂得史芸芸的心意。这些天来，他一直在考虑同一个问题，在情感方面，自己可不可以主动做出选择。其实，摆在他面前的已经不是选择，而是开步。他不会不明白史芸芸的用心良苦，至于自己，多年来，那份情愫始终深埋心底，像一粒种子，早该破土而出，只等甘霖滋润，精心呵护。

这些年来，他可以骗别人，却骗不过自己，他知道自己的挣扎有多苦。他不止一次地想到自己的偶像保尔·柯察金。

保尔有过三次爱的经历，前两次有始无终，最后，遇上达雅，才成就一桩真正的爱情。

书里，保尔在向达雅求婚时说："你愿意做我的朋友，做我的妻子吗？"

《钢铁是怎样炼成的》，苗禾读过多次，每一回读到这里，他都按捺不住心中的悲切。他问自己，我的达雅在哪里？

恋上冬妮亚与丽达时，保尔还是健康人，而达雅出现之际，保尔已经病了。

史芸芸不是丽达，更不是冬妮亚，她只可能是他的达雅。《钢铁是怎样炼成的》是小说，可他相信，保尔的原型就是作者自己，不能保证冬妮亚确有其人，但达雅肯定是真实存在的。

苗禾握紧了史芸芸的手，轻轻地抚弄着。这样的抚弄以前从来不曾有过，所以，史芸芸不由得为之一惊，手下意识地颤了一下，苗禾感觉到了，干脆把她的手引向自己唇间，亲了亲。

“你愿意……你愿意做我的妻子吗？”

史芸芸听到苗禾说出这句话，容不得自己回答，一把拥住苗禾。她把脸紧紧贴在苗禾的面颊上，然后轻柔却坚定地说：“我愿意！”

史芸芸感觉到，苗禾松了一口气。

史芸芸不会忘记，她曾经为他朗诵过《钢铁是怎样炼成的》中这句话：“你愿意做我的妻子吗？”这话，她读过三回，而且，她的语气都是加了着重号的。当时，她特别留意他的神情，却只见他眨了眨眼睛，没看到流溢出她所希望的光彩。

此刻，她非常想说自己是最幸福的人，可一出口，却成了另外一种语式：“禾禾，你知道什么是幸福吗？”

“我知道，你也知道。”

她定定地注视着他的眼睛，激动之余，忍不住又抱紧了他……

接下来的事是苗禾的妈妈冯夏芳特别跑出门来，冲着天井里正聚堆闲聊的邻居宣布，他儿子要结婚了。

“谢谢大家对苗禾的帮助！”冯夏芳双手抱拳，不无激动地说，“平时我很少过来，苗禾不让我来，他说他能自理。所以，这些年还真的是靠大伙儿担待、照顾……”说到这里，她抹开了眼睛。

“苗妈妈，这可是大喜事，恭喜发财，红包拿来！”阿光闻声跑来，嬉皮笑脸地对冯夏芳说，“得大办筵席吧？我阿光轮得着轮不着？”

冯夏芳还来不及开口，正在花坛边为月季整枝的梁天成喊道：“阿光，红包可得你准备呀，贺喜嘛，你道喜酒有得白吃的？”

冯夏芳连连摆手：“不用，不用，怎么可以叫大家破费呢？”

这时，顺风婆婆也过来凑热闹：“阿光，还有你呢，老太婆我可等不得了，你的喜酒。”

“大舅婆，你不要着急，我老婆还在丈母娘肚皮里。”顺风婆婆的亡夫是阿光老妈的大舅，所以有这样的称呼。

“你个阿光赖赖毛，连喜酒都要赖，你以为我老太婆不知道，桥头那个小嫂嫂不是你对象？”

桥头小嫂嫂的事其实是阿光自己吹出来的，不过，说来还真有那么一回事。那小嫂嫂曾经来过几回，顺风婆婆住阿光隔壁，当然瞒不过了。

小嫂嫂守寡 4 年。前夫出外打工，搞建筑的，一次工程事故，从十几米高处摔下，当场亡故。

一天，小嫂嫂替公公买药，冤冤有孽，钱包让人偷了，正坐在药店门口嘤嘤哭泣，阿光正巧路过，侠气陡生，正好袋里有钱，一股脑儿悉数给了小嫂嫂，陪她取了药，又送她出了药店，就走了。

小嫂嫂也是有心人，望着阿光的背影渐渐远去，快步尾随，跟着他进了台门，记住了他住哪间屋子，才匆匆回家。

小嫂嫂姓廖，叫廖初娅。她婆婆得到儿子噩耗后，当即昏倒，脑溢血，在医院里抢救 3 天，结果还是去了。之后不久，公公也病倒了，结肠癌，虽然做儿媳的竭尽所能，悉心伺候，但终究没有留住。

廖初娅就住城乡接合部，算是郊区农民，本来就不富裕，经不起公公婆婆的病痛医治，不要说原先的那点菲薄家底，连丈夫的“换命钱”都被花得七七八八，所剩无几。

一向与人为善的廖初娅，一夜之间，竟成了邻里仇雠，谁见了她都唯恐避之不及，有人甚至当着她的面骂她“扫帚星”“丧门星”。

到后来，连她自己都怀疑起来。结婚不到半年，老公出事，随后，婆婆与公公又先后离世，莫非自己真的是不祥之物？

不知道自己哭过多少回。

无依无靠的一个人，连找个说说话的人都没有。

她不敢回娘家，怕自己把晦气带给至亲。

无数次想到阿光。她并不知道阿光姓甚名谁，可她认得路，好几回，她想去找他，有两次，已到台门口，最终还是没有勇气跨过那条并不太高的门槛。

也是因缘未了吧。

桥头村旁边是乌柏村，乌柏村里有个叫柏叔的，是阿光的哥们儿。阿光有不少酒肉朋友，但柏叔不是。柏叔曾经是教师，体育老师，喜好武术，擅长长拳，闻名乡里。阿光从小孱弱，受人欺侮似乎是家常便饭，有人就给他牵线引路，拜了刚刚退休赋闲的柏叔为师，结果拜师未成，阿光实在吃不了苦，但这并不妨碍阿光做柏叔的粉丝，有事没事就往柏叔家跑。

事有凑巧，这天傍晚，阿光正在桥头、乌柏两村间的晒场上看柏叔要拳，廖初娅从自家地里回家，看见阿光，眼都直了。

此时，柏叔正好收功，见廖初娅神色有异，便问了一句："阿娅，回屋啊？"

虽说不是同村，两家却是住得不远，加上廖初娅的公公生前与柏叔多有来往，柏叔又是爽快之人，从不把那些神神叨叨的胡言乱语当一回事。

廖初娅没有回答柏叔，只顾瞪着阿光流泪。

柏叔奇怪了，看看这个，又看看那个，最后往阿光胸前捣了一下："喂，咋回事？你们认得？"

阿光好像有点疑惑，他觉得这女的有点眼熟，一时却想不起在哪儿见过。

柏叔又回过头问廖初娅："你认识他？"

廖初娅点点头，张了张嘴，没说话。

"哦，是你啊！"阿光突然想了起来，他看到她右边鬓角处的小痣，"你住这儿？"说完，他又四下里扫视一遍，像是要看看她住在哪儿。

廖初娅开口说："大哥，那天谢谢你，我得把药钱还给你，要不，去我家坐坐？"她往东边指了指，"我家就在那边，不远。"

阿光转脸看柏叔，仿佛在征求他的意见。

柏叔是爽快人："走，我陪你一起去。"

寡妇门前是非多，柏叔一下子还不知道两个人是怎么回事，不过，听廖初娅说到"药钱"二字，他多少有点明白了。柏叔对两个人说不上了解，但多少知道一些他们各自的经历与现状，不禁心里一动，说不定，这两人会是不错的一对儿。

长话短说。

柏叔搞明白了两人的相识由来，大为赞叹。他没有直接捅破，只是用长辈的口气关照阿光，以后要多多帮帮阿娅，阿光并不愚笨，连连点头。两人就这么交往了起来。

说起来，人间巧事还真不少，这不，大伙儿正向阿光起哄，廖初娅来了，她是送一篮蔬菜来的，见好几个人围着阿光笑，虽不知道大家说的什么，但她的脸先红了。她没有跟阿光打招呼，径直进了阿光的屋子。

除了顺风婆婆，邻居们大多没见过廖初娅，不过，谁都不笨，一下子全明白了。林中先开口：“老兄，是不是那什么，哦，应该叫嫂子还是弟妹？”

从不怕难为情的阿光，这回居然害羞了。不过，他突然一挺腰，很有气派地双手叉腰道：“是又怎么样？只许他禾禾办喜酒，不准阿光我讨老婆啊？”众人哄然大笑，他急忙转身，推开几个人，逃也似的跑进房间，关上了门。

半个月后，苗禾先生、史芸芸小姐的婚礼在於州最大的於都大酒店隆重举行。

且慢，苗禾征得史芸芸与两家家长同意，邀阿光先生、阿娅小姐一道行结婚大礼。

苗禾的说法非常简单，远亲不如近邻，近邻更赛亲人（於州方言，“人”读如“宁”，所以，“人”“邻”基本押韵）。他与芸芸的婚礼本不想太奢华，可是拗不过父母与岳父母，少不得依了，这么大的场面，浪费太多，不如与阿光哥、阿娅姐组合一起办，更有意义。

阿光当然求之不得，倒是廖初娅觉得不好意思，然而，到底盛情难却。

结果当然是皆大欢喜。

别以为如此皆大欢喜就万事大吉了，好事成三，接踵而来。

喜宴席上，台门里的年长者被特意安排在首席中央，范爷爷范国柱、顺风婆婆王荼蘼正好邻座。

两对新人依次向来宾敬酒。阿光携阿娅来到两位老人面前，说完约定俗成的祝福话，阿光忽然夸张地大喊一声：“哎哟，三爷爷，大舅婆，你俩不但一脸福相，还，还两脸夫妻相啊！”

新郎官异乎寻常的高声大气，把邻近几桌人的目光都吸引了过去，有几个听明白的人还推开座椅跑近过来看看范爷爷，又看看顺风婆婆，然后，啧啧称奇：“还真是，真的很有夫妻相呢。”

一时间，两老成了新郎新娘们之外的最佳关注点。

林中坐得比较远，见那边的人聚拢成团，不知道出了什么事，连忙跑过去察看。听人说明情况后，免不了也心生惊讶，以前怎么就没注意到呀，或许，这两位老人也有故事也有戏？

喜宴散了，众人回了台门，一路上，有说苗禾的，有说阿光的，但更多的兴趣却在两位老人身上。

几十口人中，梁天成自诩最有发言权。

听梁天成说，范爷爷年轻时就与顺风婆婆有过一段不浅的情缘。

王荼蘼与范国柱相差5岁，小时候本玩不到一块儿，一个已长成小后生了，一个还是个黄毛小丫头。只因两家住得不远，经常在路上或田头碰到。每回见到了，小荼蘼会轻轻叫一声阿柱哥，但那是十来岁之前，之后，小姑娘懂得了腼腆，看到比她高大的男子，大多数情况下会远远避开。唯有一个例外，那便是见了范国柱，她照常以最明媚的笑靥相迎，然后甜甜地叫一声“哥”，连“阿柱”二字都删了。

王荼蘼把范国柱当作特例当然是有原因的。

范国柱救过小荼蘼的命。

那一年小荼蘼9岁，独自一人去山上办鹅草。“办”是於州人的说法，意思是采或拔，鹅草则是喂鹅的野菜野草。农村的孩子大多干这营生，她家虽在城郊，但到底还是农民，家里饲养不少的猪狗鸡鸭鹅。

这天特别闷热，突然天布乌云，越来越浓。眼看快要下雨，小荼蘼攀扯着身边的树干下山，突然间，她感觉到自己的左脚一阵剧痛，缩腿低头一看，妈呀，是一条灰扑扑的蛇，她禁不住一声尖叫，然后，跌倒在山坡上，放声大哭。

就在这时，范国柱过来了。他是上山斫柴，听到有人哭叫，急忙赶了过去。

“怎么回事，阿蘼？”范国柱看到王荼蘼的腿正在流血，马上明白了，连忙四下搜睃，只见一条灰蛇正懒洋洋地爬动，脱口喊道：“狗屙扑！”

狗屙扑是一种蝮蛇，因为它喜欢把身子盘成一堆，远远看去，就像一堆狗屎，於州方言叫狗屙，这种蛇就被叫作狗屙扑。

狗屙扑是一种毒蛇，乡间常有人不小心被咬伤。范国柱也被蝮蛇咬伤过，亏得他爷爷是草头郎中，识得许多草药，其中就有不少是治蛇伤的。爷爷替他治好蛇伤后，他便整天缠着爷爷教他识别蛇伤药，还有就是如何用药治蛇伤。

范国柱那时虽然年纪还小，但已经治好过不少被蛇咬伤的人。这天也是凑巧。他俯下身子，使劲把王荼蘼伤口的黑血挤去，然后，很快寻来几株药草放在嘴里嚼烂，敷在她的脚伤口上，随后，他用几茎茅草搓成一根细绳，又扯来几片树叶敷在伤口，手脚麻利地包扎好。

王荼蘼早就不哭了，她的眼睛滴溜溜地围着范国柱的动作转，她听说过狗屙扑的厉害，要不是侥幸碰上国柱哥，说不定她就死了。想想都怕。现在没事了，她听别人说过，国柱哥能医蛇伤。她还想，国柱哥真好，长大后，要是……

王荼蘼正天花乱坠地转着脑子，只听范国柱说："来，快扒在我肩上，我背你回家，快！"

匆匆忙忙回到王家，范国柱把王荼蘼放下，都没好好说话，就火急火燎地跑走了。

王母不知就里，跟着范国柱的背影追到门外吼道："国柱，你小子把我囡怎么啦？"

是女儿的哭喊声把王母叫回去的。

"怎么啦，囡？"王母一见女儿小腿上绑着乱七八糟的树叶草绳，大惊失色，"你的脚怎么了？"

王荼蘼抽泣着："我让蛇咬了。"

"啊？"王母冲到女儿跟前蹲下，"怎么回事？怎么回事？"

王荼蘼哭得更凶了："妈，我会不会死掉啊？"

王母没做正面回答，只是追问："到底怎么回事，是什么蛇？"

一阵急匆匆的脚步声冲了进来，是范国柱，他的手里拎着一包东西："婶婶，是狗屙扑，没事的。"说着，他扬扬手里的纸包，"喏，快把这草药煎一下，喝了就没事了。"

之后，王荼蘼还真的什么事都没有。

王母逢人就夸赞范国柱，到处宣传他的医术高明，到处宣传他救了女儿的命。

有人开玩笑："那好啊，你索性把宝贝女儿许配给国柱那小子。"

对这样的话，王母自然不会发怵："哈，那是必须的，囡现在还小，到时候，闲话一句！"

王荼蘼不知道她妈心里是不是真有那样的打算，只不过，她的小心眼儿里倒真的种下了一粒情种，每天都盼着快快长大。

日子就那么不徐不疾地过着，转眼间，王荼蘼 15 岁了。

这一年春夏之交，大雨倾盆，山洪迸发，於江大水，岸堤危急，锣声四起，处处救埂。各乡各村的青壮年几乎全部上堤埂，范国柱当然也是。

午夜时分，於江城郊段终于顶不住滔滔洪峰，垮塌了。无数参与救埂的人掉进汹涌浊流，一部分幸运者获救，也有不少人下落不明。

范国柱就是下落不明者中的一个。

范国柱是独子，父亲早亡，年迈的爷爷也于一年前离世。范国柱失踪之后，其母开始到处奔走，终究不见其踪。

一家子就这么成了村里的话中人。

好多人为范家伤心叹息，王荼蘼自然更是悲痛欲绝。可她一个才刚 15 岁的弱女子能怎么办，除了暗自落泪。

过了几年，王荼蘼嫁人了，生子了。后来，就不用再赘言了。

大家都以为范国柱肯定葬身鱼腹了，谁知道，在洪水里，他不知道漂了多长时间，又几经周折，让一支正执行任务的游击队给救了。

范国柱不是没有想过回家，可惜抗日烽火正烈，民族大节重于一切，作为一名抗日战士，他只能义无反顾。三年后，他曾借道绕过老家，听到一些情况，无奈之余，只好匆匆离去。此后，抗战胜利，横渡长江，抗美援朝，一路戎马倥偬，战功赫赫，却也伤痛累累。

转业后，随妻子回了临安娘家，本想着，反正老家已无亲人，在异乡安度晚年也没什么。谁承想，老夫妻俩才刚退休，妻子因肾病去世，悲痛之余，突然思乡情急，顾不得儿女劝阻，独自回了於州。

回到於州，通过一位战友帮助，他住进员外人家，不期然，竟与王荼蘼相逢。

细算起来，至少有四十多年不曾相见，相见不相识，理所当然。范国柱怎么也想不到，人称顺风婆婆的老女人会是当年那个伶俐乖巧的小荼蘼。然而，尽管范国柱身上已很难找出当年英俊少年的风姿，但王荼蘼从他人的谈吐间多次听到范国柱的名字，少不了勾起心底无限情思。

一天清晨，范国柱出门到天井练拳，正执帚扫地的王荼蘼迎上前去，定定地看着范国柱的背影，等他收了拳，轻声问："你是范哥，国柱哥哥？"

范国柱闻声转身，上上下下打量问话人："你是……"

"我，我是荼蘼，不记得啦？"

范国柱满脸疑惑的神色瞬间换成惊喜："啊？小荼蘼？记得记得，哪能不记得！”说着，他忘情地一把攥住她的手，使劲晃了几下，“你，过得好吧？”

…………

两人的重逢并没引起邻人注意，随后的交往，谁也没觉出有什么特别。这倒并非他俩刻意回避，和睦相处本就是邻居间的为人之道嘛。

倒是向来粗枝大叶的阿光不知是哪根神经特别发达，看出了两位老人之间的非同寻常，有意思的是，经阿光那么一点破，众人仿佛一下子省悟过来，这两位老人还真的有戏，噢，应该叫确实般配。

员外台门从来不缺热心人，其中，梁天成夫妻俩最为起劲。

两人分头行动，梁天成当即去了范爷爷家，也不多问多说，基本上是夸赞顺风婆婆，最后才是那几个字：“行不行？”

与此同时，苏青娥找到了顺风婆婆，女人的习惯一般是从拉家常入手，说着说着，苏青娥就说到了范爷爷。顺风婆婆显然明白苏青娥的意思，而且，她也知道，苏青娥是出于一片好心，这便把自己小时候的故事，包括自己被蛇咬伤、范哥救埂失踪，等等，细细说了一遍，直听得苏青娥唏嘘不已。

就这样，范爷爷与顺风婆婆的黄昏情成了员外人家又一件大事。

星期天，台门里大大小小老老少少都在天井或走廊上晒太阳，两位老人一前一后地从顺风婆婆家走了出来。

阿光眼尖，起哄般地喊道：“三爷爷，大舅婆，商量好了吧，什么时候请大伙儿喝喜酒？”

顺风婆婆抿嘴不响，脸上带着少有的红晕，范爷爷却大大方方地呵呵了几下，然后点着阿光说：“小讨债，结婚结出瘾头来啦？”

阿光抓抓头皮，嘿嘿直乐：“做孙子的都结了，爷爷您却还光着，没道理啊。”

“急什么急，”范爷爷转脸看看身边的顺风婆婆，朗声说，“不用着急，半个月之后。”

有人扳开了手指。

“半个月之后？”林中突然问，“半个月之后，过年了啊，范爷爷？”

“过年怎么啦？哪条法律规定过年不能讨老婆？”

“能能能，当然能！”这回是好几个人异口同声。

半个月之后又十天，正月初五，员外台门又大大热闹了一番。

婚礼上，除了员外人家全体成员，到场的还有几位“外人”——范爷爷的儿女与儿女的儿女。

大喜大乐之际，有人开心地说：“这婚礼倒也新鲜，儿孙同堂哪！”

阿光醉醺醺笑道：“你没听大舅婆，哦不，是我三奶奶说吗，这叫‘各庙各菩萨，各人各结法’，懂不懂？”

16. 小巫见大巫

范爷爷与顺风婆婆的婚宴在一片欢笑中完成了。

有消息灵通人士说，范爷爷的子女非常支持两位老人的婚事，他们甚至觉得，年纪大了，去不去办理结婚登记无所谓，倒是顺风婆婆不同意，她觉得，自己独守多年，从未有人对她说过闲话，人最要紧的是懂规矩、守规矩，而范爷爷同意顺风婆婆的观点，所以，两人像模像样地去办证中心领了结婚证，当然，在这之前还上市内最好的照相馆拍了双人照。

洞房自然设在范爷爷那里。

顺风婆婆考虑，得上房管会把她那小屋退了，现在房子那么紧张，应该让出来给更需要的人来住。

几天后，范爷爷的儿女也都走了，勤快的顺风婆婆把一切收拾得妥妥当当。回到自己原先的住处，怔怔地坐在那张睡了多年的木板床上，想到以往种种，不觉潸然泪下。

发了一阵子愣，她转身歪倒，伸展胳膊摸向里床壁。就在这时，忽听有脚步声过来，就又回身坐起，起身走向门口。

进来一个穿着牛仔衣裤的人。

来人走到门口，没有跨门槛，立定，看着顺风婆婆："亲娘！"

老人这才看清，是干儿子娄大友。於州人把干妈叫作亲娘。

"大友啊？"老人伸手扯住娄大友的胳膊，自己一步跨出门槛，让他转过身，仔细看着干儿子的脸面，"瘦了，大友啊，也黑多了。"

"我好着呢，"娄大友拍拍胸脯，挺挺腰杆说，"亲娘，您好吧？"

顺风婆婆没有作答，拉着干儿子进屋。

等娄大友顺从地在床沿坐下，老人也在床前那枚方凳上落了座。

老人盯着他看了一会儿，半晌，问道：“告诉我实话，是不是碰上什么事了？”

娄大友一副若无其事的口气：“没有啊，您听谁说的，我能碰上什么事。”

“你不用瞒我，”顺风婆婆撇了撇嘴，“别以为我老了，什么都不懂。”

“亲娘没老，亲娘当然没老了……”娄大友嬉皮笑脸地打哈哈。

“唉，你呀，说实话吧，阿牛全告诉我了。”

娄大友嘀咕似的骂了一句：“短命阿牛，真吃得空。”

“好了，不用怪阿牛。我就问你，是不是全赔光了？”

娄大友又是摇头，又是摆手，竭力否定：“没有，没有，哪能全赔光，我大友是谁啊？”

老人不再多说，她脱掉鞋子，缩腿进到床上，然后又移向里床壁，那里有个固定在床架的抽屉，她从裤兜里掏出钥匙，开了锁，拉开抽屉，取出一长方形木盒，里面有几叠钱和一张银行卡。

老人把木盒放在娄大友的手里：“这些全是你给我的，没有动过，现在，你拿去，我知道你急着用钱。”

娄大友目瞪口呆，半晌，压低嗓音说：“亲娘，您这是干什么？”

“不干什么，我一个老太婆，有吃有穿的，要那么多钱有什么用。”

“亲娘啊，您叫我说什么好。”娄大友像是着急了，起身在床前转了几个来回，摊了摊双手，“这钱，是给您用来养老的呀。”

老人沉吟一会儿才说：“我明白，你是个孝顺的孩子，可我也知道，你现在需要钱，再说，我刚刚……”说到这里，她好像有点不好意思，“前几天，我跟范国柱……结婚了。”

“我知道，我知道。”娄大友又回到床沿坐下，“我听人说了，本想及时来道喜，可一时赶不回来，所以，今天才过来道喜。亲娘不会怪吧？”

顺风婆婆奇怪了：“你怎么知道，谁跟你说的？”

“嘿嘿，哥们儿，我哥们儿多呢，什么不知道？”

“你个小讨债！”老人笑骂一声，亲昵地用拳头擂了一下他肩头。

“亲娘，跟您说实话吧。做生意嘛，哪能不遇上点什么，可这正常啊，不是说月有阴晴圆缺吗，赚赚赔赔寻常事，赚的肯定比赔的多，是不是？”说着，娄大友从口袋里掏出一个红包，双手奉上，“亲娘，这是孝敬您的，请收下，要不就是不认我这个亲儿子。”

听娄大友说了这话，顺风婆婆心头一酸，不禁流下泪来。

“小娟她好吧？”老人突然问了这么一句。

“好，她很好，就是忙。”娄大友又坐在老人旁边，把红包塞进她的手中，“听说我要来看你，我姐她要我代问一声好，说过些日子来看你，你知道，她现在忙得来，我开她玩笑，她这个总经理，简直有副总理那么忙，呵呵！”

老人受了感染，也笑了起来。

说起来，顺风婆婆原本是娄小娟的“亲娘”。那一年，刘顺风是为了救娄小娟，才让那几个流氓活活打死的。为了报恩，娄小娟当即就把顺风婆婆认作干妈。当时，见姐姐跪倒在地磕头，娄大友也一步上前，口称亲娘，跪倒便拜。

事后，有人问他时，他理直气壮地说：“姐姐的亲娘，当然也是我的亲娘，姐姐拜，我当然也要拜。”

十多年来，姐弟俩动不动就往亲娘家跑，倒是老人一次一次地劝他们不必这样，她坚持说，自己身体硬朗着呢，什么事情都做得了。这倒也是实话，哪一天她闲下来过。

姐弟俩为生意奔忙，看望老人的时间自然少了，间或来一回，却是大包小包，令邻人啧啧称赞。就说娄大友的那张银行卡吧，那是三年前交给老人的。老人当然不肯接受，干儿子就一本正经地开了个玩笑说：“亲娘啊，这个就当作你替我保管着，万一有一天我‘倒灶’了，破产了，这钱还可以救我一命呢。”

老人听了这话，双手不禁一抖，“呸呸呸”三声后，怪道：“乌鸦嘴，不算！”

娄大友哈哈大笑。

老人看看手里的红包，又要还给娄大友：“这钱，你该给你爸你妈才是。”

“嗐，他们差这点钱啊？”娄大友又把红包推了过去，“我妈他们在姐那里，老头儿老太太，别墅住住，那才叫享福呢。”

“你妈她好吧？”

“好得很，太好了，就是没事干，天天找人麻将。”

老人下意识地看看手里的红包，接着说：“那你这次来……”

“这次就来看你老的啦，那些个亲眷呀本家的，以前怎么待我们，你是知道的。说来，我也没什么伙队，心里惦记着的也就亲娘你了。”

“我知道，我知道，不过，亲眷还是应该去看看，亲眷总归是亲眷。”

娄大友勉强点点头：“亲娘说的是，可……”

顺风婆婆心里明白，说来说去，倒还真的怪不来他。想当年，就因为娄父曾经在汪伪政府当过什么局长，后来国民党惩办他，共产党也没能饶过他，村子里的老老小小更把他们一家人当作另册中人，受过不少屈辱。

想到这里，顺风婆婆不由得轻叹一声：“唉，天可怜见！”

还是娄大友主动转移话题：“我说亲娘，你还住这屋？”

“哦，我是过来看看。”顺风婆婆仰面看看头顶的隔热板，“范爷爷的意思是还给房管会，两个人占这么多屋子，浪费。”

在旁人面前，她还是习惯叫她的范哥哥为范爷爷。

娄大友起身走到后墙的窗子口，向外望了望，回头道：“亲娘，这屋子不错嘛，退还给房管会多可惜。”

“想想倒也是，所以，有些舍不得。”

娄大友像在沉吟，半晌才开口：“亲娘，你看这样好不好，你先别把房子退还掉，让给我，这样，我也好有个落脚处。”

“你？”顺风婆婆疑惑地看着娄大友，“你不是说在省城吗？干吗要这房子？”

“亲娘啊，这有什么，我在别处也租有房子，做生意嘛，到处跑，多个落脚点，只有好处，没有坏处，对不对？再说了，这里毕竟是老家，说不定哪一天，那什么，哦对，叶落归根了呢。”

顺风婆婆还是想不明白，但她也觉得他说得不是没有道理：“好吧，那我问声范爷爷。”

“这是你的房子啊，干吗问他？”

“问问怕什么，两口子了，总得有话有商量。”

说到这里，顺风婆婆突然看向门外：“天色不早了，要不，一会儿去那边吃个便饭？”

“哦不，亲娘。”说着，他站起身道，“不用麻烦，我约了人，有个应酬。”

顺风婆婆不再客气，跟着站起，掸了掸围裙：“那……”

“我先走了，过两天再来。”娄大友说着，三步两步就跨过门槛，头也不回就走了。

顺风婆婆感觉有点失落，望着娄大友的背影，又看看放在床沿的红包，摇摇头。

带着留恋的神色，顺风婆婆环顾一遍住了那么多年的房间，正欲出门，眼前一暗。

“你怎么回来了？”见是娄大友，她让了一下身子，又回头看看背后，“是不是忘了什么东西？”

娄大友满脸堆笑：“哦，不是，我是想，亲娘能不能干脆把屋门钥匙给我，我可以马上搬来住？”

顺风婆婆的眼神有点疑惑，平时，她几乎不犯忌什么，可这会儿，她还是看着面前这个干儿子的眼睛说：“你这，这是真要住在这里？”

娄大友像是不懂顺风婆婆为什么这么问：“不可以？有问题吗？”见老人还盯着他看，又摆出了不好意思的表情，挠挠后脑勺，“那也没什么，我只是想方便一些，省得去找旅馆。”

老人“哦”了一下表示明白，然后指了指门：“门没锁的，从来不锁。”

娄大友听言，下意识地伸手摸了下锁扣，抬头问：“你从来不锁门？”见老人点点头，又急忙问：“那你的钱，还有银行卡……”说到这里，他突然醒悟，自己的声音太响了，这才压低了嗓门儿，“你就不怕，不怕贵重的东西被人拿去？”

“怎么会？谁会来拿我这老太婆的东西。”老人的口气十分不以为然。

娄大友不理会老人说什么，快步走到桌子前，从那个木盒子里抓起银行卡，看看正面，又看看反面，然后，将其放进自己口袋。

“干妈，这卡放在你这里不安全，还是我替你保管。”

顺风婆婆似乎一惊，但很快就坦然地笑了：“这本来就是你的，刚才还你，你还不要。”

“不是这个意思，你看你，门都不锁，万一……”他的口气有点着急，甚至带有气恼，“你知道这卡里多少钱哪？”

顺风婆婆摇摇头：“不知道。”

娄大友嘀咕道：“童掉了，真的童掉了。”

顺风婆婆没听清："你说什么？"

"不说了，我得先去银行，查查这卡里的钱有没有被人取走。"说着，扭头就走。

顺风婆婆一怔，可还是冲着他的背影喊了一声："那这屋子你要不要了？"

听老人这么说，他又转了回来。

"要，当然要，"这回，他仍然说得非常小声，"等下再说。"

望着干儿子风风火火远去的背影，顺风婆婆举起胳膊拍打自己的肩膀："什么意思，都这么大了，还老没头苍蝇似的。"

顺风婆婆晃晃脑袋，又回到桌子边上，发现那个木盒子里空空如也，银行卡不在了，连那些钱都不翼而飞。

虽然，老人从来没有把那些钱当作自己的，事实上，包括银行卡在内，盒子里的东西，她早就打定主意要找个机会或者由头还给娄大友，她一向的做人原则是不允许自己攫取不属于自己的东西，无论是钱是物。

可是，她这个干儿子那么轻巧地就把钱、卡一股脑儿拿走了，却叫她心里结下了一个无法厘清的愁疙瘩。

老人把小木盒放进抽屉，扶着桌子在床上坐下。床已经空了，被褥之类早已搬到范国柱那里。她转着头四下看看，心里在问自己，我来这个屋子是来做什么的，让大友这小子那么一闹，怎么就忘了？

她又站起身，走了几圈，这里摸摸，那里摸摸，愣是想不起来。

"我这是怎么了？"老人喃喃自问，虽然年纪不小了，以前，好像还从来没有出现过这样神勿清、脑勿灵的情况。

走到门口，合上门，也像娄大友那样拉了拉锁扣，松开手，下了台阶。

范国柱正在往热水瓶里倒水，见王荼蘼进来，随口问："你去哪儿了，正要做饭，你想吃什么，我做。"

"随便。"她叹息似的回了两个字，忽然觉得这么说不好，连忙又改口，"我来做吧，你要吃什么？"

"哈哈，"他没有注意她的神色，乐呵呵地说，"那，我们就吃随便吧。"

她脑子里还转着刚才的事，非常想跟老头儿说说，可又觉得不妥。她不是不相信他，怕只怕惹他不开心。她对他的感情，她自己知道，只是，感情越深，就越怕对方为自己担心。就拿娄大友的事来说吧，也许范国柱也知道些什么，但那张卡，还有那些钱，就肯定料不到了。以前没有提起过，这会儿突然说了，他会怎么想，特别是娄大友刚才的举动，自己还厘不清，让他知道了，会怎么想。

范国柱根本没有注意到妻子有什么异样。两个人就这样一起安排晚饭，东一句西一句地闲扯，似乎什么都没有发生过。

晚饭后，范爷爷习惯一个人去台门旁边的山脚小路上走上几步，临出门时，冲着王荼蘼喊一声："我百步去了！"所谓百步，是"饭后百步走，活到九十九"的缩略版。

王荼蘼收拾完碗盏，洗了把脸，也出了家门。她没有百步的习惯，只是想再去曾经属于自己那个屋子看看。她怎么也没想到，门没有像以前那样一推就开，天还没暗，但廊下却有点黑乎乎的了，摸摸锁扣，这才发现，上面挂了一把锁。她还真不敢相信，这么点时间，居然锁上了。

毫无疑问，娄大友来过，可按道理，你上锁，最起码应该跟我说一下吧，再怎么说，屋主人是我不是你，和善的老人忍不住抬腿踢了一脚门。

住在隔壁的阿光正好出来，大声大气地问："舅婆，怎么了？"

老人那一踢伤到了自己的脚趾，她忍痛蹲身揉脚，默不作声。

阿光跑过去，见老人的模样，也蹲下身子："怎么了，扭伤脚脖子啦？"

老人不愿说真话，不好意思，直起腰身，强笑着说："没什么，没什么。"

"您要进去吗？"阿光推了下门，纹丝不动，"哦，锁着？"

"哦，不了，回去吧。"老人忍着痛楚，一步一拐，阿光见状，连忙搀住，把老人扶到一个石凳上坐下。

王荼蘼坐下，点了点对面的石凳："你也坐，阿光。"

"我站着好。"说虽这么说，可他还是坐了下来，他觉得老人有什么话要说。

果真，老人突然问："阿光啊，你看到大友了吗？"

"大友？没有啊。"话一出口，他又连忙换了口气，"你是说娄大友？那见过，怎么了？"

阿光跟娄大友差不多年龄，可两人从小就合不来，或者说，不是合不来，是娄大友根本看不上阿光，在娄大友的眼里，阿光是个乞丐，人家称阿光为大头鬼，他干脆一见面就骂阿光讨饭佬。阿光虽然卑微，却也有自尊，不免经常想出怪主意捉弄娄大友，有一回，还"巧妙"地把娄大友折腾进露天粪缸。

听顺风婆婆问到娄大友，阿光知道事有蹊跷，想问，又怕惹老人不开心。阿光习惯直言快语，不管对谁，说话毫无忌惮。可顺风婆婆例外，这是有历史原因的，一句话，他从小就颇受顺风婆婆庇护。

阿光正在犹豫，却听老人叹了口气说：“阿光啊，你是不知道，我这心哪，七上八下的，就担心会出什么事。”

这下阿光找到话头了：“舅婆是说大友，他怎么了？”

“你没听说过？”老人有些踌躇，但还是说了，“阿牛说的，大友，大友他倒灶了，祸水闯得还不小。”

“阿牛说什么啦？”

“我也不太懂，只听说是倒灶了，祸水闯得鬈介大……”

“婆婆，你不用替他担心，他倒他的灶，跟你有什么关系，你嘛，年纪大了，还是‘闲事勿管，饭吃三碗’好。”

“唉，阿光啊，他到底喊我一声亲娘，要是真出什么事，心里勿落位啊。”

阿光想了想说：“舅婆，你真当别管，有些事情，你要管也管不着，是不是？”

“我知道，可是……”顺风婆婆说到这里，左左右右看了看，然后给阿光做了个手势，两人都进了阿光的那间屋子。

顺风婆婆被阿光扶着，在一把破藤椅上坐下，半晌，才盯着阿光的脸说：“阿光啊，你跟我说真话，大友真的闯大祸了？”

“呃，”阿光迟疑着，拉了个凳子在老人面前坐下，这才开口道，“其实，我也是听人说，说……”

“说，说什么？”

“也没什么，就说是倒灶了，赔光了，还欠了一屁股的债。”

“就这些？”老人像是松了口气，可明显还不太相信，一把抓住阿光的手，“就这些？”

“你不用着急，跟你又不搭界。”阿光拍拍老人手背，笑了笑。

“我知道，我知道，可我担心……”

老人想到那张银行卡。她没想过要卡里的钱，要不然，她早去取来用了。但娄大友刚才的样子却不能不让她产生疑惑，或者，干脆是怀疑。

对着阿光，她又不好明说。

阿光不以为然，可还是要安慰老人："舅婆啊，你就由他去吧，他自己能处理，又不是小孩子。"

这时，外面传来脚步声，老人神色紧张地站起身，压低嗓音说："谁？"

阿光失笑了："管他谁。"说着，他就到门口看了一下，冲着外面喊了一声，"这么晚下班？吃过了？"

"还没呢，你吃了？"是梁天成，他一边回答，一边往里走。

见阿光回到屋里，顺风婆婆拍拍胸口，又慢慢坐下。

阿光走近过去，用少有的和顺口气说："舅婆，没事，真的，大友他哪怕犯罪犯法，也没我们的事，对不对？宽宽心，宽宽心。"

"我知道，大友这小鬼，从小就讨债，比你还讨债，胆子还贼大，小时候，他爹老打他骂他，说他迟早要坐班房，迟早要杀头枪毙，你看是不是？"

老人说了长长的一串，阿光连插嘴的缝隙都找不到。他心里颇为奇怪，是不是老人家听说什么了？

见阿光不说话，老人就又问了："阿光，这两天有没有见过他？他到底在做什么生意？"

"这个，我还真不知道。"

"那你知道的是什么？"

"我只知道他要吃生活了。"阿光脱口而出。

阿光又为难了，照他惯常口无遮拦的脾气，早一五一十竹筒倒豆子了，可对顺风婆婆却不无顾虑，他不想惹她不开心。

转而一想，有些事，我不说，保不齐人家也不说，这会儿不说，瞒得住一时，能瞒得了一世？于是，刚在凳子上坐下的他，"呼"地站了起来。

"舅婆，跟您说实话吧，大友他闯大祸了。"

虽然有所思想准备，可老人还是目瞪口呆，说不出话来。

儿子走了之后，那么多年来，她把情感寄托都转移到邻里之间，特别是对年轻人，男的女的，她都喜欢，与此同时，大家也把她视为自家的亲长辈，比方阿光与大友，虽然他们确实是讨债鬼，可在她面前，向来既亲且乖。他们早已长大成人，但她心底的那一份情愫却一点也不曾淡去过。

"到底怎么回事？"顺风婆婆坚持着要阿光说明白。

"其实，我也不太清楚，都是听别人说的，他不但欠了许多债，还杀了人。"

"啊？"老人听言，大惊失色，"怎么可能，不会吧？"

阿光连忙搀住老人："听说，只是听说，可能是谣言。"

老人瞪着阿光，喃喃自语："肯定是谣言，肯定是谣言，不可能的。"

"婆婆不要担心，没事的。"阿光见老人神色有异，不免有些害怕，轻轻地说，"要不，我送您回三爷爷那里，好好休息休息？"

老人回头看看阿光，无声地点点头。

两个人刚走下台阶，听前头范国柱大声问："怎么了？"

王荼蘼年纪不小，平时还是很轻健的，这会儿让阿光搀扶着，范国柱见了，难免生疑。

阿光一惊，慌忙回话："三爷爷，大舅婆有点不舒服，我送她回去歇息。"

见老妻神色不对，范国柱连忙也上前帮扶："怎么回事，好好的怎么头晕了？"

阿光看看这个，看看那个，没敢吭声。

顺风婆婆做了个手势，示意范国柱回屋。进到里面，刚在躺椅上坐下，她就抬起头看着她那老头儿，开口道："唉，哥啊，你知不知道，大友闯祸了，他，他杀人……"

"大友，哪个大友？"范国柱没反应过来，扭头去看阿光，"哪个？"

阿光讷讷地回答："娄大友，哦，是婆婆的亲儿子。"

"亲儿子？阿蘼她哪还有亲儿子？"

阿光知道误会了，赶紧解释："不不不，是干儿子，干儿子。"

范国柱像是明白了，闭上嘴不再说话。过了片刻，他还是问道："到底怎么回事？他杀了谁了？"

阿光又看了一眼顺风婆婆，然后才说："不知道，我也不知道，是别人在说。"

"嗐，这算什么事？"范国柱围着躺椅转了个圈，一边转，一边念叨，"真是拘了个鬼没有头！"

这实在怪不得阿光，说大友杀人，他也不信。大友固然是闯祸祖宗一个，胆子也比他阿光大，可要说杀人，阿光断定，不可能，杀人得多大胆啊。

顺风婆婆开始抹眼泪。

范国柱立定，弯下腰来看着老妻："好了，有什么好哭的，传来传去的话，当不得真。再说，要他真的杀了人，那就更不该哭。”说到这里，他转头问阿光，“你说对不对？”

阿光鸡啄米似的一个劲地点头称是。

范国柱直起腰身，面对面地问阿光：“你说，到底怎么回事，怎么就说到大友，说到杀人啦？”

阿光回头看看顺风婆婆，意思是让她来解释。

“你不用问他，”王荼蘼干脆说，“你听我说，大友来过了。”

“哦呵，胆子不小哈，这小子。”

王荼蘼白了他一眼，不再作声。

“说下去啊，他来做什么？”

王荼蘼张了张嘴，说了几个“他”后，才把事情说了一遍。

范国柱认真地听着，其间，遇到有必要时，就插问几个字。

最后，他口气坚定地表示：“这么说来，这小子不会有什么大事的。”

“是吗？真的吗？”王荼蘼又惊又喜。

范国柱则没有再表态，他扭身就朝外走：“我看看去。”

王荼蘼连忙跟上，同阿光一起追出门去。

当然，还是铁将军把门。

没奈何，三个人只好回转。

晚上，范家的门一直开到深夜，老夫妻俩指望听到娄大友开门的声音，最终却是失望了。

虽然三个人时不时会过去看看，但始终没有动静。

谁都猜不透这个娄大友搞的什么鬼名堂。

第三天，下午近1点钟，老两口正在午睡，突然，阿光直接进了门，他们都没习惯锁门。

先被阿光推醒的自然是范国柱。

老人醒过来，没一惊一乍，只抹了下眼睛问阿光：“什么事？”接着，又看看旁边的老妻。

“三爷爷，嘘，那屋子里有动静。”阿光说着，回头朝门口方向看了看，好像怕人听见，“真的，嘁嘁喳喳的。”

范国柱不等阿光说完，立马翻身下床，惊醒了王荼蘼，正想动问，让阿光的“嘘”噤住了口。她不再作声，跟着两人出门。

范国柱自然也先摆弄那看上去还崭新的铁锁，看不出有什么不对头，又到窗口找缝隙往旦张望，失望地摇摇头，返回到门口，将耳朵贴在门板上谛听，良久，又摇摇头，也不言语，背起手拔腿就走。另外两人紧随其后。

三人闷坐着，结果还是阿光先开了口：“三爷爷，怎么办？”

范国柱并不搭理，自顾自闷头吸烟。

突然，范国柱像想起什么似的，又走到那门口朝里边张望，一边搔头皮，一边说：“要不这样，我们先不作声，就等他，阿光，你多听着点，一听到他的声音，立马告诉我。”

“好，好。”阿光连连点头。

就这样，又过了两天，一点动静都没有。虽然，三个人仍时不时过去看看，全装出若无其事的样子。

这天，范国柱正在灶前炒菜，阿光冲了进来，面孔通红，两眼发光。

“着火了？”范国柱挥动着镬铲，扫了一眼堂侄孙，“火烛啷当的。”

阿光凑到老人耳畔，压低声音说：“三爷爷，大友来过。”

“什么？”老人的镬铲停住了。

“大友来过，真的。”

“你怎么知道？”

“我进去过，从窗盘里。”

老人三下两下把镬里的菜利索地盛进碗里，然后放在一边，拉着阿光转身就走。

那边的门还是关着，铁锁动都不动，只是，窗口大开。

老人先往窗口伸头探了一下，然后问阿光：“这怎么回事，你怎么打开的？”

阿光挠挠头皮：“嘿，就，就那么弄了几下……”

范国柱自然了解阿光的“历史问题”，想不追究，却又忍不住严厉地轻声喝道：“以后不许，否则，剁了你的狗脚爪！”

“怎么会，不会了，三爷爷您放心，我这是为了破案。”

老人不再理他，双手在窗框底部撑了撑，阿光会意，赶紧相帮，三下两下，老人就进去了，阿光随后。

不能说一塌糊涂，但绝对可以算是满桌狼藉，一地垃圾。乱七八糟的东西很多，种类却少，大多是花花绿绿的包装盒、包装纸。

毫无疑问，这都是娄大友的杰作。估计，夜深人静，他才悄无声息潜入屋内，至于什么时候离开的，天晓得。

“怎么办？”

“守株待兔。”

范国柱没有点明怎么守、怎么待，可阿光还是点点头：“噢！”

当天晚上，午夜时分，娄大友小心翼翼地开锁进门。他没有开灯，只按了下随身带的打火机，突见床上倏地跃起一个人，大惊失色，手里的打火机也应声落地。

电灯亮了，自然是阿光拉的开关。

“哈，娄大友，候你多时了！”阿光以胜利者的姿态站起，伸了伸懒腰，文绉绉地说。

娄大友余惊再定：“你，你是……阿光？”

“正是在下。”阿光抓紧机会显摆，“别来无‘羔’？”

阿光白字大王，不足为怪，能把“恙”认作“羔”已是大情面了。

还没等娄大友做出进一步的反应，阿光已经把门打开了。

范国柱两口子一前一后走了进来。

范国柱有起夜习惯，也是凑巧，无意间见这屋亮着灯，便招呼老妻一起赶紧过来察看。

顺风婆婆一见干儿子，未开口先落泪：“大友啊，你……”

娄大友倒也懂事，或者说，他感觉自己已经“暴露”，紧走两步，搀住干妈。

范国柱没有说话，只用眼睛盯着娄大友。

还是阿光机灵：“坐下，坐下，三爷爷，大舅婆，大家坐下说话。”

顺风婆婆推开娄大友，口气少有的生硬：“你说，到底怎么回事，真的……”她实在不敢把“杀人”二字吐出口来。

“我，我……”娄大友嗫嚅了好几个“我”后，颓唐无比地就着旁边的一条凳子坐下，“我也是没办法啊！”

范国柱拍拍娄大友的肩膀，对王荼蘼使了个眼色。

“你说吧，”王荼蘼语气柔和了些，“怎么回事。”

一直捧着脑袋的娄大友慢慢抬起头，双眼无神地看着虚空，说起了事情的原委。

娄大友从小争强好胜，宣称自己长大后必定出人头地。社会上掀起淘金热时，他毫不迟疑地脱离了镇办企业，虽然，那工作曾经是他十分喜爱的。也不知是受了谁的蛊惑，他做的头一笔生意是倒卖收录机，那时俗称“四喇叭”。还别说，没折腾多久，他就成了人人羡慕的“万元户”。之后，不知是他脑袋灵活，还是运气特好，用他自己的话说，钱来了推都推不开。

他是有名的孝顺儿子，很快给父母买了房子，原先的老屋全给了两位兄弟。

他的生意越做越大，成年累月不着家，天南地北飞来跑去，做生意嘛。

做生意需要人脉，用他的话说，朋友遍天下，只要他开口，没有什么事情办不到。

他有句自以为是的名言：“朋友做什么用？朋友就是用来用的。”

说实话，熟悉他的人都相信他的门道多来兮。

财大气粗，吃喝嫖赌，不能说是规律，却也十之八九。对于娄大友来说，吃吃喝喝太寻常了，况且，吃喝本身就是一种交际手段。至于嫖，他是坚决不碰的。他对妻子说不上有多珍惜，主要是他不敢，怕惹上人人都恐惧的那种病。

很小的时候，他就喜欢赌，当然，那时的所谓赌无非是弹子、花纸之类，有时甚至用废纸折叠的三角形。

刚开始发财时，他很少有时间有心思坐下来玩，大多只在酒足饭饱之后，几个人围在一起“打打红心”“斗斗地主”，几乎每一回都是他大获全胜。有时候，为了讨好生意伙伴，他想方设法让对方赢，可结果总是不能如愿。每逢这时，他都会叹息道：“唉，运道好，犸起早啊！”

都说越输越上瘾，其实，赢了何尝不是如此。这不，娄大友越来越上瘾，涉赌范围越来越广，数额越来越大。到了后来，他无数次地吹夸自己：“啊哈，我看我不用干活了，还是闭着眼睛摸牌牌。”

牌友多，几乎每个生意伙伴都是牌友，他说这叫增进友情，良性循环。然而，有些人却因此远了他，避了他，说碰上他这个人有晦气。

当然也有例外。

不知从哪个地方蹦出来一个高手，名唤吴狄，打遍天下无敌手的意思。然而，几个回合下来，娄大友照常屡战屡胜，越斗越勇。

末了，吴狄笑笑，阴阴地、大度地挥挥手："常事，输赢乃玩家常事，下回再来，不见不散。"

娄大友倒也没有多说，一脸的欢欣，约好时日，约好场合，拱手道别。

之后，先是胶着，有赢有输；很快地，只输勿赢，一塌糊涂。

风头一转，劲道勿变，前面刚刚说过，越输越上瘾，说来，这话对娄大友也一样。

当然，他有他的道理，既然有赢有输，不也就有输有赢？他声称，或者说他觉得，他本人就是个最好的例子。

问题是，他跟几乎所有的同好一样，越陷越深。他后悔过，多次下决心全身而退，可就是让"最后一次"给耽误了。

他没办法不安慰自己，等我赢得一笔大的，把丢了的全部赢回来，坚决洗手不干。

有时却又转念，自己白手起家，靠的是什么？饿死胆小的，撑死胆大的，大不了从头来过，再来一个白手起家！

慢慢地，应该是很快，钱输光了，产抵完了，剩下的几乎只有一两个空壳。

他不死心，继续为"最后一回"拼搏。

最后一回，在商友加玩友的鲁炎家客厅玩。

那天晚上，类大友做了个梦，梦见自己一下子蚀了本，所有一切输得滑塌精光。醒来后，老长时间没能入睡，沮丧啊。又一想，乐了。常听人说，梦与现实是相反的，梦中大胜，必输无疑，倒是梦里输了，肯定大赢大发。

做梦反一反，对娄大友来说，是有经验的。好几回，特别是有一次，梦里踩了狗屎，第二天做成了一宗大单，好几千万呢，实实在在的狗屎运，哈！

一早起来，又不敢轻举妄动了。那些日子，他一直想下决心洗手不干，重新做人。他已经输光了，还欠了一屁股的债。他怕，怕得有理。

他正在阳台上装模作样地踢腿抻臂，满脑子想的却是一团糨糊。忽然听得有人喊他，伸头一看，真要命，来人竟是鲁炎。

"咋啦老娄，也不去玩玩，怕了，还是赚满了？"鲁炎一脸不屑状。

娄大友怔了怔，心里一动，这该不会是老天的昭示？于是，他用鼻腔的那个“哼”做了开场白：“你以为是你,赢不得,输不起？男子汉大丈夫,我！”

说完,“噔噔噔噔”下了楼，跟着鲁炎就走，还一副亲热劲，勾肩搭背的。

到了鲁家,意外发现,吴狄居然在。娄大友心里免不了又是一懔,这架势,他们会不会有啥目的？

无意间瞥见鲁炎的嘴脸，无名地火起，胆却壮了，哼，谁怕谁？

吴狄头也不抬，只翻了下眼皮瞄了娄大友一下，叹息似的说道：“哎哟，我当是哪一位，娄老板哈，坐坐坐，来看看学着点也好，是得长进些儿了。”

娄大友听了这话,更觉热血直往头顶冲,依照平时的脾性,他必拂袖而去,这会儿，他镇住了自己。他明白，这家伙是故意激他，指望我怒而失色失态，我才不上当呢。

他没有落座，只不声不响地站在牌桌边，准确地说，是立在了吴狄背后。他想看看，到底谁沉得住气。

终于还是鲁炎耐不住了。他捧着个茶杯过来碰碰娄大友的胳膊：“娄老板，喏，小心别烫着，要不，放那里？”

娄大友还是不出声，只接过杯子，貌似专注着桌上的运作。

不知过了多长时间，有个不曾见过的对家站起，满脸堆笑地对娄大友说：“你来，我运动运动。”

娄大友还是不响不动，他只等着吴狄开口。

吴狄斜着脑袋看娄大友：“还没输够吧？”

娄大友觉得自己心里在发笑，当然依旧抿着嘴。他依次看看旁边的几个人，一声不响，走到桌前空椅子坐下。

吴狄满脸傲慢：“好了啦，你还有什么本钱？起开，起开！”

“你以为我一定不能赢你？”娄大友非常小心此刻的言语，坚决不说一个“输”字。

“嘁，要是再输了咋办？你还有什么货色？”

“这你不用管！”

“这什么意思？想叫我跟你白玩啊？”

这时，鲁炎插了进来：“大友，你不会想把给老爹老娘的屋子那什么吧？”

娄大友一愣，如闻炸雷。

我咋就没想到？父母的房子确实是我买的呀，可，可，这万万不可，坚决不可。虽然这一向父母去了女儿家小住，但万一……呸呸呸，乌鸦嘴，哦不，乌鸦心，不吉利。

话又说回来，我今天肯定会赢。我今天心态特好。心态好最重要。想到这里，他感觉到自己意气风发，精神抖擞，信心倍增。

要赌就赌个大的，父母的房子无非是个由头，放在那里岿然不动，却能赢来一切，对，一切。一口价，叫吴狄把以前赢走的所有钱财统统归还于我。

看来，吴狄也是志在必得，满口答应。

签字画押毕，一场紧张却短暂的交锋开始。

过程不说也罢，结果吧，结果，娄大友没有赢。

娄大友腾地蹦了起来，声嘶力竭："不行，有诈，肯定做了手脚！"

那些人显然早有准备，一齐冲上前要揪娄大友。娄大友哪里肯依，胡乱一扬手，把放在桌边的那个杯子拍落在地，摔得粉碎。

几个人先是一愣，紧接着一齐拥上扭住，摁倒在地。

曹炎干脆一屁股坐在娄大友身上，挥拳狠砸，一边使劲，一边怒骂："你个猪啰，你个猪啰！"

娄大友双手乱挥乱划，那几人连连按压，可哪抵得了他的蛮劲，当然，这蛮劲也没什么多大作用，他时不时又被按倒，挣扎之际，也是冤孽，他的右手正巧撞上了破杯碎片，疼痛难忍。可这个时候，哪还顾得上这个，索性抓起一块破瓷片戳向身上那人，只听曹炎一声惨叫，从娄大友身上翻下。鲁炎右边脖子上鲜血当即喷涌而出，有个知道几个医学名词的人尖叫："颈动脉，颈动脉大出血，杀人了！没救了！"

这一声喊，众人把注意力全集中在了伤者身上，包括吴狄。

娄大友更是吓了一跳，杀人意味着什么，可这时哪还顾得了别的，要紧的是趁乱跑路，溜之大吉，娄大友一骨碌跃起，不管不顾，扔下满屋乱糟糟逃走了。此时不走，更待何时？

急急跑出鲁家，类大友连家都不敢回，哦，这个家指的就是他孝敬父母的那套房屋，也就是刚刚输给吴狄的房子。他一时想不好上哪里避祸，漫无目的地瞎转了半天，最后还是去了远离於州的西川，那里有个他的莫逆之交，没什么危险。

两个多月过去,他实在受不了了。一天到晚自言自语一句话:“缩头一刀,伸头一刀。”他想回於州,又犹豫不决。

他跑到街上打了个电话给姐姐。姐姐明明白白地告诉她,爸妈早已回到自己家里去了,所谓自己家里,指的是娄大友出事那天离开的那个地方。

娄大友最担心那套屋子,听说爹妈已经回家,却不知道有没有出事。

问姐姐,她却说前天刚去看过爹妈。姐姐只是怪他,都这么长时间了,怎么连个电话都不打,把两个老人急坏了。娄大友连忙解释,做生意呀,做生意跑来跑去,不是正常的吗?老爸老妈又不是不知道。

这个电话让他放心不少,却也疑惑多多。他想仔细问问,又觉不妥,担心一不小心惹上麻烦。毕竟是杀了人啊,说不定公安局正到处通缉追捕。

想回家看看。

他做了自以为是的周密计划。

先是趁暗星夜,戴一副墨镜,特务似的,去父母住家附近转了两回,看有没有便衣什么的。

随后,一个暴雨倾盆的午后,他悄悄回家,迅速闪进屋内,倒把老母吓了一大跳。

“你干吗,东张西望的,找什么?”老妈见他的神态,不解地问。

他装出一脸的笑,先咽了一口唾沫,然后问:“我爸呢?”

正说着,他爸披着夹袄从房间出来:“你还知道回来?死哪儿去了?”

“哦,没去哪儿。”他又咽了口唾沫,前后转了转头,“有没有人来找过我?”

身后的老妈接腔道:“就村里的国灿瘌子来过,送来几个芋艿,说是自家种的。”

“没别的人来过?”娄大友强抑着激动问,“真没有另外的人来?”

“你等哪个无赖?”老爸极为不屑,“不肯学好!”

做儿子的不愿与老人多啰唆,连忙跑进为自己留着的那个房间。

父母知道他的脾性,见怪不怪,嘀咕几句,不再理会。

他实在想不明白,鲁炎被他杀了,吴狄他们怎么可能善罢甘休?即使运气好,鲁炎也没有翘辫子,他们也不可能那么安稳吧?

“这有什么难的,有我呢。”阿光听了娄大友的一番话,神气十足地拍拍胸脯,“包在我身上,我帮你侦察,你怎么谢我?”

“那一句闲话，你要什么，说！”

范爷爷插话了：“扯什么扯？阿光试试打听一下，情况搞明白了，再作道理。”

“对对对，”阿光立马换上正经口吻，“明朝就去。”

阿光还真有能耐，很快打听到鲁炎当时确实大出血，娄大友那锋利的破瓷片胡乱一用力，刺破了他左侧下颚一根什么血管，当即鲜血喷涌，样子十分恐怖，加上那人的“杀人了！没救了！”让娄大友以为自己实实在在杀了人。

实际情况并没有那么严重。有神志清醒的早已拨了110，然后，七手八脚，包扎止血，结果等救护车赶到，血已止住。

有人提议报警，治治姓娄的小子，但吴狄制止了。原因非常简单，警方一介入，前因后果一讯问，好，一锅端。他们干的反正是无本钿买卖，到此为止。

有件事情阿光来不及“侦察”到，娄大友的“最后一回”完全由鲁炎一手策划，至于天下无敌手的所谓吴狄，真名叫张史，是鲁炎花重金从外地请来的一个会变戏法的盲流。

鲁炎之所以要那样做，是因为娄大友曾赢去过他的半壁江山。他要报仇，他不止一次地宣称，他连杀了娄大友的心都有。

娄大友大大地松了一口气，冲动地抱住阿光：“阿光哥，你说，叫我怎么谢你？”

范爷爷出面阻止：“且慢！”

几个人都还沉浸在欢欣之中，听老人这么说，全静下来。

“大友啊，这事还没完。”老人皱起双眉说，“你想想，鲁炎他们肯歇手吗？”

娄大友立马满脸凝霜：“那怎么办，三爷爷？”他一向跟着阿光这么称呼老人。

“这毒迟早会出，鲁炎那小子，谁不知道，总有一天会报复，你呀，当心暗弄堂。”

“啊？”娄大友面如土色。

“办法倒有一个。”

几个人异口同声：“什么办法？”

“自首！”

“自首？”还是异口同声。

“或者也可以说是报警！”

“那，”娄大友不无担心，“那我会不会坐牢？”

阿光关注的是另一件事：“大友输了的那么多财物能不能要回来？”

“呵呵，这得问人家，”范爷爷爽朗的口气，“我又不是法官。”

阿光看看娄大友，深深叹了口气。

娄大友也跟着叹起气来，沮丧地说：“我知道，要不回来了的，我问过别人，都说赌博不受法律保护……”

娄大友的话还没说完，只听门外有人说道：“那也不一定。”

17. 明朝弄扁舟

阿光与娄大友听言，一同站起，阿光快步走到门口，对着来人叫了一声：“仇师傅。”

仇师傅呵呵笑着，跨进门槛，先冲范国柱和王荼蘼点点头，然后才开腔：“你们的话，我全听见了，不算偷听吧？”

大伙儿都笑了。

阿光连忙请仇师傅坐下。

王荼蘼也站起身来：“仇师傅，不好意思，你是稀客，我去拿壶茶来，你先坐坐。”

仇师傅连忙起身，学着年轻人的称呼说：“顺风婆婆，不用，不用，我泡着茶呢，老邻居，不用客气。”

阿光像是比娄大友还着急，一屁股坐到仇师傅边上：“仇师傅，你刚才说‘那也不一定’什么意思？”

“哦，是这样的，我有个徒弟，就跟大友差不多，受人诱骗，输了个倾家荡产，房子都给了人家……”

娄大友听了，眼睛睁得滚圆：“那后来呢？”

“对，后来呢？”阿光帮着问，“房子退回来了？”

仇师傅点头说道：“就是，退回来了。当然，那几个骗赌的人也全被抓了起来。”

“那就好，那就好。”这回是几个人异口同声，包括范国柱范爷爷。

娄大友一本正经地朝着仇师傅鞠了一躬：“谢谢仇师傅！”

“谢什么啊？”仇师傅拉着娄大友坐下，“你是不知道吧，我就住在隔壁，阿光跟顺风婆婆两家的中间。屋子隔音不好，所以，你们的话全让我偷听了。

不见怪吧？”

“哪能，哪能。”这回是顺风婆婆王荼蘼回话，“仇师傅难得过来坐坐的。”

阿光不甘落后：“对对对，欢迎仇师傅经常串门！”

“好说，好说。”仇师傅一向乐呵呵的口气，“不过，以后恐怕不太有机会了。”

“怎么会？”大家都有些惊讶。

仇师傅沉吟一下说：“其实，我是来向大伙儿道别的。”

几个人相互看看，都没作声，显然，他们都猜到了。

仇师傅站起身来，不过，他并没有走，而是在这狭小的空间走了几步，然后带着一种说不出是悲是喜的口吻说：“对，我正式光荣退休了。”

“恭喜恭喜！”范国柱立起抱拳，“他们肯放你啊，仇师傅？”

“哈哈，不放也得放，你看我，都快古稀了，已经超龄十来年。”

范国柱握住仇师傅的手：“也好，是该好好享享清福啦。我还想着，等你空闲下来，咱哥儿俩杀几盘呢，现在看来，没这机会了？”

“那也不一定。”

“那也不一定”是仇师傅的口头禅，在他申明自己的看法是，习惯用5个字作为开场白。

“哦？仇师傅不道别了？”阿光好奇地问。

仇师傅笑咪嘻嘻地看着阿光说：“我是这样想的，老古话说，叶落归根，我呢，等歇就回老家去，不过，以后，我还是会经常进城来看看，老邻居嘛，说实话，也舍不得嘛。”

“多年老邻居，谁都舍不得谁。”

仇师傅又握住了范国柱的手：“老哥说得对，多少年了，你，你们都没少关照帮衬我。”

“呵呵，邻不帮邻谁照应？”范国柱拍拍仇师傅的手背，“再说，你老仇帮我们的还少啊？”

仇师傅没有再说话，显然是心里有点别样的感受。他环视一下身边几个人，然后起身朝门口走去。

大家全都站了起来，一齐跟着仇师傅走到门口。

仇师傅回身抱拳作揖：“留步，留步，我去收拾一下。”说完，他转身去了自己房间。

几个人又回到屋里，娄大友轻轻问阿光："仇师傅就住隔壁，一个人？"

阿光还没来得及回答，范国柱开口道："一家子都在老家，这么多年，两头三厢，怪难为他的。"

"这样啊……"

娄大友刚说了三个字，阿光就打断他说："啊呀，大友，不要关心这个了，管管自己，还要不要听三爷爷的话？"

娄大友像是吃了一惊，求助似的看向范国柱。范国柱却没有再说什么，只是笑嘻嘻地点了一下头。

娄大友搔搔头皮，然后作了个深呼吸："好，我听三爷爷的，去自首，去举报。"

阿光笑了，推了一下娄大友："走，我陪你去！"

不管娄大友了，还是再说说仇师傅。

仇师傅大名仇华泉。有算命先生说他五行缺水，就取了这个多水的名字。

其实仇华泉老家就在水乡，出门处处见水，哪一天都离不开水，可算命先生说命中缺水，跟凡间所见之水根本是两回事。那位看不见什么的算命先生说了不少没人听得懂的话，不过，有一点大家都明白，名字里带上源源不绝的水，好像是可以改变命运的。

于是，那个叫锦鲤湖的村子就有了个叫仇华泉的人。

仇家祖祖辈辈都是老实巴交的农民，生在水乡，自然也离不开江河之中的营生，比方种莲藕采红菱捕鱼捉虾之类，可主要的还是在地上，就为那点吃穿用度，一代一代，年复一年，拼命，挣扎。

仇华泉一天天长大了。

仇华泉长成一个英俊聪明的半大小伙儿，开始跟着父亲在地里劳作。

仇华泉空闲时，经常候在一个仅五六个孩子的小学堂窗外蹭课，虽然那时没蹭课这一说。

小学堂其实跟私塾相类似，无非是村里几个有铜钿人家合请一位先生，教着几名年龄参差不齐的孩子。

先生姓宰，40 岁上下，是个落拓书生，但对授课还是很有一套。学生都蛮听话，尤其站在窗外的编外生，家里无钱供他读书的仇华泉。

辜先生自然注意到了窗外的准学生，只是从不有所表示，似乎将其视作空气，或干脆不存在。

一天傍晚，仇华泉正埋头在河边水中摸虾，忽听岸边有人走近，抬眼一看，正是辜先生。他慌忙直起腰身，耳语般叫了一声“先生”，接下来，不知道应该说句什么、做些什么。

辜先生不以为意，反倒蹲下身问：“想读书？”

仇华泉涨红了脸，点点头，又摇摇头。

辜先生舒口气道：“这样吧，我跟人家说一下，明天，你来吧。”

辜先生没说来做什么，但仇华泉明白。至于“人家”指的是谁，聪明的仇华泉自然也心知肚明。

然而，第二天，仇华泉并没进到那个小小的学堂里面，他依旧立在窗口。对此，辜先生也不以为然，似乎，照样还是当华泉为空气。

只不过，这天傍晚，两人又在河边碰面了。随后，辜先生跟着去了仇家，再随后，仇华泉天天去辜先生住处上课。

那一年，仇华泉刚满 11 岁。

5 年以后，辜先生离开锦鲤村，肺痨严重，不得不回家。没两年工夫，溘然而去。

辜先生离开锦鲤村后不几天，仇华泉离开父母进了 40 里外的县城，凭着辜先生交给他的一纸便笺，找到了一家银行。

从此，仇华泉就成了这家银行的学徒。

开始几天，银行的人大大小小的都瞧不上这个一身土气的孩子，可是，慢慢地，大家不能不对他刮目相看。

首先让人眼睛一亮的是他的一手蝇头小楷。

这天，经理给儿子过 10 岁生日，感觉自己的那一手“蟹爬字”拿出去败门面，就到处找人写请柬，不知道众人不敢出手还是某种促狭心理作怪，居然起哄着把才到没几天连同事的名字都不太叫得全的仇华泉推到案前。

仇华泉脸红，却是没有推却，朝周围几位同事看看，最后瞟了一眼经理，便捉起笔架上的狼毫，像模像样地在早就准备好了的端砚墨汁上轻抹几下，随即照着经理递过来的文字从容运笔。

几位同事惊异了，这小子小小年纪，真看不出，字写得如此漂亮老到。

要知道,旧时银行从业者,书写与算盘两项都是最起码的基本功,能让这些“前辈”惊讶，可见其功底确实不浅。

其实，这是经理的“诡计”。仇华泉到来之后，一向受“先进山门”者轻视甚至鄙视，横眉冷眼者有之，嘲笑奚落者有之，几乎所有人都将其当作下人使唤，而且，动不动恶言相向，仇华泉从未受到过这样的欺侮，可他又不敢做任何反抗，能做的只是默默忍受，实在忍不住了，就躲到僻静处独自饮泣。

到底还是让经理觉察到了。

经理是辜先生表兄，关系一向亲密，而且，辜先生生性散淡，从不求人，所以，仇华泉能受表弟推荐，在经理看来，显得更为郑重其事。说实在的，辜先生信上所言，经理多少有点不信，虽然他相信表弟不说假话。让仇华泉写请柬，除了借机服众，也有试试这初生牛犊的意思。

经理当然也看得出，有人还是不服气，于是，他拈须沉吟一番说道：“来，拿几个算盘过来，笃百子，比比看，谁能赢得过小仇？”

也许是大家都还没心理准备，个个面面相觑，一时无人响应。

经理倒也好说话：“来，华泉，咱俩比上一比？”说着，他将一个算盘推给仇华泉，自己拉来另一个。

结果经理输了，慢了 24 秒。

有人觉得其中有诈，一把拎起经理面前的算盘：“来，我来！”

还真是巧了，慢 1 分 12 秒。

这下，劲头来了，旁观者一个个轮番上阵，却没有一个人赢，相反，仇华泉越打越快，越战越勇。

接下来的事不用多说，一定要说，也就四个字：刮目相看。

仇华泉的聪明才智很快得到全方位的展示，不久，他由最初的学徒转变成了骨干，几年后，升为襄理。

仇华泉并没有什么大的抱负，在他的观念里，平平安安就是福。他还算幸运的，没费什么周折就娶了妻，有了儿女。可惜，社会动荡，民不聊生，终于，银行突然宣告转移，老板不见踪影，员工无所适从。仇华泉莫名其妙失业。生活无以为继，幸亏这样的日子没有延续多久，中华人民共和国成立后，各地纷纷建立人民银行，一时间需要大批工作人员，特别是懂业务的人才。

仇华泉立马报名，毫无悬念地被录用了。

仇华泉的生活一下子前所未有地安定下来，随后，头等大事就是把老家的妻儿接进城里，一家四口其乐融融。

作为老员工的仇华泉显然是行内业务骨干，颇受领导器重，也深得同事爱戴，很快地，他成了会计股股长。过了没几年，又脱离柜台，进了楼上的办公室，当了信贷服长。

仇华泉是规矩人，工作上，只求原则，不讲人情，说不好听点，就是古板，死脑筋，不知好歹。这一点，开始还挺受领导赏识，慢慢地，某些头头开始对他的原则性不高兴了，因为这涉及他们的某些利益，比方人情啊，关系啊，等等。偏偏仇华泉不管这个，他只认死理。他觉得，所有的一切都是上头定的，做头儿的应该比谁都清楚，违反规矩会有什么后果。再说，万一出了事，头儿们不是具体承办人，责任只能落在他仇某人头上，他不能也不会那么傻那么笨。

有几个人特别不喜欢仇华泉，尤其一个姓曾的副行长。

就这样，仇华泉又被调回了会计股，像以前那样，临柜，用现在的话说，叫前台服务。

仇华泉并没觉得有什么，反正工资又不会少，用他自己的话说，闲事勿管，饭吃三碗。

仇华泉是乐得逍遥，可他没料到，曾副行长却记下了仇。

姓曾的对仇华泉的仇恨，来源简单明了。有几桩触了底线的违纪案件惊动了上头，有关领导了解情况时，仇华泉实话实说。

结果曾副行长什么事也没有，他有的是关系，平安无事。

这不，运动开始了，一向历史清白的仇华泉被打成银行里的头一个右派。

好在有句老话，人在做，天在看。这不，风头正旺的曾某人，突然被揪了出来，罪证确凿，板上钉钉，他触了高压线，破坏军婚，立即逮捕。

于是，跟开玩笑一样，对傅行长与仇华泉的一切污蔑不实之词全部推翻，行长还是行长，仇华泉仍然临柜。

傅行长找仇华泉个别谈话，头一句话是向仇华泉表示歉意，据他说，仇华泉是受了他的牵连，因为姓曾的之所以整仇，完全是项庄舞剑，意在沛公。

为了安抚属下，傅行长问仇华泉生活上有什么困难，说出来，组织上尽量为他解决。

行长的话让仇华泉感动得一塌糊涂，以至一时间几乎说不出话来。他用颤抖的声音说："谢谢，谢谢……"除了"谢谢"，不知道如何措辞。

行长神色有点沉重，起身倒了杯水，双手捧着递给仇华泉："你不要客气，有什么话就跟我说，有什么困难，行里替你解决。"

"谢谢行长！"仇华泉嗫嚅着，"我没什么……哦，可不可请一天假，明天，家里……"

"哦？家里出什么事了？"

"不是，不是，"仇华泉连连摆手，不小心杯里的水溅了出来，他赶紧立起，一边掸落在裤子上的水，一边说，"没什么事，是，要找房子搬家。"

"这么热的天，搬家？"

"没办法，行长，房东他不肯让我们住了。"

"为什么？"

"唉，房东怕我被开除了，交不出房租……"

傅行长听了这话，有些吃惊，沉吟一下，让仇华泉坐下，然后自己也坐了下来。

"你租的是私房？"行长问。

仇华泉点点头，心里想，公房哪轮得上我？当然，他没敢说。

"这样好不好，我想想办法。你回家跟房东商量一下，缓几天，缓几天，作兴……哦，对了，我试试看，以组织的名义，问问房管会。"

三天后，仇华泉搬进员外人家，住的就是后来林中住的屋子。

也许有人会问，那仇华泉怎么又住到那个小屋里去了呢？这还得容我慢慢道来。

员外人家的那个大间，大家知道，其实有三间屋子，算起来，总共有六七十平方米。一般家庭，夫妻俩加上两三子女，差不多也就够了。然而，仇家实在太"人口众多"了。

原先租住的那屋子，两楼两底，加上一个房东自行搭建的10多平方米的小屋子用作厨房。三个儿子、两个女儿住楼上，楼下两屋，夫妻俩住一间，另一间为坐起间，吃饭会客什么的都在这里。

搬进员外人家后，间数少了，面积更是少了有二三十平方米。虽然，租金省了一半还不止，但到底有些憋屈。

刚进城那会儿，儿女都还小，如今，大多人高马大的，且有男有女，挤在一起，多少有点不方便。仇华泉其实有四男三女，大的两个，早就成家立业，各有家庭，要是都住在一起，用仇妻的话说，就只有挂起来了。

在身边的五个子女还都是在校学生，最大的两个已是高中，常年住校，倒真为家里腾出不少空间，否则，摇长摇大的，光一天到晚在屋里晃，就够叫人闹心。

余下的还有两个初中生，一个小学生。

仇华泉老是感叹人满为患，而他老婆石榴花却总念叨那一句，还不如回老家去。

老家还有一双耄耋老人，与小儿子也就是仇华泉的弟弟一家住在一起。那屋子是当年仇华泉出资建造的，也是台门屋，规模不小，当然不可与员外人家相提并论。平日里，有空时，仇华泉带着妻儿回去，过年了，趁着假期，一家子更喜欢在老家住上几天。至于孩子们，最是留恋水乡风光，几乎每个假日都结伴去那边尽情疯玩。

然而，毕竟都是城里人了，连妻子在内，全是一色的城镇户口。

有一天，石榴花又念叨起她那句"还不如回老家去"，仇华泉心血来潮，端起酒杯抿了一口，问围坐八仙桌的儿女们："你们都这么喜欢老家，要不，全回去，怎么样？"

听了这话，几个孩子彼此看看，都不置可否。谁心里不明白，间或地去那边玩玩挺有味儿的，要是回去做乡下人，那可是另一回事儿了。

石榴花却是一怔："真的假的？"

仇华泉笑了笑，没有说话，推开饭碗，摇头晃脑地回房间看报纸去了。

后来儿子仇庆丰说："老爸与党中央有心电感应。"

为什么这样说呢？

第三天，就是著名的1968年12月21日，晚上8点，中央人民广播电台各地人民广播电台联播节目中传达了党中央的最新指示："知识青年到农村去，接受贫下中农再教育，很有必要。要说服城里干部和其他人，把自己初中、高中、大学毕业的子女送到乡下去，来一个动员。各地农村的同志应当欢迎他们去。"

那个时候，家里没有广播，更没有电视，仇华泉并不知道发生了什么事。天气开始冷了，便早早上床。

也不知道几点钟，仇华泉被急促的脚步声惊醒，是一双儿女进了屋，而且是一边推门，一边叫爸妈。

仇华泉吃一大惊，不知道出了什么事，胡乱披上一件衣服走出卧室。听到女儿说的“最新指示”时，他还不明白是怎么一回事。

仇华泉一向沉稳，耐着性子听完了两个孩子的你一言我一语，半晌没有开口说话。

这天上午，女儿说学校有通知，下午全体师生必须到校时，仇华泉就预料到有什么大事会发生，只是没有料到是这个。

当时，“复课闹革命”已一年多，二儿子仇庆丰是67届的高中生，二女儿仇庆燕是66届的初中生，只不过，虽然复课了，他们却并没上什么课，平时也不去学校，有什么事，接到通知后再过去。这天去学校，任务就一个，那就是集中听广播，然后大讨论、大争论。

那一晚，一家人全都没有好好睡，开始时，孩子们异常亢奋，仇华泉搞不清他们的意识去向，也不想问，他自己的脑子都还是糊里糊涂一盘账。

石榴英则不厌其烦地一遍又一遍地问丈夫怎么办。

翌日早起，仇华泉起来时，儿女们都已经在悄悄议论什么了。仇华泉走过去，问了一句：“有什么想法？”

仇庆燕不答，仇庆丰撇了嘴：“有什么办法？”

“这样吧，看看上面怎么说，有什么安排。”仇华泉不能不安慰孩子，“船到桥头自会直。”

这天，12月22日，农历十一月初三，立冬，又是星期天，仇华泉不用上班，可他还是去了单位，他想看看报纸，详细了解一下情况。

银行里自然订有不少报纸。仇华泉先找到《人民日报》，一个字一个字地细读，自己对自己说：“明白了，明白了，这是大势所趋，必须的，必然的。”

仇华泉早就在担心。一个非常现实的问题已经摆在面前，那就是孩子一个一个地长大，将来做什么。

孩子是懂事的，闲坐在家，总想做点什么。儿子到处找做零工的门道，搞过搬运，做过漆匠、木匠、泥水匠，有一回，甚至帮人运送过垃圾。女儿干不来这种粗活，就与女伴一起上居委会接来编织活，也就是十字绣，据说还是卖到国外去的，一天到晚只能赚到两三毛钱，可小姑娘乐此不疲。

仇华泉知道，虽然劳动不分贵贱，可那毕竟不是长久之计。

农村是个广阔的天地，事实上也是如此。想想自己，要不是碰上辜先生，说不定他会一生待在老家，跟弟弟一样，日出而作，日落而歇，面朝黄土背朝天。

面朝黄土背朝天有什么不好？弟弟大半辈子在老家过得也很不错，北方人是老婆孩子热炕头，老家水乡，老婆孩子五间头，照样惬意。而且，在老家，没有尔虞我诈、钩心斗角。一想到自己无缘无故受侮辱的事，他就全身发冷，真不希望自己的儿女有一天也走他的老路。

还有个问题，农村是一个广阔的天地，而我们这国家更广阔得无边了。这两天，儿子动不动就唱那首歌，“到农村去，到边疆去，到祖国最需要的地方去”，每次一听到这歌，他就心犯嘀咕，到边疆去，边疆在哪里？在他的印象中，边疆就是雪山，边疆就是沙漠，要不就是一望无际的千里草原，除了牧羊人、牧马人，见不到一个其他人。这可不行，想想都慌兮兮。

可慌兮兮有用吗？上面一声令下，说，祖国需要你去哪里哪里，你能不去吗？

想想同样慌兮兮。

仇华泉手捧报纸，发了一阵子呆，看看静悄悄的窗外，叹了口气。他用双手按压几下太阳穴，伸手去拿茶杯，又看到杯子前面有一份当天的省报。信手抓了过来，嗨，头版头条就是抄《人民日报》的，他没有心思再看，起身回家。

进了台门，远远地就听见儿子的大嗓门儿，他三步并作两步，想一问究竟。

还没来得及开口，只见儿子仇庆丰手挥报纸大声大气地吼：“他们是存心的，存心捉弄我！”

“怎么回事？”仇华泉疑惑地从儿子手里抢过报纸，一看，正是当天的省报，“这报纸怎么啦？”

儿子从父亲手里夺过报纸，摊开了：“您看看，这说的什么？”

“什么？我看看。”

仇华泉顺着儿子的手指读出声来：“於州中学的学生仇庆丰豪迈地表示，

坚决响应中央号召，听毛主席的话，到农村去，到边疆去，到祖国最需要的地方去，以实际行动，在广阔天地里锻炼成长，成为有社会主义觉悟的有文化的劳动者！”读到这里，他抬起头，抖了抖报纸，“说得不错啊，有什么问题？”

“嗐，你是不知道，我根本没说过这话。”

听儿子这么一说，仇华泉不由得愣了一下：“你是说……那这话哪个说的？”

“说不清楚了。”

儿子把报纸随手一扔，拔腿要走，被仇华泉一把扯住：“别走，你说说，到底怎么回事？”

事情就是那么个事情，细细想想，却确实叫人难以接受。

前一天晚上，学校里集体收听广播，末了，七嘴八舌之际，教室里来了位记者，大家都没当一回事，只顾自己捉对谈论。记者并没特意找谁说话，只随便在课桌间缓缓走动，转了几圈，不声不响地走了。

“你的意思是记者根本没找你问话？”

儿子回答一个字：“唔。”

“怎么能这样？”

“所以嘛，肯定有什么蹊跷，”儿子耸耸鼻子，“我怀疑是严嵩这奸臣？”

“什么意思，你同学叫严嵩？”

“咳，草号，严松，松树的松，特奸，所以。”

“他跟你有过节？或者……”

“那个记者是严嵩的姑夫。”

“那又怎么样？”

儿子似乎犹豫了一下，但还是说了：“他是气不过，自己成绩不好，就老是捉弄我出气。昨天他特地走到讲台前，当着全班同学的面，说我处处领先，事事第一，这回自然也必须如此，到最苦最穷最边疆的地方去，来，仇庆丰，表个态，大家欢迎！”

“怎么这样？”仇华泉突然感觉到一种说不出来憋闷，他看了一眼被儿子扔在桌上的报纸，慢慢转身朝房间走去，又嘀咕道，“怎么这样？”

妻子跟了过去，见他在床沿坐下，也在旁边落了座。

“看样子，这事是板上钉钉了？”妻子谨慎地问。

仇华泉微微点了下头，不作声。

妻子盯着丈夫微微发白的鬓角，又说："早知道会这样，以前还是不要进城的好，起码不会让儿子远远地去什么边疆。"说到这里，她抽起了鼻子。

"你干吗啊，"仇华泉皱起眉头怪道，"什么事儿都还没有，未荒先慌。"

"那……"

没等妻子说下去，仇华泉起身出门，妻子惊问："你去哪里？"他只当没听见。

走出台门，他却不知道该去哪儿、该找谁。无目的地在街上转了一下，最后，不受脑子支配似的来到江边，拣了块石头坐下。

江风吹来，寒气逼人，天空灰蒙蒙的，是不是要下雪？冬至刚过，差不多了。想想两年前冬至那天，那个闷热啊，居然响了惊雷，没几天后，又下了漫天大雪。

唉，天道无常。

无意识地左右看看，没一个人，不远处，一只寒鸦停在水文站设在江边的水位标杆上，目不转睛地望着目不转睛的他。他从地上拾起一颗石子，寒鸦像是看出了他的心思，一声不响拍拍翅膀飞走了。

无聊。仇华泉站起身，拍拍屁股，正要转身，却听有人喊他，回头一看，是凌土根。

仇华泉心里一喜，他突然明白，自己出来，意识中，就是想找凌土根。

凌土根与他同乡，而且是近邻，两人年龄相仿，小的时候，经常一起去水里摸螺蛳。凌土根是转复军人，退伍后在县委工作，管农业一块。

仇华泉利索地上了堤岸，冲着凌土根哈哈一笑："想曹操，曹操到！"

"什么好事？请我吃饭？"

"闲话一句，望江楼——哦，不对，大众饭店。"仇华泉突然想到，望江楼酒家十年前改名大众饭店。

凌土根"嗤"地一笑："省省吧，饭店里的东西有什么吃头，还是去我家，我有事找你。"

原来凌土根刚刚从仇家出来，没见到他，猜想肯定在江边，还真逮着了。

仇华泉又是一喜，凌土根找他有事，肯定不会是什么难办的活儿，他了解凌土根的脾气。不过，这下倒可以乘便船了。

果真，事儿不大。凌土根的女儿结识了一位小后生，在银行工作，想通过仇华泉了解一下年轻人的底细。

“早说嘛，搞什么外调。”

凌土根的这个准女婿还真不赖，工作方面没得说，人也挺实在的，最重要的是颇得领导和同事的好评。

说完这事，仇华泉不禁叹了口气：“唉，真是羡慕你啊，儿女都大了，不用操什么心，可我，头火奔进。”

“什么事？”凌土根揽住他的肩膀，“有什么要我帮忙？”

“你帮不上啊，土根。”

“说说看嘛。”

仇华泉便把打算全家下放的念头跟好友说了。

凌土根有点发愣：“都回老家去？”

“我是这样考虑的。”仇华泉不由得皱起眉头，“你想啊，我这些孩子慢慢都长大了，据说以后都得下放到农村去，与其将来东一个西一个的，还不如现在全家一起走，这样，起码不至于将来连见个面都难……”

“那倒也是。”凌土根沉吟着，突然又说：“你的意思是想打听一下这方面的政策？”

“对对对，就是这个意思，拜托你了解了解。”

“说来也巧，我楼上就有一个同事，也在嚷嚷想全家下放，我觉得与我无关，也只听了一耳朵，没有上心，要不，我问问看？”

“好好，这样最好了。”仇华泉很高兴，又加上一句，“索性再帮我问问，是全家下放回原籍，我可不想去那样的陌生地方。”

“明白，明白。”

还真是朝中有人好办事，翌日，凌土根动作迅速地跑来告诉仇华泉四个字：“完全可以。”而且，毕竟是全国行动，效率就是高，只三天工夫，所有的手续全部办妥。仇华泉立马联系一位搬运公司的朋友，雷厉风行地向老家开拔。

依照仇华泉的心思，他是“全家”的一员，也参与到“下放”之列，只是领导不同意。再怎么说，他是银行的元老人物，正打算让他负责搞员工培训呢。两年来，许多规章制度废而不用，眼看一切慢慢走上正轨，急需仇华泉这样的高手传帮带，怎么可以说走就走呢？

仇华泉向来服从惯了，想想也是，自己还真不能一走了之，毕竟傅行长待他不薄，人得讲良心，懂感恩。再说，自己快到退休年龄了，等几年再说吧。没想到的是，到了退休年龄，领导还是不肯放他走，这不，一等又是七八年。

七八年间，仇华泉一有空就往老家跑，那里有他的妻儿老小。

几个儿女不知不觉全已长大。当年上过省报的仇庆丰有志气，干了几年农活，还不忘追求，一俟高考恢复，马上全身心投入备考，还真让他如愿以偿。至于仇庆燕，三年前，作为优秀知青，被公社推荐进了县里新建的化肥厂。另外的一双儿女，如今跟着他们母亲一起在村里干着农活。

妻子也早已过了花甲。

老了老了，更加想回到妻子身边。多少年来，夫妻俩还从没为任何事情红过脸。来日无多，还不知道能有多少相亲相爱的日子。办完手续，仇华泉恨不得立马回到生他养他且有妻儿等着的那个家里去。

要收拾的东西其实也没多少，只有一个大背包加上一个拉杆箱。

仇华泉走到床前，扯住背包带，正要上肩，却听得女儿叫着“爸”进了屋。

仇庆燕手里也提着一个拉杆箱，见爸爸这副架势，开口就问：“爸，您这就走？”

“可不。这会儿赶得上车，到家正好吃晚饭。”

仇庆燕撂下自己手里的箱子，伸手拉上另一个，同时又过去将背包往自己肩上放。

仇华泉连连阻止：“我自己来，自己来。你还是收拾自己的。”

女儿哪里肯依，掮上背包几步出门。

“你等等，你等等！”仇华泉追出去，反手拉上门说，“等一下，我跟老范他们道个别。”

范爷爷他们早已听到动静，一起迎了出来。

“燕燕也来了。”王荼蘼向来喜欢仇庆燕，小姑娘每次来看爸爸都不忘去顺风婆婆屋里坐坐。

仇庆燕拉住老人的手，亲昵地说：“婆婆，我爸回老家，我来陪您，好不好？”

“好啊，好啊！”老人开心得像个孩子，“什么时候？”

“就现在啊。我爸这房子空着也是空着，我搬过来，省得住集体宿舍。

对不对？”

仇华泉赶紧插话：“拜托各位，往后燕燕就请大家多多关照了。”

“这还用说？”好几个人争着回应。

范爷爷握着仇华泉的手说：“老仇啊，我早就想说，你这屋子退不得，只是没想到还有燕燕，燕燕住过来，真是太好了。”

“开头，我倒真想退还了的，可燕燕妈不同意，说以后进城，至少还有个落脚的地方，想想也是，可我觉得老关着，没人住出霉气。这不，燕燕说了，有她呢，她正中下怀。呵呵！”

“好，那以后，老弟常来走走，和老邻居们聚聚。”

“会的。”仇华泉拍拍老人的手背说，“到时候，等我安顿好了，还想请老哥去我们那里住上几天，荡锦鲤湖，怎么样？”

“哦？太好了，只怕老胳膊老腿的，摇不动橹了哈。”

“不用摇橹，不用摇橹，我家有小划船，轻轻巧巧的，划几下小桨就行。”

范爷爷更乐了：“好，这个好。”说到这里，他把梁家两个小子拉过来，“跟爷爷一起去咋样，让我们荡起双桨？”

还没等两个孩子欢快地喊出“好啊，好啊”，仇华泉就接口道：“范哥啊，古人不是说过‘明朝散发弄扁舟’吗？”说到这里，他拍拍自己的脑袋，“瞧我的头，脱得差不多了，发是散不成了，弄扁舟不成问题。”

“对，说得对，明朝弄扁舟！”范爷爷的口气铿锵有力。

仇华泉像是要趁热打铁：“要不，老哥，这会儿就同我一起走，明朝，你自己说的，明朝弄扁舟！”

18. 叶落须归根

范国柱还真的践诺去了锦鲤湖。

翌年中秋。范国柱和老妻王荼蘼，还有阿光夫妻俩，一道在锦鲤湖住了三天。白天，他们几乎整天都荡在一望无际的湖面上，采莲摘菱，阿光还说自己后悔没带上猎枪，要不打几只野鸭回去，那才叫过瘾。顺风婆婆笑他吹牛，他哪来的猎枪，再说，就算有枪，会允许你打？野生动物得保护，我老太婆都知道，你不懂啊？阿光皮厚，嘿嘿一笑，我不就这么一说，过过嘴瘾又不犯法。

一大清早，范国柱面向微波荡漾的湖水嘀咕道："乐不思蜀啊。"

阿光听不懂："三爷爷，您说什么？"

范国柱知道跟这无知侄儿说不明白，伸手扶住身边一棵柳树，转身走出两步，阿光连忙过去搀扶。

范国柱却又回过头，远望天上正缓缓飞着的一行雁子："得回去了，不可以太打扰老仇。"

"哦。"阿光应道，这话他懂。

老仇一家自然挽留，仇华泉说："没啥可打扰的，什么都现成，什么都野货。多住几天，大伙儿热闹。"

"得走了，老弟。"范国柱替仇华泉拈去衣襟上的一茎草，"得回去了，不然，那几条鱼得饿死了，还有花钵头里的那两株宝贝，出来时忘了浇，会不会萎死。"

大包小包的都是湖里货，藕粉、莲子之类自不必说，光大大小小的鱼干就有满满两袋。

那么多的回货，要不是有仇庆燕同行，他们还真的背都背不动。

到底年轻，仇庆燕走在最前头，快到台门口时，她突然停住脚步。等阿光他们走近，她轻轻地说："阿娅姐，看，那人怎么回事，一个人坐在踏步上，是在等人？"

廖初娅没出声，只看看阿光。

阿光也有点疑惑，把提着的袋子往廖初娅手里一塞，就要跑过去，被仇庆燕一把拉住："别忙，看看再说。"

等着两位老人走近后，仇庆燕悄声对范国柱说："范爷爷，那人像在等谁，你看，年岁那么大，不会找你吧？"

"哦？"老人皱眉眯眼朝前看看，"过去问问。"

坐在踏步上的人见有人过去，慢慢站起，脸上含着笑。

阿光一马当先："你找谁？"

那人朝前挪了一步，不理会阿光，只目不转睛地看着范国柱，本已昏花的双眼闪着一丝异样的光。

范国柱没动，也看着对方。

两位老人同时发声："你……"

"我是凯兴啊，范凯兴。"

范国柱明显一颤："范凯兴？你……你是凯兴哥？"

两人相向紧走两步，伸手，展臂，抱在一起。

良久，各自松开，四目相对，泪眼婆娑，那份激动不知道说什么好。

还是范国柱先反应过来，指着阿光们说："来，凯兴哥，我给你介绍，这是……"

三言两语毕，一起进台门。

范国柱免不了要说一些场面上的话，可范凯兴却心不在焉，嗯嗯啊啊地应付几个字，不时转动脖子，像是对眼前的一切十分好奇。

阿光没有开口，盯着旁边这位明显也是爷爷辈的老人，心里嘀咕，会不会员外人家就是他的？会不会他来要回自己的房产？他从哪里来，台湾还是香港？

阿光虽然粗鲁，却也知轻重，进了大门后，就扯了一下廖初娅的衣袖，进了自己的小家。仇庆燕自然也懂事，可她手里还有两包回货，便抢先几步，把东西放在范爷爷门口，对顺风婆婆摇摇手指，又向范爷爷他们点了下头，然后说道："我先拜拜！"一溜烟地跑了。

阿光他们走了后，三人进门，王荼蘼见两人坐下，抱歉地对范凯兴说："先坐坐，我去烧水，前几天家里没人。"

范凯兴连忙立起："不用麻烦，不用麻烦。"

"你不要客气，我也渴了呢。"范国柱呵呵一笑道，"凯兴哥，你是从……哦，你怎么找到我的？"

"唉，老天有眼啦，完全是凑巧，凑巧。"

"哦？怎么说？"

"你知道吧，我是从那边过来的。就是想来看看，好像什么都变了，可这条路倒还认得出来，居然让我看到了这台门屋。"

"那我……"

"我知道，我说是凑巧嘛。"说到这里，范凯兴仰头看看屋顶，"昨天我就来过，谁都不认识，后来就问一位大嫂，住这里的有没有姓范的。我希望侥幸碰上哪个叔伯兄弟，辈分大的，恐怕难有了。那大嫂说了你的名字，当时我啊，真是心花怒放啊，老弟。"

"呵呵，缘分啊，这是。"

"对，就是缘分。可那大嫂又说你去什么地方玩了，还说今天不回的话，明天一定回来。这不，昨天没能见到，今天我就坐在台门口等，还真让我等到了。"

"谢谢！谢谢凯兴哥这么有情有义。"

"哪里，我不知道还能见到几个同宗的亲眷。住在一起，感觉不出什么，在那边，这么多年，那种说不清的想头越来越强烈了。"

"理解。只不过，倒是还有几个范家亲眷住在附近，只是平时大家很少往来了。"

"承祖，刘江，还有斯东发，他们在不？"

"承祖十多年前就殁了，白血病；刘江让上海的女儿接了去；斯东发做了大老板，好像是在云南。"

"唉，世事多变哪。"

"就是嘛，几十年了，哪能不变。"

"对，哪能不变，就说我，变得连我自己都想不明白。"

见范凯兴把话题转到自己身上，范国柱趁势问道：“凯兴哥，这么多年，你在那边还好吧？”

“唉，一言难尽啊。”

范凯兴出生于民国初年。那年月，国将不国，家运坍圮，祖上庇荫，荡然无余。亏得范凯兴的父母还算扎硬，凭手勤脚健吃苦耐劳，愣是挣得了一家温饱，并将其送进了新式学堂，实指望他长大成人后，可以重振家业，光宗耀祖，偏偏时运不济，军阀混战，外侮频仍，凭着一腔报国热血，不听父母苦劝，投笔从戎，征战南北。

作为军人，范凯兴是抱定为国捐躯的决心的，身经百战，九死一生，浑身创伤，却也遗恨多多。曾经杀敌无数的他，在解放军摧枯拉朽的攻势之下，几近全军覆没。他永远不会忘记那天化装成伤兵狼狈出逃，又惶惶如丧家犬般去到台湾，满心以为到了那边至少可以不再颠沛流离，毕竟自己没有功劳也有苦劳，没承想，一切像做了个白日梦。

也是天不绝人，让他遇见一位昔日上司，这位恩公已然解甲业商，向来视范凯兴为得意部下，没费什么周折，便被安排他做了项目经理。

范凯兴聪慧过人，很快就让自己转换角色，并下了决心，定将在商海大潮里拼出一番事业。

他成功了。他的凯兴商行驰名岛内。至于资产，虽排不上首富，却也属于屈指可数之列。

可惜，范凯兴并不开心。

30多年，他没有一天不思念，思念故土，思念家乡，思念於水侧畔、淘箩山下的这一方天地。

他从小就生活在这个台门里，直到他背井离乡出外求学。虽然，他家那时只是租客，祖宅已经典给了一个姓宋的财主。

他也思念父母。

那一年，驻军省城，范凯兴抽空坐上美式吉普，回乡探望双亲。万万没有想到，竟被邻居领到了长满荒草的几堆坟茔旁。久经沙场的堂堂师长见过无数血腥死亡，那一刻，气血攻心，昏厥过去。

苏醒过来，范凯兴急切地向人追问双亲死因。

邻居大伯说的却只有寥寥数言，几句话就一个意思，那就是父母兄嫂全被日本佬的飞机炸死了。

为这件事，那时还传出一个民谣：

三月三，
东阳鬼子掼炸弹。
掼到东，
草披着火牌楼坍。
掼到西，
血出糊拉一道地。
……

毕竟军务在身，来不及多作停留，范凯兴便匆匆返回驻地。之后数日，整天精神委顿，不吃不喝，满脑子想的除了恨还是恨。恨日本佬，恨不得寝其皮啖其肉；也恨自己，恨自己当初没在战场上多杀几个倭寇，恨自己当初不听父母的话，背井离乡，千里征战，到头来，落了个家破人亡……

在军营，作为一师之长，他不能过于放纵自己，再说，男儿有泪不轻弹，他能做的只能是日日愁思夜夜苦想，骂自己不孝不悌，骂自己无德无能。原以为有朝一日荣归故里，光宗耀祖，到头来，竟然与父母阴阳两隔……

对不起啊，父母双亲！对不起啊，列祖列宗！

范凯兴自以为是个好人，不贪色，不贪财，然而，这么多年来，毕竟有过许多进账，原打算回家后，头一桩事就是献上一片孝心，可如今，钱财犹在人已去，叫他如何不伤心欲绝。尤其当他走进生于兹长于兹的那两间屋子，心中的苦痛无以复加。

回家之前，心里有个计划，就是要让父母住上安定富足的日子。小的时候，父亲经常跟他说起范家祖上的一些事情，包括范家的兴衰成败，自然还有早已换了主人的范家台门，父亲的目的非常明确，那就是希望儿子长大后好好做人，好好努力，千万不可做败家子孙。

不过，无论父亲还是母亲，从未提到过诸如刻苦奋斗、争先争光乃至光复范家之类，也许，对他老实巴交的父母来说，这些是想都不敢想的事。

倒是范凯兴，自从父亲说到范家台门之后，他小小的心灵中就烙下了一个印记，什么时候，这一幢屋宇能重新回到范家人手里。

随着年岁一点点增长，原来模模糊糊的印记越来越明晰，那种愿望也越来越强烈。终于，他认定，一切都将唾手可得。对他一个师长来说，能用银洋解决的事能是难事吗？

所有的一切还真的被他顺理成章地解决了。

范凯兴并没亲自出面，副官带了几个马弁，没费什么周折，便从当年台门的典主宋某手中取回了房产文书。副官报告道，已命令台门现住户限期悉数搬走，否则，格杀勿论！

范凯兴听得“格杀勿论”四字，不禁皱紧眉头，厉声喝道：“呔，怎么能如此说话？”副官嬉皮笑脸：“没事，没事，吓唬吓唬他们的，吓唬吓唬他们的。”

他打算等住户撤清之后，把祖宅好好饬掇饬掇，然后将父母及列祖列宗的牌位请回，重整范家，扬眉吐气。没想到，人算不如天算，还没等他令属下布置下去，突然接到命令，即刻北上。这一去，所有计划统统成空。

听了范凯兴的陈述，王荼蘼不由得叹道：“凯兴阿哥，那时候，你索性直接回家，不去台湾多好。”

“你还真妇人之见，”范国柱一边给堂兄续茶，一边说，“要真回来了，那还了得？”

“对对对，用你们这边的话说，我是‘双手沾满鲜血’的刽子手，只能那时候逃出去。”范凯兴自我解嘲地一缩脖子。

王荼蘼有点尴尬，又不无胆怯地悄声问：“那你怎么还敢回来？”

范凯兴迟疑了一下说：“说真的，一开始我还真的不敢，观望多年，见不少跟我差不多身份的人来了又回，回了又来，什么事都没有，便心动了。”

范国柱点点头，端起茶杯喝了一口，接着说道：“对，现在宽松了，我还听说，现在对台胞还出台有不少优惠政策呢。”

“是的，是的，我知道。”范凯兴不停点头，“这次我来，已经切实体会到了大陆的善意。”

“那，凯兴哥有什么打算？”

说实在的，对范国柱来说，对于这位远房哥哥的突然出现，他的内心还是有点顾虑的。

早在参加新四军之初，范凯兴这个人就是他心头的一个结。历次政审，他都有意对此做了避讳，他当然有他的理由，毕竟他们两人早就出了五服，属于井水不犯河水之列。小时候，虽然两家住得不远，可到底相差五六岁，玩不到一块儿，一般情况下，无非因为同辈，见了面叫声哥哥，平时很少往来。至于当年范凯兴突然成了员外人家的主人，范国柱也是从部队转业，回老家之后才听说的。

范国柱不能不想到，范凯兴这次回乡，首先做的肯定是收回房产。同时，他还得考虑，是否早点找地方搬家。

正因为如此，他才会问“有什么打算”。

范凯兴所想似乎跟他的堂弟并不同步，他把始终捧在手里的茶杯送到嘴边，“嗤”地啜了一口说：“咳，说实话，我还真没想过什么打算呢。”说到这里，他明显沉吟了一下，“这次过来，就只想先看看，也不知道还能见得到几位亲眷朋友，那么多年了，恐怕……”

“是啊，是啊，好多老人都不在了，跟你我年纪相仿的都没几个，更不用说上一辈的了。”

“哦。”范凯兴应了一声，老眼禁不住蒙上了一层薄雾。

“就说这台门里，姓范的也就剩下我还有阿光两个。”

“阿光？”范凯兴仿佛很有兴趣，“阿光，他也姓范？”

“就是，大名范其光。大门口头一个跟你打招呼的就是他阿光。”

范凯兴下意识地朝门口看看，像是阿光就在那里。

“对了，阿光的爹叫林波，范林波，辈分比你我低，但年纪比我还大两岁。”

“哦，我怎么没印象？”

“你又是读书，又是当官的，当然不太会有印象。”

“有可能。”

“说来也是个苦命人。阿光的爹娘早就死了，小小年纪，游来荡去地讨饭，实在没办法，还……”范国柱没有说下去，摇摇头，叹了口气。

范凯兴把茶杯放在小桌子上，站起身说：“要不这样，我做东，大家一起吃个饭。”

“这……”范国柱多少有点觉得突兀，但他看出堂兄的诚意，立马又说：“那好，不过，本来这头一餐应该在我家里吃的，可惜刚回家，什么都没准备。”

“以后有机会，到时候，我不会客气的。”

范凯兴看看王荼蘼，见这位弟媳好像有点犹豫，就又回头对堂弟说："那就走吧，叫上阿光他们，望江楼——嗨，望江楼居然还在，这么多年了。"

范凯兴并没盘桓几日，就回了海峡那边。

临走前夕，范凯兴去员外人家道别，由廖初娅做帮手，王荼蘼施出浑身解数，倾其所有，办了一桌丰盛的家宴，以作饯行。

举杯道谢之际，范凯兴就说："我会回来的。"

日子似乎又恢复了常态，对于范凯兴的种种猜疑慢慢淡出了大家的记忆。

就在这时，范凯兴又回来了。

谁都想得到，范凯兴这一次归来肯定有大动作。

让人意想不到的是，范凯兴在两三年时间里，把自己在对岸的资产全部做了清理，包括他经营了 20 多年的凯兴商行。

离开大陆后的开始几年，范凯兴日思夜想家乡父母，时光荏苒，慢慢消耗了他的思乡情。想不到，严冬之后，居然有了开春的喜讯。起初是一些道听途说的流言，渐渐地，流言成真，他心思活了。

迫不及待地回於州转过一圈，他没有像大多数"游子"那样四处观光旅游，而是急切回岛，搜集相关资料，打听了解他希望知道的一切，最后，没作多想，办好所有手续，直接回了於州。

他对那边的朋友只说了四个字：叶落归根。

朋友们也没多少诧异，谁都明白，谁都理解，他归心似箭。

有个商界大亨大喊羡慕，说自己太多牵绊，大事小情一大摊，小伲小囡一大班，倒是范兄调泰，轻手轻脚，无挂无碍。

范凯兴心下不爽，但还是强装笑脸半开玩笑："是啊，我是光棍头佬活神仙，一把破伞到西天，哪敢跟你大亨比啊，小伲小囡不算，还有大小老婆一大堆。"

范凯兴确实单身着，但这是当下。曾经，小伲小囡一大班说不上，儿女双全，金童玉女似的一对却是人人羡慕不已的。有好事者说他命硬，或者是前世作过大恶，这才落了个伤发妻、害子女的下场。

事情说来就三句话。

妻子的胞弟结婚，邀请他们全家去意大利参加婚礼。

翌日，正打算前往古罗马广场玩，范凯兴接到一位客商电话，只好独自先行返回。

谁想得到，匆匆一别，天人永隔，妻子儿女因飞机失事无一生还。

这桩祸事给范凯兴的打击不言而喻。

之后，倒是有不少人想为他牵线搭桥，也有向来仰慕他的女子秋波频送，无奈他始终不为所动，他忘不了爱妻，忘不了一双孪生儿女。

妻子也是於州人，是一位将军的独生女儿。生前，两人无数次相互念叨过对家乡的思念，渴望有朝一日一家四口可以再饮於江水……

他为女儿取名范思於，儿子取名范念於。

受父母熏陶，思於念於，一向骄傲地宣称，於州是世界上最美的地方。思於还加上一句，於州的姑娘是世界上最美的美女。

所以，范凯兴有回乡的心愿，其中最重要的一项就是把妻子儿女的骨灰安放到淘箩山。

他早已打听到，淘箩山西麓有一处规模不小的公墓。他曾有意识地去那边参观，感觉很好。他早已打定主意，有朝一日，他自己也“住”那里，与此同时，他还决定，妻子儿女们先在那里安顿下来，等他，等他团聚。

登机的那一刻，他对着拉杆箱默念：我们回家了，我们。

拉杆箱里安放有妻子儿女的灵魂。

他从来不肯把三位亲人的骨灰说成骨灰，他说，那是灵魂，有朝一日，我们一起，魂归故里。

依他的意愿，首先要做的是去淘箩山公墓办理“入住”手续，无奈人家要这个证、那个本的，他一个刚从对岸过来的人根本拿不出。说来也怪，他自己在社会上混了那么多年，糊里糊涂地竟然连普通常识常理都给忽视了。

他向来不习惯求人，所以，第一次回来，没敢多麻烦他堂弟范国柱，现在没办法了，虽说自己的根在於州，如今完全人生地不熟，两眼一抹黑，不求范国柱，恐怕还真的寸步难行。

到得於州的当天，范凯兴没有像头一回来那样住高档酒店，而是在山前路离员外人家不远的地方找了一家小旅店，不是舍不得花钱，只因旅店的位置离“家”近。

他再次出现在员外人家，范国柱见了，没有多少惊讶。

寒暄一二，范凯兴也不多说客套话，把自己的打算择要说了一通，希望堂弟能帮他想一想，应该怎么做，第一步从何着手。

“要不，”范国柱沉吟片刻，指了指对面，“要不，等下问问林中，年轻人，人也聪明，对各方面应该都比较了解。”

“好，好！”范凯兴连连点头，“这位林中做什么工作，是市政吗？”

“那倒不是，林中是老师。”

“明白了，老师交际广，路道通。”

这天晚上，范凯兴与林中见了面。

林中很快明白了范凯兴的意思，非常肯定地说：“没问题，等我打听一下，好不好？”

见林中答应得如此爽快，范凯兴喜出望外：“真的？你真的有把握。”

瞧着范凯兴不无夸张的表情，林中乐不可支：“放心吧，我老婆的哥哥，就是我的老婆舅，正好在侨办工作，巧不巧？”

当天晚上，热心的林中就陪着范凯兴去了岳母家。

林中的妻舅路迢迢听了林中的介绍，哈哈大笑。

林中愣了：“什么事这么开心？吃错药了你？”

路迢迢收住笑，转身对一旁不知所措的客人道歉：“不好意思，不好意思！”

林中又连声追问“什么意思”，路迢迢这才解释：“你呀，还说是老师，找错庙门了你。”

路迢迢在侨务办公室工作不假，可侨办的工作对象是港澳同胞和海外侨胞，那时港澳还没回归，可台湾同胞不属于侨胞，对台事务另有一个机构，叫台湾工作办公室。

不过，虽然两个办公室工作对象不同，但在某些业务上还是有相通之处的。正因为如此，路迢迢非常诚恳地对范凯兴说：“如果需要咨询什么，老先生不妨说说，也许我可以帮您做一些解答。”

刚刚还一头雾水的范凯兴立马激动起来，一步上前，紧紧握住路迢迢的手，连声道谢。

后来范凯兴对堂兄说，回於州，他是下了决心的，可也不是没有顾虑，最担心的是“人头不熟”，不知道自己应该找谁、应该如何运作自己的规划。曾经有人建议他找路子宽的人，比方咨询公司，比方律师，他却不愿这么做，因为在他的心底里始终有一个结，那就是他想试试，於州是他的故里，尽管他的直系亲人都不在了，但他还是希望，还是相信在这一方故土，会有他所需要的渴望的亲情、真情。

至少他自己觉得那一刻的激动是有理由的。

路迢迢扶着老人坐下，掏出中华烟相敬，范凯兴谢绝了，他说他从不吸烟。

老人落了座，路迢迢诚恳而又直白地说："范爷爷，这样，我先问您几个相关问题，您看好不好？"

"好好，当然好。"

"是这样的，"路迢迢顿了一下，像在想找合适的用词，"您在於州或者在大陆有没有什么亲人在，比方说，比方说儿女呀，还有配偶之类？"

无论是路迢迢还是林中，都以为这个问题比较敏感，范凯兴说不定会掩饰，不料，老人十分明确地回答："没有，一个也没有。"

"这样啊。"路迢迢朝妹夫看看，然后又说："那，那您这次来，是打算玩玩，哦不，是打算走走看看，旅游……呢，还是长住，哦，多住一段时间？"

"不是，我想一直住下去，定居。"

路迢迢多少有点疑惑，这么大年纪，看上去虽然身体挺硬朗的，但毕竟是风烛残年，他不禁迟疑了一下："哦，那您打算……我是说，您有什么打算？"

"打算吗，有，先想办一下必要的手续，只不过，我孤零零一个人，虽说是老於州人，到底几十年过去，现在，完全是陌生人一个，所以，想拜托你、你们帮帮忙。"

"这没问题，"路迢迢拍拍胸脯，"小事一桩，包在我身上。"

老人又站了起来，用力太猛，碰了一下茶几，茶杯险些翻倒，他敏捷地一把按住茶杯，然后深深一躬身："谢谢，谢谢！"说着，心里想，我果然碰上热心肠了，果然。他想到了亡妻，冥冥之中，是她在保佑呵护自己。

翌日，路迢迢一上班的第一件事就去找旧日同事，如今的台办主任孟家朋。

如此这般说了一通，头脑活络的孟主任直截了当地说："什么来头？大佬吗？"

路迢迢摇摇头，老老实实地回答："这个，不知道。"

"不会吧？那边过来要求定居的多是老板。"

“我没问，不过，看上去，铜钿会有几个，大老板，恐怕说不上。”

孟家朋左肘拄在桌子上，手掌托着下巴：“这样吧，你有没有空，陪我过去看看，刺探一下。”

路迢迢不知道范凯兴住在哪里，只好打电话找林中，学校的电话通了，偏偏林中在上课，那时还没手机什么事，没奈何，两个人索性骑上自行车直接去学校，可惜同路迢迢一样，用於州话说，林中也是“抲着个鬼没有头”，压根儿没问过范凯兴的住所，他说，也许范爷爷知道，但只能是也许，不管怎么样，两个人挟裹着林中去了员外人家。

三人一进门，就看到一对老兄坐在廊下聊天。

稍作介绍，孟主任就说出了三个关键词：“望江楼，接风，我做东！”

席间，孟主任一个劲地劝酒，无奈两位老人都显得非常谨慎，各自只喝了一小杯，就光吃菜、不沾杯了。

主角成了孟家朋，他翻来覆去的一句话：“有什么要求，跟我说！”

终于等到范凯兴不正式的表态：待必要的手续办妥之后，他想搞一点投资。

林中注意到，范凯兴非常谨慎，说“一点”时，用右手拇指掐了掐小指腹。

这个动作，孟家朋是忽略不计的，他有他的考虑，一是感觉面前这位不一般；二是他有长远打算，他知道，一个台商，不仅是一个，抓住了，可能是一串。

所以，孟主任没多说什么。散席后，连忙向上面做了汇报。

于是，非常自然而然，范凯兴惊动了市里的相关领导。

于是，来了位叫小伍的协助范凯兴处理相关事务。

不知为什么，范凯兴还是跟林中特别投缘，事无巨细，全找林中。

很快有了流言，说范凯兴是个亿万富翁，说林中那么殷勤热络，就是想如何如何。这种话传到路漫漫耳朵里，她不高兴了。林中却没事人儿一般，身正还怕影子斜，该怎么着还是怎么着。

范国柱也听到了那些混账话，那天，一起吃饭时，他婉转地跟堂兄提到了这事。这么些年，范国柱一直看好林中夫妻俩，说来，还是他把林中这年轻人推荐给堂兄的，他可不希望为好成怨。

范凯兴却表示，自己非常感激堂弟，与此同时，他也表示，自己现在越来越喜欢林中了，可以这么说，在林中面前，他已经没有什么秘密可言。

他告诉过林中，自己的资产确实有好几个亿，虽然他名下的所有企业都已做了转让，但仍在国内外多家公司占有股份，至于放在银行的，具体有多少，自己也说不出准确的数目。

之所以跟林中说这些，他的目的只有一个，那就是他需要林中的帮助。他十分恳切地建议林中辞去教职，协助他，他决不会亏待林中。

林中却婉言谢绝，理由非常直白，他喜欢教书，喜欢孩子，离不开学校。

不过，林中答应范凯兴，只要他能做到的，肯定一如既往。

范凯兴沉默了好一会儿才说："我，也喜欢孩子。所以……"说到这里，他抽了一下鼻子，眼睛开始溢出泪水。

林中始终盯着老人的脸，见其神色异常，禁不住问："所以什么？"

范凯兴双唇颤抖："我的孩子……我想我的孩子，你知道，二十多年了……"说到这里，他止不住哽咽起来。

妻儿的事，范凯兴早已说过，林中没有想到的是，他的"喜欢孩子"怎么就触动了老人的悲怆。

林中倒来一杯水，递给老人："您喝点水。"

老人接过，没有喝，把杯子放在旁边的茶几上，用纸巾揩了揩眼角："小林，我跟你说，我有个心愿，就是在这里投资建一所学校。"

"什么？"林中有点不敢相信自己的耳朵，他知道范凯兴将在於州搞投资，仍然经营商贸，根本想不到教育这一块。

范凯兴像是早已打定主意，口气十分坚定："我就想建学校，在这里。"

林中一下子明白了。老人之所以与自己走得这么近，原来是早有"预谋"的。

果不其然，范凯兴起身走到林中跟前，拍拍他的肩膀："你是内行人，你能帮助我。"

见林中面有难色，范凯兴用开玩笑的口气说："我知道你会说自己忙，没时间，我知道。我不会耽误你多少时间的。"

林中倒不是因为时间问题，他只是觉得自己不是那块料，可老人的言谈表情让他实在不忍心再说别的。

这下好了，范凯兴把林中的无言当作默认，自言自语地宣布："就这么决定了。具体的，再商量。”

之后，范凯兴与小伍或有关方面洽谈商议，一律要带上林中。

要办的事情很多，有的手续还特别烦琐，说起来，啰里啰唆太无聊，那就只说结果吧。

首先，作为投资金额巨大的投资者，范凯兴的大陆户口办妥了。完成这一步，许多其他问题迎刃而解。

“魂归故里”如愿以偿。爱妻与一双孪生儿女的骨灰顺利住进淘箩山公墓，同时，范凯兴自己的“归处”也定了下来，跟爱妻在一起。

安放骨灰仪式简单却不失隆重，尽管范凯兴不事张扬，该来的都到了场。

投资 1800 万元的学校开始施工，校址选在淘箩山东侧，那里原先是一片荒地，散布有几畦附近人家开出来的菜地。学校建成后，除了 42 间教室外，还设有配套的办公楼、图书室、实验室、电教室之类。同时，应范凯兴要求，将附设一个幼儿园。

至于学校的名称，有关方面建议由投资人决定，老人一时想不好，又让林中动脑。用林中的话说，挖空脑油，才想出一个好名字：开心小学。

开心是凯兴的谐音。

开心的事告一段落后，范凯兴住进员外人家。

知道范凯兴是台门的老房东，毕东台立马有了盘算。他料定不用多久，员外人家就得由范凯兴收回。早在几十年前，毕家就动过买下整座台门的念头，可惜有关方面不同意，原因是这个台门的归属问题，政策性极强，不宜擅自处理。如今，户主回来了，无端端地令毕东台生出一腔醋意。这不，赶紧撤。

范凯兴住的就是毕东台住过的那两间。

这一天，好多人都不约而同地聚在范凯兴那里。这么长时间来，范凯兴与邻居们早已非常熟稔，坐的坐，站的站，叽叽喳喳，谈笑风生。

谈笑归谈笑，难免各怀心事。毕家搬走前，怪话连连，由此，不免人心惶惶。

心事只能放在心里，想问，又不好问。

阿光可不管这个，他挨到范凯兴跟前，亲亲热热地叫一声“爷爷”：“爷爷，往后，我还能住咱这台门吗？”

“什么意思？”老人一脸无辜，“为什么不能住？”

“这要问你啊，爷爷，到时候你要不要我住？”说到这里，阿光转向其他几位，“你们说是不是？”

那几位自然连声称是，这本来是他们想问的。要是不让住了，另找，搬迁，要多麻烦有多麻烦。

“大家住好好的，干吗不让住？”范凯兴像是一头雾水。

阿光抬头看看屋顶：“这个台门是您的呀。”

“嗐，这是什么朝代的事，哪可以算是我的？”

“啊？”好多人都惊讶不已。

范凯兴见大家全一样的神色，顿时明白了。他呵呵一笑：“放心吧，没事的，我不会撵大家的，我没这个权利。”

几个人面面相觑。

“您是说……”

阿光没有说完，范凯兴就接口道：“就算是我的，可证据呢？房契都丢了。”

阿光脑子还是挺灵光的：“要是房契在呢？”

这回轮到范凯兴惊讶了：“你说什么？你怎么知道？房契在哪里？”

阿光乐了，他回头看看几位邻居，见大家也都一律的呆相，更乐了，非常得意地乐了。

他记得，这事没几个人知道，除了他三爷爷与梁天成，只有他一个人知道。

阿光像孩子似的就地蹦了一下：“爷爷，我没骗您，房契真的在。”

“在哪里？”范凯兴明显不信，可他还是问了，“你说，在哪里？”

阿光卖关子：“那这样，我说出来，以后你不许撵我走。”

“可以。”

“一言为定？”

“一言为定！”

阿光转了几下眼珠子，像是在回忆，过了差不多分把钟，他突然问：“爷爷，您记得一个叫范中汉的人吧？”

听阿光这么一问，范凯兴惊得目瞪口呆，半晌才开腔：“范中汉？”

阿光没作声，跟另外几位邻居一齐注视着老人。

老人忘情地抓紧阿光的手，急切地问："中汉这小子还活着？"

"嗯，"阿光点点头，随即说，"哦不，不知道了，好几年前，那时是活着的。"

"怎么回事？快告诉我。"

阿光连忙扶住突然站起来的老人："别急，别急，爷爷，您坐下，听我慢慢告诉您。"

就这样，阿光把当初范中汉父子行骗的事有声有色地讲了一遍。最后才说："那个什么，哦，房契，是房契吧，肯定在派出所。"

范凯兴似乎对房契不怎么感兴趣，他关心的是范中汉："阿光，你知不知道，中汉现在怎么样？能找到他不？"

"嗨，这我怎么知道？"阿光的眼睛睁得滚圆，"这种拐子，你还找他干吗？"

范凯兴却不管这个，还是一个劲地追问范中汉在哪里。

没奈何，阿光只好陪范凯兴去派出所，翻了半天资料，总算找到范中汉所在村委会的电话，拨通了，对方却说，范中汉已经不在了，去年冬天，羊癫病发作，淹死在山塘水库里了。

范凯兴唏嘘不已。发了一阵子愣后，忽而又要求阿光陪他去看看范中汉。

阿光奇怪了："人都死掉快一年了，上哪儿去看？"话一说出口，他又反应过来，老人是想去上坟。

一路上，范凯兴不停地说着他当年的那名勤务兵，显然，他对这人的感情真的不是普通的深。

从已经长满荒草的墓地下山后，两人又去了村里，范凯兴是想找找范中汉的儿子。然而，这个出气子孙，三年前离家出走，从此杳无音讯，连其父的丧事都是村里人合伙帮着办的。

回到城里，范凯兴好几天闷闷不乐，谁都不知道他想什么。阿光对林中说，这个样子肯定同那拐子有关。

范国柱看在眼里，心里也特别不是滋味，天天过去陪这位堂兄聊天，千方百计转移目标，换换脑筋。

范凯兴哪能不明白众人心思。三天后，清晨，在天井里练完八段锦，他走近正在水缸边喂鱼的堂弟："老弟啊，谢谢啦！"

范国柱有些愣怔："哈，谢什么，无缘无故的？"

"咳，想明白了，没什么大不了的，不就是个归去嘛。"

“唔？”堂弟显然还不明白。

“阿光肯定对你说过了，”他也不顾范国柱明不明白，自顾自说下去，“我那个勤务兵年纪轻轻的，哦，也不年轻了，可总比你我年轻吧——就这么没了，我七老八十的，倒还……”

“你说的是这个啊，有什么想不明白的？”

“我一直在想，人活这一世，到头来，一阵风似的，吹了……”范凯兴的口气有点沉郁，“活着，图个什么？实实在在的，做点什么，留点什么。”

范国柱“嗯嗯嗯”应着，不明白堂兄什么意思。

“你是不是觉得我有点语无伦次？”

“不不不，说得很有道理。”范国柱只能这样回答。

“唉，我也说不明白，”范凯兴顿了一下，“这么说吧，我想搞两个基金，一个助贫，哦不对，扶贫，一个奖学。”

范国柱竖起大拇指：“这个好。不过，得跟有关方面协商。”

“我知道，等下问问林中。”

林中就在自家门口，听到他的名字，喊道：“范爷爷，问我，什么好事？”

听范凯兴又说了一遍，林中乐了：“范爷爷，您不要这么着急，慢慢来。您看，您的开心小学即将完工，作为董事长，您要做的事儿多着呢。别的，慢慢再说。”

范凯兴还来不及回应，他的堂弟大手一拍道：“对呀，饭一口一口吃，事一件一件做，事缓则通，欲速不达。”

正说着，阿光一边扣纽扣，一边过来对范凯兴说：“爷爷，您忘了啊，今天有件事急着要办的？”

范凯兴貌似一愣，但即刻就反应了过来：“小子，你以为爷爷我童掉啦？不就是去民政局吗，这有什么，房契又不长腿，逃不了。”

房契的事就是员外人家的归属问题。

范凯兴觉得，房契不是什么大事。他的意思是一切可以照旧，住户还是住户，邻居还是邻居，只要愿意，大家永远是比远亲更亲的近邻。

老人突然神情严肃地说：“我跟大家讲一件事，要不要听？”

阿光反应极快，抢先问道：“什么事，爷爷？”

“是这样的，”范凯兴左右看看，忽而一哂，“是这样的，这个台门叫什么？

员外人家？”

“对啊，怎么啦？”林中觉得奇怪。

“以讹传讹，以讹传讹。”范凯兴缓缓站立起来，环视前前后后，“知道吧，我去图书馆查过县志，於州根本没有过什么员外。起初的情况是，我们上几代，好像是我爷爷的爷爷，大号叫范垣槐，有人开玩笑，垣槐，垣，断壁残垣的垣；槐，槐树的槐，用於州人的方言说，不就跟员外一样吗？以讹传讹，结果把原本的意思给弄没了。”

“啊？原来是这样啊？”林中作恍然大悟状，“不过，员外人家，垣槐人家，好像也没错嘛。”

“这倒也是。”范凯兴点点头，表示同意。

阿光感觉有点遗憾：“我就喜欢员外人家，气派！”

“依你，阿光哥，”林中开心大笑，“哈哈，我很好说话的。”

老人挥了一下手，说起了修葺的事。他觉得，这个台门不能算是什么名宅大院，但至少比较牢固，只是，最好能修整一下。他还说，费用不是问题，必须考虑的是翻修期间，这么多人，住哪里去。这是个大问题，他建议林中找大家商量一下。林中宣称，这事没问题，其实大家早就有过思想准备，只等“一声令下”。

那些日子，几乎每天一早一晚，范凯兴都会走到台门口，慢慢踱步，喃喃地对自己说：“叶落须归根。”

在他的意识里，一切都无所谓，重要的是，回来了，回家了，重新饮了於江水。

19. 好大一个家

大半年的修整结束。

按照之前的约定，所有原住户都将回原来的屋子。

台门的产权早已回归，也就是说，范凯兴成了各家各户的房东。可这个房东宣布，邻居就是亲人，几十年的亲人，房租，免了。

大家不好意思接受，比方林中就说，不意思意思，我们住着安心吗？

范凯兴用一句话就顶了回去："我缺这点钱吗？"

众人立即哑口无言。

林中总觉不妥，曾多次与范凯兴"交涉"。

这天，两人相约着去了刚完工的台门，周游一圈，又说到住房费用，范凯兴还是那几句话，林中想了想说："如果站在我的位置，范爷爷，您能接受吗？"

范凯兴不由得一愣，半晌，他环顾左右一番后，随手抄起立在廊下的一把扫帚，不声不响地扫起地来。

林中见状，也连忙跟过去取来另一把，同老人一道清扫天井里零星的垃圾。房子修葺完了后，曾经清理过，可总还有些残留物。

范凯兴终于放下扫帚。在一条石凳上坐下，他做了个手势，示意林中也过去坐。

"我问你个问题，可以吗？"老人的表情有点严肃。

林中坐下："您说，爷爷。"

"我就问你，有一天，我不在了，怎么办？"

这话还真让林中猝不及防。聪明的他不会不明白老人的意思，然而，越明白，越不可以说。

见林中张口结舌的模样，范凯兴嘿嘿一笑，林中很难看出，老人的笑是坦然还是暗含凄楚。

“林老师啊，我明白你和大家的心思。”范凯兴一直尊称林中为林老师，“可是，你也知道，到了那一天，这房子，我能把它搬到淘箩山那边去吗？”他抬手朝西边指了指。

林中张口结舌，不知如何开口。

老人继续说下去：“林老师，其实我早想好了，过些天，拣个黄道吉日，这些房子全部过户给各家各户，然后……”

“啊？”林中大惊失色，“范爷爷，这可不行。”

“别着急，我还没说完。”

林中不知道老人接下来还会说什么，但他还是调整了一下坐姿，正襟危坐：“您说，爷爷。”

“好，你听我说下去，我有两个要求。”

林中想了想，要求？凭这些日子以来他对范凯兴的了解，老人不是那种喜欢对人提要求的人。

范凯兴没有理会林中的神色，继续说：“首先，我希望与台门里的每一个人都是亲人。”

“这没问题，大家始终把爷爷您当作亲人的。”

“你听我说嘛。”

“好，爷爷说。”

“我不会做饭，可又不想每天都吃饭店的饭，所以，往后，我想，到时候可以进到台门里随便哪一家去吃饭。”

“这个，没问题，只要您愿意，您可以天天上我家吃。”

范凯兴“嗐”了一声：“我说是所有人家，明白吗？”

“明白，明白。”林中胸有成竹替大家应诺。

“你说了能算数？”

“当然，台门里的人什么心思，我能不知道？”林中拍拍胸脯，“还有呢？”

“还有？哈哈哈！”

林中被老人笑得莫名其妙。

“还有一个，等有一天我去了淘箩山，大家要送我过去，浩浩荡荡的。”

林中听了这话，心头不禁一酸。

他明白老人的心情，却又一次不知道说什么好。

“好了，不用这么严肃。”老人站立起来，“还是考虑什么时候让大家搬家吧。”

一年一度秋风劲。

岁岁重阳，今又重阳。

员外人家空前热闹。

下午5点，所有人都聚在宽敞的天井里。

正中间，一长溜八仙桌，桌子上面摆满了各家各户各显神通的各种精美菜肴，至于各种酒水饮料，更是不必细说。

椅子凳子放在桌子四周，台门中人不限座位主次，不分长幼辈分，可以占一个固定位置，也可以到处流动游走，只要愿意。

嘻嘻哈哈，似乎乱作一团。

热热闹闹，坚决亲密无间。

几位老人被拉来拉去，成了互相争夺的敬酒对象，莫不晕头转向。

突然，林中高声大气地喊道：“静一静，大家静一静，听我朗诵《采桑子·重阳》。”掌声四起。林中清清嗓子：

人生易老天难老，
岁岁重阳。
今又重阳，
员外人家处处香。
一年一度秋风劲，
不似春光。
胜似春光，
寥廓江天万里霜。

好学的阮山妹特别喜欢毛主席的诗词，听了林中的朗诵，忍不住轻轻地问：“毛主席知道咱员外人家吗？”

林间连连鞠躬：“不好意思，不好意思，我一激动，改了一下。”

范国柱乐呵呵地拍了拍手：“那可不行，毛主席的诗词怎么可以随便篡改，不行，罚你小子好好为大家另写一个，大家说好不好？”

一片喝彩。

“不会吧，”林中装出一脸哭相，“毛主席在天之灵肯定同意我借用一下的啦，他老人家看我们这么开心，说不定还会写一个《采桑子·员外人家》呢。大家说对不对？”

又是一片喝彩。

范凯兴红光满面地走到林中跟前：“林老师说得对，毛主席肯定会为我们高兴。”说到这里，他随手抓起桌上的一杯酒，高高举起，“干杯，为我们大家，也为毛主席，干杯！”

“干杯！”

“干杯！”

梁春光悄悄地过来问范凯兴：“范爷爷，您也知道毛主席啊？”

“什么话？我会不知道？我不但知道，还特别喜欢。毛主席的书，我都有。”

“真的？”好多人异口同声。

范凯兴把老腰一挺：“不信？不信跟我去看看。”他说着，一挥手，梁春光乐颠颠地跟了上去。

2022 年 4 月 25 日 完稿

2022 年 5 月 31 日 定稿

后记：好好过日子

鼠年最后一天，2021年2月11日，除夕，号称大自然搬运工的钟睒睒在祝新春时，说了一句话："好好过日子。"

好好过日子，最普通不过的五个字，毫无矫饰客套，却叫我心里一暖，然后是一震。

之后的日子，脑子里总会时时跳出"好好过日子"。

不由自主地想到一些人，近的远的，疏的亲的，之后，又念及几个笔下人物。

那时节，《员外人家》刚刚动笔，正一门心思于那位叫王荼蘼的顺风婆婆，这便问自己，她过的日子是否算得上"好"？

没有给王荼蘼贴上"开心""幸福"或"痛苦""不幸"之类的标签。相信大多数人会觉得她过得相当不好。然而，偏偏是这个过得相当不好的女人，一如既往的平淡平静，自得其乐。

王荼蘼完全有理由怨天尤人，最起码，她可以像祥林嫂那样逢人便说："我好命苦！"

然而，她没有。

她是"好好过日子"的典范。

不知道是否有人觉得王荼蘼智商太低。如果有，我是大不为然的。退一步说，就算智商低又怎样，不损人害人，凭本性行事做人，有何不可？

相反，智商高又怎么样？

金友刚和柳少文都比顺风婆婆聪明吧，一个想升官出卖他人甚至害死妻子，一个凭狡诈骗财骗色，结果呢，一个疯了，一个坐了牢，无非又实践了一回"聪明反被聪明误"的闹剧。

金柳二人也想好好过日子吧，偏偏各庙各菩萨，各人各想法。

再就是范凯兴。

范凯兴与王荼蘼是两个极端。

起码在与范国柱完婚之前，王荼蘼一贫如洗；而范凯兴，虽说不上富可敌国，可他的资产恐怕多得连自己也说不清。

从大里讲，他们有着很多共同点：历尽万般苦辛，尝遍世态炎凉，却又有着相同的心愿——好好过日子。

王荼蘼要求不高，有她的国柱哥哥就够了。

范凯兴向往叶落归根，向往与妻儿“同住”，再有就是，可以进任何一家邻居用餐……

所以，好好过日子是需要大智慧的。这种智慧跟智商并非同义。

信不信，读到最后一章，我被范凯兴的话感动了。

第一句：“我不会做饭，可又不想每天都吃饭店的饭，所以，往后，我想，到时候可以进到台门里随便哪一家去吃饭。”

第二句：“还有一个，等有一天我去了淘箩山，大家要送我过去，浩浩荡荡的。”

相信员外人家的住户肯定能答应范凯兴，相信大家不仅是因为天上掉下来的房产。

员外人家好人多。是好人，谁不喜欢好好过日子？

不多说了。

还是好好过日子吧。

2022 年 8 月 13 日